АННА ДАНИЛОВА

Изменив свое имя, можно полностью изменить судьбу…

Мишень для темного ангела

Москва Э 2016

УДК 821.161.1-312.4
ББК 84(2Рос=Рус)6-44
Д18

Оформление серии С. *Прохоровой*

Данилова, Анна Васильевна.
Д18   Мишень для темного ангела / Анна Данилова. —
Москва : Издательство «Э», 2016. — 320 с.

ISBN 978-5-699-86260-3

Адвокат Лиза Травина и ее помощница Глафира, действуя по поручению клиентки Лидии Вдовиной-Осборн, прилетевшей из Штатов, разыскивают ее старинную приятельницу Эльвиру Андреевну Норкину. Пять лет назад Эля потеряла мужа, замкнулась в своем одиночестве, а потом, после продажи своей квартиры на Остоженке, словно исчезла. Начав расследование, адвокаты узнают, что Эльвира Андреевна умерла, и в то же время Эльвира Андреевна продолжила жить. Они предполагают, что все это время по документам Норкиной жила совсем другая женщина. Явившись по новому адресу Эльвиры Андреевны, они узнают, что ее вчера убили. Домработница Наташа, сообщившая им об этом, не может поверить, что ее хозяйка, подруга, ее Элечка... не Элечка! Ведь она знает ее почти пять лет, знает о ней все! Все? А где же настоящая Норкина? Лиза и Глаша понимают, что ввязались в криминальную историю...

УДК 821.161.1-312.4
ББК 84(2Рос=Рус)6-44

ISBN 978-5-699-86260-3   ООО «Издательство «Э», 2016

1. Лазаревское

— Что-то ноги совсем заледенели. Вроде бы лето наступило, а все равно в доме прохладно. Ты бы принесла мне грелку.

Эльвира Андреевна Норкина полулежала на широком, мягком диване перед ярким экраном плазмы и куталась в плед. Ей недавно исполнилось пятьдесят девять лет, но выглядела она, благодаря подаренной ей природой нежной коже и густым волосам, которые она регулярно подкрашивала в каштановый цвет, довольно молодо. Да и фигура у нее была, как у молодой. Полная грудь, тонкая талия, стройные ноги. Нерожавшая, никогда особенно не утруждавшая себя физическим трудом, она сумела сохранить здоровье и привлекательность, да и психологически ощущала себя моложе лет на тридцать.

Вот уже два года она жила в Лазаревском, в очень хорошем, расположенном в пяти минутах от пляжа доме, окруженном большим садом, цветами. Имела прислугу в лице одинокой и некрасивой молодой женщины Наташи (которую в свое время подобрала с улицы и помогла выкарабкаться из долговой ямы) и чувствовала себя вполне счастливой.

Было начало июня, впереди был курортный сезон, который обещал принести немалый доход, — в глубине сада, куда вела посыпанная гравием аккуратная дорожка, находилась маленькая одноэтажная, с шестью номерами гостиница с небольшим чистеньким бассейном. Из-за близости моря комнаты сдавались за довольно приличную цену, что придавало Эльвире Андреевне чувство уверенности, надежности.

Расторопная Наташа вполне справлялась с уборкой всех помещений, за что Эльвира щедро платила ей.

Ноги почему-то продолжали мерзнуть.

— Это от нервов, Эльвира Андреевна, — сказала Наташа, подсовывая резиновую грелку с горячей водой под плед, в ноги хозяйке.

— Думаешь, он не вернется?

— Вернется, конечно, вернется.

— Вот вечно ты так... Говоришь, не подумав. Просто чтобы угодить мне.

Наташа всегда во всем поддерживала свою хозяйку, поддакивая ей и соглашаясь во всем. Даже когда в глубине души имела свое отличное от мнения Эльвиры мнение, как и в этом случае. Хотя, кто знает, думала она, быть может, этот молодой человек по имени Саша и вернется к ней.

Саша появился в Лазаревском месяц тому назад. Поначалу Эльвира, сдававшая ему комнату, приняла его за отдыхающего. И лишь спустя несколько дней, когда она пригласила молодого мужчину к себе на ужин, он рассказал ей, что приехал сюда, на море, чтобы подыскать дом своему начальнику, москвичу, мечтавшему перевезти в это райское место жену и троих детей.

— Здесь мало кто продает дома, — сказала Эльвира, подкладывая ему на тарелку куски жареной курицы. — Вы ешьте, Саша, ешьте, не стесняйтесь. Ну подумайте сами, кому же охота покидать это место? Разве что случайно подвернется продажа... Ведь все, у кого есть хорошие дома, а вам нужен именно такой, да к тому же еще и поближе к морю, сдают комнаты, номера, даже кровати во времянках! Это же золотое дно!

Эльвира в тот первый вечер, когда заполучила к себе Сашу на ужин, выглядела очень свежо и молодо. В джинсах, белом свитере, улыбающаяся, веселая, она откровенно обольщала своего гостя, разве что не ворковала, как птичка. Косметики на лице было минимум, щечки ее разрумянились от приятного волнения, и Наташа, прислуживающая им за ужином, смотрела на свою хозяйку с восхищением.

Понятное дело, что она слышала почти весь их разговор, из которого поняла, что у Саши в Москве есть семья — жена и двое маленьких детей. Ясно, что в первую встречу, за столом, Саша ничего не рассказывал о характере своих отношений с женой. Но вот позже, уже в спальне Эльвиры, наверняка чтобы как-то оправдать свой блуд, свою измену, сказал, что отношения с женой не складываются или вообще супруги находятся на грани развода. Так говорят все мужчины, которым приспичило переспать с другой женщиной. Это было твердое мнение Наташи, у которой по молодости (а себя она считала чуть ли не старухой в свои сорок два) тоже были романы с женатыми мужчинами.

Комната, в которой жила Наташа, располагалась в дальнем крыле дома, где имелся отдельный вход. Очень удобно, если учесть, что хозяйка время от времени желает побыть одна, и в такие часы в доме должна соблюдаться тишина. Или же, когда ее посещают знакомые, Наташе также следует находиться в своей комнате и не высовываться. По сути, это благостное для нее время, когда она может отдохнуть. Сидя в своей комнатке, Наташа смотрит телевизор, вооружившись наушниками, читает, вяжет или просто спит. Она даже во двор не выходит, даже грядки пропалывать нельзя, надо создать видимое отсутствие в доме еще одного человека.

Друзей Эльвира в Лазаревском не завела.

— Я здесь чужая и своей никогда не стану. Сплетни мне не нужны, а потому предпочитаю жить замкнуто, не совать нос в чужие дела и не давать самой пищу для разговоров, — сказала она еще в самом начале, когда они переехали сюда из Москвы и надо было расставить в доме не только новую мебель, но и все точки над «i». — И тебе тоже запрещаю с кем-либо водиться, близко дружить, понятно? Нет, мы, конечно, нормальные люди и не сможем вообще ни с кем не общаться. Рано или поздно у нас сложатся отношения с соседями, без этого никак, но вот впускать кого-то в душу нельзя ни мне, ни тебе, Наташа. Начнут задавать разные вопросы, строить предположения... Словом, ты меня поняла.

Да и как тут было не понять? Эльвира Андреевна — человек осторожный, ей нужно время, чтобы освоиться на новом месте. Это она сейчас так говорит, что никого в душу не пустит, но кто может заранее знать, как все сложится в жизни? Может, встретит родственную душу, какую-нибудь одинокую вдовушку, да и подружится, станет звать к себе в гости, разговоры разговаривать.

Но прошло несколько месяцев, и никакой «вдовушки» не наметилось. Как и сказала Эльвира, местные жители жили каждый своей жизнью, особо в друзья не набивались. Да и соседи, словно принимая ее правила, ограничивались тем, что здоровались или просто одаривали друг друга дежурными улыбками.

Зато уже через месяц повадился к Эльвире ходить один молодой парень, грек Анастас. Красивый, высокий, черноглазый. Он был бригадиром строителей, которые ремонтировали гостиницу, занимались отделкой спален и ванных комнат. Ремонт закончился, все ушли, а грек остался. Сначала жил несколько дней в одном из номеров отеля, стояла ранняя весна, было прохладно, и Наташа видела, как из каменной трубы шел дымок. Ну а потом Эльвира попросила ее отнести греку обед. Позже он собрался и ушел, и Наташа подумала, что теперь-то с концами, однако вечером вернулся уже налегке, во всем чистом и новом, поднялся по внешней лестнице на балкон в спальню хозяйки, да и остался там до утра. Накануне Наташа отнесла в спальню поднос с фруктами и вином, а еще чистые полотенца и новые мужские домашние туфли.

С чужими Эльвира бы никогда не стала обсуждать свои сердечные дела, но вот с Наташей время от времени делилась самыми сокровенными мыслями и чувствами. И делала это словно неосознанно, просто не в силах держать в себе все. Ей, как и каждому человеку, нужно было выговориться или же просто услышать чье-то мнение.

— Он всегда молчит, этот Анастас. Молчит, и все. У него прекрасное тело, он сложен, как бог, но интеллект, похоже, подкачал. Я и сама не профессор, конечно, я обыкновенная женщина, но как можно вообще ничего не говорить? Хотя бы обманул, сказал бы, что любит, я бы проглотила. Даже вино не похвалил.

— Может, он немой? — предположила Наташа.

— Если бы... Я слышала, как он расплачивался с рабочими, как орал на них, говорил с акцентом, но бойко так, аж слова налезали друг на дружку.

— Думаю, он просто стесняется вас, побаивается.

— Вот вечно ты скажешь, не подумав. Стесняется? — Эльвира улыбнулась своим воспоминаниям. — Вот уж каким-каким, но стеснительным его точно не назовешь.

Анастас исчез, растворился в свежем воздухе Лазаревского, как дым. Эльвира нисколько о нем не грустила. Даже как будто очнулась от любовной горячки, принялась обустраивать с каким-то особым рвением дом, занялась собой, познакомилась с маникюршей Анютой, которая приходила раз в неделю заниматься и без того ухоженными ручками и ножками Эльвиры. Время от времени появлялась и массажистка Эмма, здоровенная, сильная женщина, от которой всегда пахло ванилью, словно она была набита ванильными булочками. Хотя сладкий запах этот шел скорее всего от персикового или абрикосового масла, которым массажистка пользовалась при массаже и который впитался в кожу ее рук.

Морской курорт готовился к сезону, возводились новые гостиницы, повсюду шел ремонт, пахло строганой доской, краской, сырым цементом, некоторые улицы были перекопаны, по траншеям прокладывались трубы, в садах жгли прошлогоднюю листву, от чего по городку плыл горьковатый запах дыма. Появлялись первые гости, которые непонятно зачем приезжали ранней весной, разве что просто вырывались из грязных и холодных городов, чтобы погреться на южном солнышке, подышать морским воздухом да отоспаться в тишине и покое гостиничного номера.

Эльвира Андреевна купила машину, темно-синий «Фольксваген», и каталась на нем по городку, даже в соседнюю булочную отказывалась ходить пешком. Охотно возила Наташу на базар, где они, не спеша, с удовольствием выбирали овощи и фрукты.

Эльвира Андреевна в самом начале их знакомства рассказала Наташе, что она — вдова, что муж ее был крупным московским бизнесменом, да умер полгода тому назад, оставив ей недвижимость и деньги. Остальное Наташа могла только додумывать: нигде не работала, жила в свое удовольствие, что и продолжает делать после смерти любимого супруга.

Чувства Наташи к своей хозяйке менялись от ненависти к любви. Или наоборот, в зависимости от обстоятельств. Так, когда та приняла ее на работу, Наташа испытывала к ней помимо благодарности чувство восхищения внутренней силой и умом Эльвиры. Сама Наташа, человек ведомый и слабый, готова была подчиняться ей во всем, лишь бы находиться рядом с ней, прислуживать ей. Однако наступал такой момент, когда она инстинктивно начинала понимать, что ею помыкают, что над ней надсмехаются, что ее унижают, и тогда в ней просыпалась тихая и дремучая ненависть, когда она мысленно расправлялась со своей хозяйкой, убивала ее, да так, что кровь лилась ручьями...

Но это происходило лишь в первые месяцы их проживания под одной крышей. Позже, когда Наташа выучила все правила поведения, разобралась в большом списке своих обязанностей и освоилась в квартире, стало легче обеим женщинам.

— Главное, Наташа, это знать свое место, — любила повторять, просто-таки вбивать в сознание своей домработницы Эльвира Андреевна. — Некоторые люди рождены, чтобы мыть полы и стирать. И это их предназначение. И не надо никаких революций, прошу тебя, не надо мне ничего доказывать, что ты могла бы стать учительницей младших классов или художницей, портнихой или финансистом. Ты — Наташа, которая прислуживает мне, прибирается в доме, стирает и гладит, готовит еду, моет посуду, стелит мне постель, ходит на рынок за покупками и так далее, и так далее... И когда ты смиришься со своим местом в этом мире, так сразу же почувствуешь себя намного спокойнее и даже счастливее. Да-да, и разные мелкие приятности так и посыпятся на твою голову.

Звучало, как бред, но на деле все оказалось чистой правдой. За хорошую работу, за служение Наташе выделили комнату в квартире (первое время она спала на раскладушке в прихожей), выдали красивое постельное белье, перину, теплое одеяло, показали, куда она может складывать свои вещи. Вот только есть Наташе разрешалось лишь в кухне, как прислуге.

И если одно из самых главных условий работы у Норкиной — проживание в квартире хозяйки и отсутствие личной жизни — поначалу Наташу пугало, поскольку все это сильно смахивало на заточение или вообще рабство, то позже, когда она усилием воли внушила себе, что отсутствие мужчины в ее жизни является для нее благом, что это своеобразная страховка от возможных ошибок, способных разрушить ее жизнь, она и вовсе успокоилась.

...Зазвонил телефон, Эльвира вздрогнула, схватила трубку. Глаза ее, расширенные, блестящие от готовых в любую минуту пролиться слез, уставились в одну точку. Наташа сразу поняла, что звонил Саша.

— Да... поняла. Что ж... я рада. Ты не переживай, все устроится. Да-а-а? — Лицо ее стало розоветь, словно прозрачный фужер, наполняемый розовым шампанским. — Хорошо, значит, через два дня. Я встречу тебя.

Она отложила телефон и посмотрела на замершую напротив нее с тряпкой в руке Наташу:

— Он уже взял билет, Наташа. Ты понимаешь?

— Бросил семью? Развелся?

— Развод — это условность. Развод — это документ, который не всегда легко получить. Я бы дала ему денег, чтобы все как-то ускорить, но посчитала это преждевременным. А вот сейчас, когда он объявил своей жене, что не любит ее и не хочет с ней жить, что любит другую, то есть меня, вот теперь я помогу ему освободиться от этого брака.

Наташа подумала, что нехорошо это — бросать жену с двумя маленькими детьми, а еще подумала, что как же хорошо, что люди не научились читать мысли друг друга. Иначе Норкина, прочитав ее мысли, сразу же уволила бы ее.

— Я рада, — солгала она, пряча взгляд и как-то уж особенно старательно вытирая пыль с комода. — Рада, что вы наконец успокоились. Представляю, как вы переживали.

Но Эльвира не слышала ее. Она забралась с головой под плед, чтобы какое-то время побыть совершенно одной в состоянии тихого, долгожданного счастья. Потом, вынырнув из-под пледа, улыбнулась и сказала:

— Неси шампанское! Кажется, я скоро выйду замуж!

2. Наташа

— Ее это не остановило. Ну то, что он женат. Я сразу поняла, что она влюбилась. Как кошка. Она так смотрела на него, просто пожирала глазами. А он глядел на нее сначала робко, а потом, когда выпил коньячку и хорошенько закусил, размлел и поднялся к ней в спальню, уже не обращая внимания на ее возраст. Думаю, что когда мужчины выпивают, у них на глазах появляется такая сладкая муть, через которую все особи женского пола кажутся молодыми и привлекательными.

Не помню, что еще говорила я следователю. Меня всю трясло. Я вернулась из морга и хлопнула водки.

В квартире было холодно. И я вспомнила, как моя дорогая Эля, Эльвира Андреевна, не так давно жаловалась, что у нее мерзнут ноги. Я ей еще грелку приносила, подкладывала под пяточки. Господи, неужели это она там, на металлическом столе? Просто не верится. Я всегда думала, что при ее деньгах она всегда сможет позаботиться о себе, вылечить любую болезнь. Да и вообще она была здоровой женщиной, следила за собой, пила витамины. Не скажу, что она вела такой уж здоровый образ жизни, всякое бывало, и поесть вкусно любила, и выпить была не дура.

Следователь спросил меня, когда я видела ее последний раз. Получается, что за два часа до смерти. Я вышла из дома, чтобы пройтись по городу, подышать воздухом. Мы же, как приехали в Москву из Лазаревского, так Эля заставила меня освежить квартиру, помыть полы, окна. Вот я и принялась все отмывать, чистить. А когда я все помыла, прибралась, решила пройтись... Эли в это время дома не было, она уехала, я так поняла, к Саше.

Саша... Вцепилась она в него мертвой хваткой. Что до меня, так я в душе была не против того, чтобы они были вместе. Я уже знала, Эля советовалась со мной, что Саша был несчастлив со своей женой. Хоть она и молодая, но какая-то потрепанная, курящая, вечно всем недовольная. Я понимаю, это все от бедности, были бы у нее денежки, она бы наняла няньку, да и жила бы себе без проблем. Глядишь, и к косметологу ходила бы, и личного парикмахера завела. Но повторяю, денег в семье не было, и Эля это сразу поняла. И в Лазаревское Саша приехал вовсе не для того, чтобы подыскивать дом или квартиру для своего начальника. Нет у него никакого начальника. Он приехал с другом, они хотели сколотить строительную бригаду, чтобы заработать, да с другом вышел конфликт, тот сорвался и уехал, кажется, даже присвоил какие-то Сашины деньги, вот наш парень и остался один, без средств. Даже на билет у него не было денег. Думаю, он про все это откровенно рассказал Эле уже после того, как провел с ней ночь. Вот в спальне-то, наверное, все и рассказал. И Эля моя растрогалась, сказала, чтобы он не торопился, чтобы пожил еще немного, может, найдет нормальную работу, сможет заработать. Специально так сказала. Чтобы его задержать.

Конечно, никакую работу он не искал. Он не особо рвался класть кирпичи или штукатурить. Да и никакой он не строитель. Он вообще по типографскому делу. Но кто-то научил его азам строительства, он даже дачу кому-то в Подмосковье строил. Да вот только денег ему за это никто не заплатил. Обо всем этом мне потом, постепенно, рассказывала Эля.

Я первый раз видела ее такой. Нет, мужики у нее были, да только она не трепетала так, как с Сашей. Ее прямо-таки лихорадило от этой любви. И я еще подумала, что никогда такая любовь ничем хорошим не кончалась. И по себе знаю, пережила в свое время любовную лихорадку, да и с подругами моими такое случалось, но только всем им потом приходилось зализывать раны.

Глядела я на Элю, глядела, пыталась представить себе, что с ней, бедной, будет, если Саша все-таки не вернется, если не бросит жену и детей?

Она же его обратно в Москву отправила зачем? Зачем денег на дорогу дала? Чтобы он встретился с женой и объявил ей о своем уходе. И вот когда она проводила его, вернулась домой, вот тогда я поняла, что влипла моя Эля. Что любовь эта ее болезненная, тяжелая, что отбирает последние силы.

Неопределенность, отсутствие информации сделали ее жизнь первые несколько дней, пока Саша не звонил ей, настоящей мукой. Она мало ела, сидела возле окна, была какая-то пришибленная, и как мне показалось, даже постарела за это время. Потом стала мерзнуть. Сидит, закутанная в одеяло, и жалуется, что ноги мерзнут. Я ей грелку постоянно меняла. Мне так и хотелось ей сказать, мол, остановись, тебе почти шестьдесят, зачем тебе такой молодой мужчина? Тебе же придется постоянно заботиться о своей внешности, ты потеряешь всякий покой. И если тело еще выглядит стройным, подтянутым, то лицо снова потребует каких-то сложных масок, уколов, всего того, что тебе придется проделывать втайне от своего молодого любовника. А еще ты будешь изводить себя ревностью. Ты не сможешь удержать его при себе, он же не собачка, которая сидит возле твоих ног или лежит на пуфике. Мужчина, он как ветер, и здесь, в Лазаревском, особенно в курортный сезон, когда в комнатах отеля поселятся молодые женщины, ты будешь отслеживать каждый его шаг, а еще ловить на себе их насмешливые взгляды, они сразу смекнут, что ты купила себе этого парня.

Я до сих пор не верю, что моей Элечки нет в живых. Кто-то размозжил ей голову. Кто-то, кого она хорошо знала, раз впустила в квартиру. Так сказал следователь, так считаю и я.

Возможно, когда-то, в порыве чувств, я и сама желала ей смерти. Да, это было. Сколько раз я мысленно убивала ее, подсыпала в питье отраву, душила ее подушкой... Но проходило время, я успокаивалась, и жизнь продолжала радовать меня. Ведь если разобраться, кем я была, пока Эльвира не взяла меня к себе? Женщина, потерявшая все из-за своей же глупости, поверившая мужчине настолько, что продала свой дом и собственноручно отдала ему все свои деньги... А после этого скиталась по улицам, умирая с голоду, готовая мыть общественные туалеты, лишь бы заработать...

Нет, мне нельзя было жаловаться. С Элей у меня был дом, своя комната, еда и деньги. А свобода? Как говорила Элечка, свобода — это понятие относительное.

— Она с кем-нибудь встречалась?

Я не знала, что ответить. Рассказать про Сашу? Про то, что она приехала в Москву, чтобы помочь Саше устроить поскорее развод и выйти за него замуж? А что, если это жена Сашина ее убила? Чтобы не разводиться?

— Да, она собиралась замуж, — и я рассказала в двух словах все, что знала.

— Сколько ему, говорите, лет?

— Двадцать восемь.

Следователь присвистнул. Это и понятно. Все бы присвистнули. Я бы первая.

— Тридцать один год разницы. Кто он? Чем занимается? Откуда?

Я рассказала.

— Фамилия?

— Зимин.

— Вам что-нибудь известно о завещании вашей хозяйки?

— Нет, абсолютно ничего.

В квартире побывала тьма народу. Разные там эксперты, криминалисты, следователь, еще какое-то начальство, словом, все чин чином. Осмотрели мою Элечку, уложили на носилки и вынесли.

На том месте, где лежало ее тело, образовалась кровавая лужа. Голову ей пробили малахитовой пепельницей, украшенной золочеными фигурками медвежат. Пепельницей никогда никто не пользовался, она стояла на полочке в передней. Рассеченный висок — след одного из металлических медвежат...

— У вашей хозяйки были враги? Может, ей кто-то угрожал? — следователь спрашивал меня с видом человека, вынужденного задавать вопросы непроходимой тупице, коей он меня считал. Он смотрел на меня, как на существо низшего порядка. Быть может, именно тогда я поняла, что неправильно (не без помощи Эли, конечно) определила свое место в жизни. И что рождена я вовсе не для того, чтобы мыть полы и стирать, а для того, чтобы просто жить и быть счастливой. Может, мне и удобно было во всем соглашаться с Элей, все-таки она являлась не только моей хозяйкой, но и благодетельницей, но то Эля, а это — мужик, следователь, уставший, невыспавшийся, злой и надменный.

— Послушайте, ей никто не угрожал. Она совершенно спокойно жила все те годы, что я ее знала. А еще она была невероятно счастлива, что выходит замуж за любимого человека. Вы не смотрите, что ей по паспорту почти шестьдесят. Она выглядела прекрасно, следила за собой, и Саша ее любил. Вот так. И причин ее убивать ни у кого не было.

— Однако ее убили. Причем весьма жестоко, — заметил следователь.

— Думаю, что ее просто хотели ограбить... Может, кто по соседству живет, преступник, я имею в виду, увидел, что она вернулась, позвонил, она и открыла. Ее хвать по голове, прошли в квартиру, а там — ничего ценного. Все деньги у нее были в банке, на счетах. Наличных у нее почти не бывало. Все ценное из украшений и прочего — в Лазаревском. Мы же там жили. А сюда она приехала, я вам уже рассказывала, чтобы дождаться развода Саши. Я лично так считаю.

— У нее есть родственники?

— Насколько мне известно — нет. Она никогда не упоминала ни братьев, ни сестер, ни племянников...

— По линии мужа тоже никого?

— Понятия не имею. Говорю же, она при мне ни разу не упоминала никого из родственников.

— Может, она из детского дома?

— Я не знаю.

— Хорошо. Мы это выясним. Вы пока оставайтесь в городе, никуда не уезжайте, мы еще с вами встретимся и поговорим.

— Я могу оставаться в квартире? Убраться?

— Да, конечно, можете. До того момента, пока не объявится наследник.

— Наследник?

— Ну не инопланетянка же она, — усмехнулся следователь. — Кто-нибудь да объявится.

В какой-то момент я поняла, что осталась в квартире одна. Жуткая тишина сковала стены этого некогда приятного жилища. Все, что осталось от моей Элечки, — это кровь на паркете.

Мысль о том, что все самое ценное, что было у Эльвиры, сейчас находится в Лазаревском, в ее доме, куда пока еще не ступила нога представителя правоохранительных органов, пронзила меня, заставила мое сердце биться учащенно. Безусловно, следователь (его зовут Шитов Андрей Сергеевич) понял, что основное место жительства Эльвиры — Лазаревское. Она является владелицей дома и отеля. Однако зарегистрирована она в Москве, на Патриарших, в Большом Козихинском переулке, что рядом со знаменитым «Булгаковским» домом.

Когда Шитов получит официальное разрешение на обыск «лазаревского» дома?

Медлить было нельзя. Подумаешь, я пообещала ему оставаться в Москве и никуда не уезжать. Никакой документ на подпись мне представлен не был. А потому я просто должна была воспользоваться ситуацией и срочно лететь в Сочи.

Я купила билет по Интернету (спасибо Элечке, она открыла для меня это чудо и научила пользоваться ноутбуком!), быстро собралась и, решив не тратить драгоценное время на уборку, на такси помчалась в Домодедово, надеясь успеть на семичасовой рейс.

— Прости меня, Элечка, — твердила я, укладывая в сумку самое необходимое, документы, деньги, еще зачем-то сунула в сумку таблетки от головной боли.

Все банковские карточки, а также наличные Эльвиры вместе с ее портмоне исчезли (драгоценности, что были на Эле, я успела заметить, остались на ней). Хотелось надеяться, что Шитов с компанией окажутся порядочными людьми, и все это богатство «пришьется» к делу.

В Лазаревском же Эльвира хранила все свои брильянты, золото, сколько раз я, оставаясь дома, перебирала эти чудесные вещицы, примеряла. И вот сейчас, со дня на день, объявится, по словам Шитова, наследник или наследница и возьмет все это себе! С какой стати? Лишь только потому, что в их жилах течет немного крови Эльвиры? А где вы были раньше, родственнички, почему не показывались, не навещали свою тетку (сестру или кем там еще она вам приходилась)?

У Эльвиры не было детей, она проронила это как-то вскользь, когда мы разговаривали с ней о возрасте, о теле, о том, что у нее нет растяжек ни на бедрах, ни на животе, что она никогда не была беременна. Интересовало ли меня прошлое Эльвиры? Безусловно, мне было интересно знать о ней все. Да только она ограничивалась дежурными фразами: мол, умер ее муж, хороший был человек, очень ее любил, холил и лелеял. Что умер неожиданно, от инфаркта. Каким именно бизнесом он занимался, я так и не поняла. Но денег оставил жене немерено.

Я не видела ни одного семейного фотоальбома, где бы Эльвира была с мужем. Имелись, конечно, маленькие такие альбомчики, с целлофанированной обложкой, набитые курортными снимками, где Эльвира была одна или в обществе знакомых женщин. Мужчин рядом с ней на фотографиях нигде не было. Если бы я не знала ее, то подумала бы, что она принципиально избегает мужчин или же они по причине ее непривлекательности избегают ее. Однако она была интересной, здоровой женщиной, у которой были любовники, поэтому отсутствие мужчин на снимках меня всегда удивляло.

Поскольку мне позволено было наводить порядок в каждом уголке дома, я имела возможность просматривать и документы Эльвиры. Так вот, ни одного документа, где бы фигурировал Норкин Евгений Борисович (а именно так звали ее покойного супруга), я не увидела. Мое любопытство заставило меня завязать знакомство с уборщицей одного московского загса, женщиной с проблемами. Как я вышла на нее — это отдельная история. Скажу только, что я несколько недель следила за ней, выяснила, где и в каких условиях она живет, поговорила с соседями. И лишь после того, как поняла, что эта женщина сильно нуждается, что у нее больной отец, на которого уходят все заработанные ею средства, я и столкнулась с ней в магазине рядом с ее домом. Как бы случайно. Познакомилась, пригласила ее в кафе, придумала историю, будто у меня проблемы, наплела ей с три короба про какое-то там наследство, которое может пройти мимо меня, сказала, что люди должны помогать друг другу, а потом спросила, не могу ли я ей чем-нибудь помочь. Может, дать денег в долг? И дала. Целых три тысячи рублей. После мы с ней еще несколько раз встретились, я сказала, чтобы она не возвращала мне деньги. Ну а затем попросила ее достать мне копию свидетельства о браке супругов Норкиных — Евгения Борисовича и Эльвиры Андреевны. И еще, если можно, копию свидетельства о его смерти. Моя знакомая, ее звали Татьяна, добыла мне эти документы буквально через пару дней. Так я узнала, что Норкин Евгений Борисович — никакой не фантом, что он реальная личность и действительно был супругом Эльвиры. И что умер он чуть больше одиннадцати лет тому назад.

И я успокоилась. Просто неприятно было бы узнать, что тебе морочат голову, врут в лицо. Мне даже дышать стало легче после того, как я узнала, что Эльвира была со мной честна.

Итак, я выяснила, что богатство Эльвиры досталось ей от мужа и что мне, человеку бездомному, необразованному (курсы швей-мотористок не в счет), надо сделать все возможное, чтобы как можно дольше задержаться при ней, расположить ее к себе, постараться сделать все, чтобы стать ей близким человеком. Чтобы в конечном итоге она позаботилась обо мне, и я на старости лет не оказалась выброшена на улицу. И если поначалу я прислуживала ей как бы через силу, наступая на горло собственной гордости, раздражалась всякий раз, когда мне делали замечание или допускали грубоватый тон, то потом мы с Эльвирой как-то притерлись друг к другу.

В самолете я только и думала, что о появлении возможных наследников. Представляла себе, как вернусь обратно в Москву и увижу целую свору алчных и совершенно чужих людей, которые будут вести себя как хозяева в квартире, повсюду совать свой нос, трогать вещи, ну а потом всем скопом отправятся в Лазаревское — присваивать все нажитое покойной...

О завещании я ничего не знала. Уверена, что и Эльвира тоже не успела распорядиться своим имуществом. И что же теперь будет, если вдруг и наследников не окажется? Кому отойдет квартира на Патриарших? Или дом в Лазаревском? Государству, что ли? Уж лучше бы она тогда оставила все Саше. У него все-таки дети...

А что делать мне? Где жить? Деньги-то у меня на первое время есть. Можно квартиру снять и устроиться в какую-нибудь приличную семью домработницей. Или купить недорогой домик где-нибудь в Подмосковье? Недорогой... Не получится. Всех моих денег на дом не хватит.

Значит, надо действовать. Забрать, пока не поздно, все драгоценности и наличные Эли. И пусть потом доказывают, что это сделала я.

Ну да, я вернулась в Лазаревское. Но не для того, чтобы грабить дом, а чтобы подобрать платье для усопшей, чтобы соседям рассказать, что она умерла, да чтобы взять свои вещи! Вот, подумала я, скажу Шитову, если меня прижмет, что решила — пока нет наследников — забрать свое. Все-таки я жила вместе с Эльвирой и не хотела бы, чтобы чужие люди рылись и в моих вещах тоже.

...Я немного отвлеклась от своих мыслей, когда принесли еду: я выбрала омлет с ветчиной. И когда уже начала есть, то, повернувшись по привычке, чтобы как-то прокомментировать еду или просто что-то сказать, обратившись к моей Эле, вдруг поняла, что она никогда уже не услышит моего голоса, не улыбнется мне и не скажет: «Наташа, вот вечно ты так!»

И слезы покатились по моим щекам, закапали на омлет...

З. Эля Киреева

Жизнь иногда подает нам знаки, и человек сомневающийся, раненный этой самой жизнью, ошпаренный несчастьем, прибитый подлостью и предательством или просто очень мнительный, выходя из дома, постоянно прислушивается, присматривается в поисках этих знаков, расшифровывая все происходящее на своем пути. Я тоже пыталась заниматься этой бодягой, особенно когда становилось совсем туго, невыносимо. А для меня, человека, в общем-то, терпеливого и неприхотливого, жизнь стала невыносимой, когда в доме моего отца, где мы с ним жили вдвоем, на окраине Домодедова, за неуплату счетов отключили воду, электричество и газ. В сущности, мы вполне сносно могли бы жить на мою зарплату почтальона и его пенсию, если бы отец не сбил на своем старом «Фиате» одного местного жителя, Сторожева. И его родственники на протяжении уже нескольких месяцев тянули с отца деньги на лечение его сломанной ноги. Я нашла клинику, где ему накладывали гипс, разговаривала с ортопедом, и он сказал, что с ногой уже все в порядке, что она срослась примерно за три месяца и что теперь этот Сторожев ходит к нему со сломанной рукой (!). Я не стала ничего выяснять с этим семейством, я уже поняла, что это мошенники, а потому просто пришла к ним поздно ночью, облила бензином их сараи, плеснула немного на пустой крольчатник, бросила горящую спичку и пошла себе спокойно спать.

Посреди ночи я проснулась от шума. Это мой отец, у которого в отличие от меня сон тревожный, а то и вовсе бессонница, стоял возле окна и смотрел на розовый горизонт — это на другом конце поселка горели Сторожевы...

Никто не пострадал, огню не дали перекинуться на жилой дом, однако никто из этого семейства нас больше не беспокоил. Как отрезало.

Как раз в то время мы с отцом, увязнув в долгах, затянули с оплатой коммунальных платежей и сидели в темноте, не имея возможности даже вскипятить чайник!

Мой отец — человек необщительный, а потому не к кому было особо напроситься на ужин. Я соорудила в саду очаг из кирпичей, где мы и запекли картошку с луком. Обошлись без чая, достали из погреба компот.

— Дура ты, Эля, — сказал он мне тогда, дуя на горячую картошку и глядя на тлеющие угли. — И ничего-то ты не понимаешь. Мой отец был почтальоном, как ты знаешь, в Москве, он мне такие интересные истории из своей жизни рассказывал... Почта для нас, говорил он мне всегда, настоящий Клондайк! Надо только умело взять то, что лежит на поверхности. Уж поверь, у моего деда таких проблем, как у нас сейчас, никогда бы не было... Да и у меня тоже, когда я работал почтальоном в городе... И меня, заметь, все знали как самого честного и добросовестного почтальона. И никто не знает, сколько я в своей жизни подделал подписей, сколько переводов получили мои люди по подложным доверенностям. Или, к примеру, припишешь нолик в документе, и получается, что гражданке Ивановой положены, скажем, не двадцать рублей, а двести. Ей-то я выплачиваю двадцать, а сто восемьдесят кладу в карман. Чего так смотришь? Я же рассказывал тебе... Или вот делаю дубликаты переводов, в то время как по подлинным переводам деньги уже получены! Да, хорошие времена для меня были... Слушай, Эля, у нас колбаски не осталось?

Я слушала его внимательно, отлично понимая, о чем идет речь.

Принесла ему остатки колбасы, он нарезал ее на кусочки своим ножичком, с которым никогда не расставался, нанизал каждый на прутик и поджарил на углях.

— На, держи, вкусно. Жаль, пивка холодненького нет...

Потом вытер нож о штанину и протянул мне.

— Ты когда-нибудь обращала внимание на этот нож? То-то и оно... А ведь это складной нож «Золинген» времен фашистской Германии, вот так-то вот! Думаешь, откуда он у меня? Расскажу. Это началось в сорок пятом, просто волна посылок с запада на восток. Наши солдаты и офицеры отправляли домой, в Россию, трофеи из оккупационной зоны Германии и других освобожденных стран. Ты только представь себе, какие сокровища проходили через руки почтальонов! Драгоценности, разные дорогие вещи, украшения, картины, ткани и прочее... Солдатам полагалась посылка не более пяти килограммов, офицерам — десять, а генералам — шестнадцать, а то и все восемнадцать! Мой отец тогда разбогател и купил один этаж частного дома на Зацепе...

— Как это разбогател? Ты никогда не рассказывал мне, что у моего деда был дом на Зацепе! Так как разбогател?

— Вот так... В посылке нашел что-то очень ценное, долго искал покупателя, но поскольку он был все-таки почтальоном и многих знал, то через подставное лицо и предложил кому надо... И это не считая других украденных им посылок, в которых было много серебра, немецкой оптики, мехов...

— Купил целый этаж? Это же какие деньжищи?!

— Да, купил. Сам с мамой в одной комнате с кухней жил, а другие сдавал. За копейки, конечно, время-то было послевоенное, но все равно... Считай, таким вот нехитрым образом «отмывал» свой капиталец. Потом они с мамой расстались, вернее, мама его бросила, вышла замуж за одного крупного чиновника, я звал его дядя Юз, не знаю, как точно было его имя, он вскоре умер, и мы с мамой остались одни в его большой квартире на Таганке. Она очень красивая была, бабушка твоя, хорошо одевалась, ты же видела ее фотографии... Думаю, она все знала и понимала про отца и не желала жить в постоянном страхе разоблачения. А отец, он страдал без мамы, это я знаю. Мы часто с ним встречались, ходили гулять в Сокольники, он покупал мне все, что я захочу. Мама никогда не настраивала меня против него. Время шло, я рос, стал понимать некоторые вещи, а когда взрослым стал, тогда отец мне все и рассказал. И ножик этот подарил... Что же касается моральной стороны его дел, то он мне всегда так говорил: не у бедных отнимаю. Думаю, он прекрасно понимал, у кого крал. А уж у государства нашего, говаривал он, вообще не грех украсть. Вот такие дела, дочка! А мы с тобой, Эля, даже чаю заварить не можем. Честные такие. Если б я не был на пенсии, мы бы с тобой иначе жили... В Москву бы перебрались.

— Я и так в Москве работаю, — напомнила я ему. — В центре...

— Ты не работаешь, а прозябаешь!

— Ну и ладно... слушай, а после него ничего не осталось? Чем закончилась его почтальонская эпопея? Его так и не поймали?

— Нет. Он был заслуженным работником почты, заслуженным пенсионером и все такое. Жильцы того района, который он обслуживал, любили его, ведь он был очень внимательным, всем помогал, даже, я знаю, деньги в долг давал, без процентов... Общительный, улыбчивый, всегда и во всем был точен, все про всех знал. Бывало, идет по улице, увидит женщину — спрашивает, выздоровела ли дочка, не нужно ли чего... Вот такой он был, мой отец.

— А ты? Расскажи еще про себя!

— Понимаешь, это целое искусство... Ведь через мои руки проходили не только переводы и посылки от частных граждан. Были и серьезные посылки, и пакеты с государственными средствами. Где ослабить или снять завязки со страховых мешков, да чтобы не испортить бирки и сургучные печати, а где отклеить печати с ценных пакетов...

Вот чем я не занимался, так это не грабил пенсионеров. Знаю, что некоторые мои, так сказать, коллеги, украв крупные пенсионные суммы, имитировали разбойные нападения на себя... Уж до такого я, честно тебе говорю, никогда не опускался. Пенсия — это святое.

Я усмехнулась. Действительно, в нашем доме всегда все было, и я не помню случая, чтобы моя мать у кого-то занимала деньги. Мы не шиковали, но и ни в чем не нуждались. Моя мама была социальным работником, занималась пенсиями, пособиями, словом, получала очень маленькую зарплату. Папу я всегда помнила на велосипеде, с сумкой на плече... Почтальон! Да я даже гордилась этим, словно он занимал какой-то пост. Сейчас-то я понимаю, что просто он, в отличие от других родителей моих друзей, был постоянно на виду, приносил важные письма и телеграммы, газеты и журналы. И я всегда знала, что когда вырасту, тоже стану почтальоном. Ну не дал мне господь ума поступать в институты... Да и отец никогда не настаивал. Хотя мог бы...

— Почему ты не настоял, чтобы я пошла учиться после школы?

Угли уже погасли, в воздухе вкусно пахло печеной картошкой и жареной колбасой с дымком.

— Думал, ты пойдешь по моим стопам, я и направлял тебя потихоньку... Но время изменилось, сейчас редко кто отправляет ценные посылки, да и компьютер сделал свое дело... А потрошить посылки, даже применяя специальную технику — не тот масштаб... К тому же сейчас на почтах иногда работают целые группы из стран ближнего зарубежья, и там мне, к примеру, делать уже нечего... Правда, Элечка, я очень жалею, что ты не выучилась и не стала инженером или бухгалтером. С другой стороны, если бы ты не вышла замуж за эту скотину, Олега, который просто поработил, подчинил тебя, может, тогда ты и сама приняла бы решение учиться...

Он был прав. Мой муж Олег, которого я любила, несмотря на то, что он был лентяем, пьяницей и бабником, превратил мою жизнь в настоящий ад. И только после его смерти (он сгорел в бане вместе со своей любовницей), вернувшись домой, к отцу (мамы уже тоже не было), я начала приходить в себя, успокоилась. Квартиру, в которой мы жили с Олегом, быстро прибрала к рукам его сестра. Но это была квартира их родителей, поэтому я и не старалась что-то отсудить.

Жизнь с папой в частном доме, где все твое и где рядом живет человек, который тебя понимает, спасла меня. Два месяца после смерти Олега я просто отсыпалась, и папа ухаживал за мной, варил мне супчики, заставлял гулять на свежем воздухе, а потом он связался со своей знакомой в Москве, и меня устроили работать на почту. Я вставала чуть свет и ехала в Москву. Это была совсем другая жизнь, но какая-то заполненная, правильная, спокойная.

— Значит, мой дед сокровищ никаких не оставил? — спросила я просто так, уже собираясь уходить в дом. Полила из лейки на угли — они издали приятное шипение, дым поднялся к небу...

— Оставил.

Я посмотрела на отца. Он улыбнулся.

— Нам с тобой достались его «почтовые» мозги. Вот только ты пока что никак их не используешь... Нет, конечно, — спохватился он. — Есть у меня кое-что для тебя, так сказать, наследство. Ну, там... золотые монеты, несколько картин немецких авторов (понятия не имею, сколько они могут сегодня стоить, надо бы проверить по Интернету), жемчуг, немного брильянтов...

— Ты что, шутишь? — я даже уронила лейку. — Ты серьезно?

— Вполне, — однако на его лице все еще играла хитрая улыбка. — В стене замурованы!

И он расхохотался. Громко, на весь поселок. И я вместе с ним...

Однако этот разговор оставил в моей душе след. Долгий и яркий. Мои мозги. Что он хотел этим сказать? Мой отец никогда ничего не говорил просто так. Под фразой «почтовые мозги» он подразумевал какую-то связь с почтовым ремеслом, вернее, те возможности, которые передо мной открывает это мое нехитрое ремесло.

Вот уже десять лет я жила вместе с отцом, работая в Москве почтальоном. И за это время ни разу не использовала свое служебное положение. Да мне даже в голову это не приходило. Единственно, что я могла себе позволить, это почитать вечером, в тишине закрытой почты, дорогие журналы, которые выписывали очень немногие подписчики. В основном это были женские, иностранные и ярко иллюстрированные журналы по шитью и вязанию, настоящий клад для тех, кто профессионально занимается этим, или же каталоги интернет-магазинов, тяжелые и толстые, в которые я «проваливалась» с головой, мечтая о покупках «когда-нибудь»... Я очень аккуратно извлекала запаянные в целлофан журналы с помощью ножниц, просматривала их, а потом запечатывала специальным «запайщиком».

Могла еще съесть кусок торта, предложенный мне какой-нибудь одинокой старушкой в благодарность за то, что я принесла ей вовремя пенсию.

Словом, ничего такого, что могло бы мне принести реальную материальную выгоду, я не делала.

И вот буквально на следующий день после моего разговора с отцом я пила чай в квартире одной замечательной старушки, Анны Михайловны, угощалась ее вкуснейшим яблочным пирогом и особенно-то не слушала, о чем она говорит. Эти старушечьи разговоры — такая тоска! Я старалась не засорять ими свою голову, хотя и кивала: мол, да-да, конечно, Анна Михайловна. И вдруг услышала:

— Эльвира Андреевна теперь неизвестно, когда приедет. Не знаю, когда она вернется. Ей там, в санатории, хорошо... Она мне так и сказала: не могу, говорит, Анна Михайловна, оставаться в этой квартире, здесь все напоминает мне о нем... А там мне лучше, я там и сплю хорошо... К тому же там хорошие доктора. Я заплатила за месяц, но, может, останусь еще на один до зимы, до холодов... И спасибо вам, что приглядываете за моими цветами... Раньше они радовали меня, а сейчас... сами понимаете, мне не до них. Если хотите, возьмите их себе...

Казалось бы, ничем не примечательный разговор. Одна женщина уехала отдыхать в санаторий, другая, соседка, ухаживает за ее цветами.

Однако я услышала главное — эту женщину, что уехала, звали Эльвира Андреевна. Поверьте, это довольно редкое сочетание. Она была практически моя полная тезка! Разве что фамилия ее была, как я потом узнала, Норкина, в то время как у меня — Киреева.

Что это, знак? И что мне прикажете с этим совпадением делать?

Я начала развивать эту тему, спросила, почему Норкина не может оставаться в своей квартире, и узнала, что несчастная женщина, обладательница огромной квартиры на Остоженке, не так давно потеряла горячо любимого мужа, и теперь ей все вокруг напоминает о нем.

Хорошо. Что дальше?

А дальше происходит вот что! Искушение! Как облако накрыло меня с головой несколько дней спустя, когда я узнала, что Анна Михайловна с инсультом попала в больницу. Об этом мне сказала ее дочь, которую я застала как раз в тот момент, когда она перетаскивала цветы из квартиры Норкиной в квартиру матери. Дама ворчала, говорила, что ее мать, вместо того чтобы думать о своем здоровье, переживает о цветах Эльвиры Андреевны. И чтобы успокоить мамочку, эта дама решила перенести цветы, чтобы самой поливать их вместе с цветами Анны Михайловны. Так проще, удобнее...

Ситуация банальная, обыкновенная. Но и здесь я тоже увидела знак. Я предложила ей свою помощь, и мы с ней вместе стали таскать эти цветы. В конце наших переходов я незаметно взяла связку ключей от квартиры Норкиной и сунула себе в карман. Украла!

Взяла и от страха буквально покрылась липким потом. Что теперь будет? Ведь если эта пропажа откроется, то дочка Анны Михайловны вспомнит, что это именно я помогала ей носить цветы, и меня призовут к ответу.

Однако жизнь разрулила по-своему. Все семейство неожиданно переехало в Питер. Дочке предложили какую-то невероятную должность в правительстве Северной Пальмиры, и все рванули туда. Пока продавалась квартира, они, я слышала, жили там в первоклассной гостинице, а потом купили квартиру на Мойке! И все, Анна Михайловна исчезла! А значит, исчез и свидетель жизни Эльвиры Андреевны Норкиной.

На этом этаже было всего две квартиры, и вселившиеся туда новые жильцы и слыхом не слыхивали о Норкиной. Мало что знали о ней и соседи с других этажей, которые купили свои квартиры в последние несколько лет. Только одна женщина, живущая на пятом этаже, была хорошо знакома с моей тезкой, но и она продала свою квартиру, чтобы расплатиться с долгами внука.

Я открыла дверь квартиры Норкиной буквально вечером того же дня, когда мы таскали горшки с цветами с дочерью Анны Михайловны. Точно зная, что хозяйка не появится здесь еще примерно месяц, а то и больше.

Меня словно кто-то толкал в спину, мол, иди. Зачем? Что я этим добьюсь? Превращусь в пошлую «домушницу»? На это указывали все эти знаки?

Однако я открыла двери ключами и вошла. Замерла. Оказалась в мире посторонних запахов и посторонней тишины. Как в сухой и пыльной коробке.

Я не могла даже включить свет — а вдруг кто увидит из соседей светящиеся окна?

Вот так и бродила по квартире, дотрагиваясь руками до мебели, каких-то вещей...

Войдя в ванную комнату, я включила свет, благо этого уж точно бы никто не заметил. Понюхала все пузырьки-флаконы, провела ладонью по висящему на двери халату, полотенцам... И ушла.

4. Оля

Мама, когда была жива, всегда говорила, что меня просто-таки тянет к грязи. Я обижалась на это, замыкалась в себе и никак не могла понять, что она имеет в виду. Сейчас, когда мне уже за тридцать и когда я кое-что испытала в своей жизни, я понимаю, что она хотела мне сказать. Грязь — это не та грязь, мусор, и с чем мы боремся в быту, грязь — это подчас люди. Они могут ходить в чистой одежде, и под ногтями у них будет все вычищено, и волосы вымытые, и даже обувь без пылинки, только они грязные душой и мыслями.

В сущности, я стала это понимать еще в школе, где меня шпыняли и заставляли страдать лишь за то, что я училась в музыкальной школе, ходила на уроки живописи и была девственницей. Да и вообще не надо быть такой уж умной, чтобы все это понимать.

Однако на этот раз в моей постели оказался человек реально грязный. Про душу его я еще тогда ничего не знала. Но тело было грязным, одежда — тоже, ботинки его оказались покрыты толстым слоем пыли, забрызганы бурой грязью, а подошвы выпачканы какой-то красной мастикой...

Мне нельзя пить. После двух-трех рюмок моя душа начинает сочиться приторной добротой, мне становится жалко всех голодных животных, бездомных и обиженных людей, униженных женщин и брошенных стариков, наступает какой-то момент, когда остро начинаешь понимать всю негармоничность и несправедливость мира, и тогда охватывает такая тоска, что хочется выть.

Рядом с нашим домом есть пирожковая, где я иногда покупаю свежие и теплые пирожки домой. Редко я присаживаюсь там за столик, чтобы взять себе еще и чаю с лимоном. Но в тот раз я как раз взяла чай и устроилась в уголке, чтобы насладиться пирожками с капустой, с грибами и с мясом. Был вечер, что-то около шести часов, в это время там почти никого не бывает, и я не стесняюсь ужинать. Знаете, как-то не очень приятно, когда на тебя глазеют и думают: ну вот, пришла, как будто дома не может выпить чаю. И понимают ведь, что если я сижу в пирожковой, значит, дома меня никто не ждет. Иначе я бы купила целый пакет с пирожками и принесла домой, своим домашним. Но этих вот «домашних» у меня как раз и нет. Никого. Даже кошку я не завела, чтобы не думать о ней в течение рабочего дня, что она скучает, что ей плохо или неуютно. К тому же когда у тебя есть дома кошка или собака, то не всегда можешь себе позволить куда-то поехать.

Я отвлеклась.

Это там, в пирожковой, я встретила его. Мужчину с грубым голосом, от звучания которого все поплыло перед моими глазами и меня бросило в жар. Его голос напомнил мне голос знаменитого Гару, Квазимодо. Разве что уши у него, у этого мужчины, были не такими веселыми и оттопыренными, как у Гару. Наоборот, его уши были маленькими, прижатыми к черепу, покрытому густыми спутанными волосами. Грубые черты лица, тяжелые веки больших темных глаз, толстые губы, прямой нос с выразительными ноздрями, впалые щеки и высокие скулы. Что еще сказать? Да я просто с ума сошла, когда увидела эту мужественную красоту, приправленную какой-нибудь наверняка не очень красивой историей, которая и загнала его, окрестившего самого себя хрипловато-звучным именем Гарри (производная от Григория Горелова), в эту забегаловку, где он с аппетитом поглощал теплые мясные пирожки, запивая их ледяным пивом.

Думаю, что он поймал мой взгляд, и ответил на него своим, тягучим, убийственно проникновенным, проколовшим мое сердце...

— Водки хочешь? — спросил он меня, сидящую в метре от него за соседним столиком.

И зачем я только кивнула головой?

Он жестом пригласил меня к себе, я перешла, прихватив с собой тарелку с едой и чашку с чаем.

— Пирожки здесь отменные, — прохрипел он.

Я снова кивнула. Я готова была кивать еще долго, пока голова не отвалится, лишь бы видеть его, слышать его голос, быть рядом с ним.

— Мне бы комнату снять.

Опять кивок. Да, я готова была ему сдать комнату. А почему бы и нет? Иногда именно так и завязываются отношения. Люди живут рядом, разговаривают друг с другом, видят многое из того, чего не увидели бы, если бы встречались где-нибудь на нейтральной территории, в кафе или в кино. Когда человек живет за стенкой, ты видишь, какой он в быту, чем занимается, что ест, что читает или смотрит, можно даже подслушать, с кем и о чем он говорит по телефону, какую музыку предпочитает. Да это просто кладезь полезной информации — соседство!

— Я здесь рядом живу.

— Да мне по барабану, — ответил он. — Гарри.

— Ольга.

— Ты почему тут ужинаешь? Дома, что ли, никого нет?

— Муж в командировке, — произнес, словно помимо моей воли, мой рот. Сказала я, видимо, подчиняясь инстинкту самосохранения, да и вообще, чтобы он не понял, что я одна и никому не нужна. Хотя бы на первое время знакомства.

— Только деньги мне завтра пришлют.

— Хорошо, — снова кивок.

— А ты красивая. Ольга. И имя у тебя тоже красивое.

— Вы откуда приехали?

— Из Норвегии. На рыболовецком траулере работал. Заболел, вернулся домой, а жена, того, другого нашла. И нет бы к нему, к этому ё... уйти, так она его к нам домой привела, вот так. Ну, я все бросил и ушел. С одной стороны, обидно, конечно, что тебя предали, но с другой — меня же дома нет, я постоянно где-нибудь мотаюсь, работаю, а ей тоскливо, баба... Ей ласка нужна.

— Что, вот так прямо все оставили и ушли?

— Так у меня же двое детей. Чего ж я квартиру-то буду делить? Пусть уж живут с другим папашей. А я себе на другую квартиру заработаю. У меня много профессий, я много чего умею. Для меня деньги — мусор, в смысле, я умею их зарабатывать, почти из воздуха делаю. В смысле, своим трудом, потом. А ты умеешь печь такие вот пирожки?

— Умею. Я и торты тоже умею.

— Еще по рюмашке?

Кивок.

Спустя некоторое время меня охватило желание привести в порядок не только волосы и тело этого Гарри, но и его жизнь, судьбу. Ведь если он станет моим мужем, подумала я, ему будет намного легче идти по жизни. Он станет жить у меня, со мной, у него всегда будет чистая одежда, он будет сытым и сможет спокойно подыскать себе хорошую работу, и все устроится лучшим образом!

Водка сделала свое черное дело, и я не помню, как мы пришли ко мне домой. Какая-то полоса бесчувствия, беспамятства, безумия.

Зато точно помню, что проснулась я от запаха. От мужчины, похрапывающего рядом со мной, исходил запах немытого тела, и меня слегка затошнило. Я выскользнула из постели, набросила халат и заперлась в ванной комнате. Осмотрела себя в зеркало, принюхалась к рукам. Секс. Все вокруг пахло сексом. А еще я чувствовала, как во мне все еще бродит алкоголь, как медленно и лениво он течет, растворенный в крови, по моим венам и артериям. Болела голова, поясница и много чего еще, словно я весь прошлый день занималась гимнастикой.

Конечно, думала я, намыливаясь под душем, можно его выставить за дверь. Но так я могу поступить в любой момент. И снова останусь одна. А что, если этот мужчина — просто находка для женщины? Ну и что, что он часто в командировке, в далекой Норвегии или еще где ловит рыбу? Может, это даже к лучшему, что мы будем не так часто видеться. Станем переписываться по Интернету, если, конечно, это возможно, или общаться по скайпу. Я буду его ждать, готовиться к его приезду, а он — присылать мне деньги, привозить подарки из дальних северных стран...

Вернувшись в спальню, я собрала всю одежду Гарри, решив ее постирать. Заодно и посушить, благо в моей стиральной машинке есть такая функция. Он проснется, а его ждет чистая и сухая одежда. После машинки ее, кстати, можно проветрить и на лоджии, все-таки лето. Можно было вообще повесить сушиться на лоджии, да только джинсы точно не успеют высохнуть к тому моменту, когда он проснется. Поэтому не буду рисковать, решила я.

Думаю, я совершила небольшое преступление, решив опустошить карманы джинсов. Вдруг там что-то важное... Но ничего особенного я там не нашла. Лишь клочок бумаги, записку, на котором было написано: «Эльвира Андреевна Норкина, Б. Козихинский переулок».

Я почувствовала, как колени мои стали слабеть. Кто такая эта Эльвира? Жена?

Решив, что выбрасывать записку нельзя, я запомнила текст и быстренько записала в своей записной книжке. Мало ли, вдруг пригодится?

А потом меня охватило желание заглянуть в паспорт Гарри. При нем была спортивная сумка, в которой, насколько я поняла, уместился весь багаж моего гостя.

Сумка стояла в прихожей. Я, не дыша, стараясь не производить звуков, открыла сумку, достала паспорт. Конечно, умные девушки сначала смотрят в паспорт, а потом уже впускают мужчину в свою постель. Да то умные. Я же себя к таким не отношу. Я импульсивная.

«Григорий Александрович Горелов». С фото на меня смотрело красивое мужественное лицо викинга. Да, это Гарри. Я улыбнулась. Не обманул.

Ему в прошлом году стукнул сороковник. Постарше меня, что ж, это даже неплохо. Зарегистрирован в Сургуте. Да, далековато. Пролистала быстро страницы, пока не поняла, что держу в руках обычный внутренний паспорт. Порылась в сумке — нашла загранпаспорт. Пролистала. И здесь не обманул: действительно прилетел из Норвегии. Вот свежая пограничная печать аэропорта города Тремсё.

Мне понадобилось несколько минут, чтобы, заглянув в ноутбук, выяснить, что Тремсё — норвежский город, большая часть населения которого занята в рыболовецком промысле.

Я на цыпочках вернулась в прихожую и снова принялась изучать содержимое сумки Гарри.

Я увидела ноутбук. Что ж, уже неплохо, подумала я, извлекая его с величайшей осторожностью.

В основном сумка была набита грязными вещами — свитерами, майками, джинсами, трусами и носками. Но на самом дне я все же обнаружила кое-что интересное: бутылку норвежской водки «Линье-Аквавит», лежавшей на мягком свертке, в котором оказался белый, с синим орнаментом шерстяной свитер, внутри которого я увидела маленькое, смешное и одновременно страшное существо, ушастое, носатое, щекастое и глазастое — тролля.

Вероятно, вез подарки семье, да не сложилось. Может, часть раздал по дороге или вообще продал...

— Оля? — услышала я и мгновенно сунула ноутбук на место, рванула молнию на сумке, закрывая ее, выпрямилась и, глубоко вздохнув, приблизилась к двери спальни.

— Гарри? — улыбнулась я, чувствуя, как горят мои щеки от стыда. Как-никак я рылась в чужих вещах, а это нехорошо. — Доброе утро.

5. Глафира

— Июнь, люди должны отдыхать, а у нас работы — по горло! — сказала Лиза, разгребая на своем огромном письменном столе папки с документами, бумаги, книги, пустые чашки и блюдца. — Значит, у людей проблемы.

— Так радоваться надо, — сказала я, бросаясь ей помогать, поскольку я в нашей конторе отвечаю за еду и уборку. Так повелось с самого начала, едва я только устроилась работать к Лизе. — Дай-ка сюда эти чашки... еще уронишь, нехорошо будет, все-таки лиможский фарфор.

— У людей неприятности, а ты говоришь, радоваться нужно.

Все эти разговоры были лишь фоном, ненавязчивым оформлением утра понедельника. Понятное дело, что я никогда не радуюсь чужому горю, напротив, радуюсь, когда удается кому-то помочь.

И огорчаюсь, когда мне предстоит сообщить нашим клиентам тяжелую весть. К сожалению, так иногда бывает.

Лиза Травина — адвокат с именем, я, Глафира Кифер, — ее помощница. Но помимо чисто адвокатских историй у нас здесь подчас разыгрываются настоящие криминальные драмы. Надо будет как-нибудь подсчитать, сколько невиновных людей нам удалось спасти от грозящей им тюрьмы, сколько людей было найдено благодаря нашим с Лизой совместным усилиям. Конечно, последние два года нам стало легче работать, мы приняли в штат молодого и энергичного Дениса Васильева. Вот так и работаем — Лиза, я и Денис.

Лиза — стройная, высокая, светловолосая молодая женщина. И я не знаю ни одного мужчины из нашего окружения (или наших клиентов), кто бы не восхищался ею. Я тоже восхищаюсь ею и подчас прикладываю неимоверные усилия, чтобы хоть немного походить на нее. Так, к примеру, время от времени пытаюсь отказаться от сладкого и мучного. Но меня хватает ненадолго. Кондитерская — это то искушение, мимо которого я не могу пройти, не заглянув. Все понимаю, чувствую, что плыву, но остановиться не могу. Пирожные — буше, эклеры, бисквитные, со сливочным или заварным кремом, миндальные, булочки с орехами, слойки, безе, пахлава... Это все печется для меня. Да и кондитерскую построили рядом с нашей конторой тоже исключительно ради меня. Так, во всяком случае, говорит задумчивая Лиза.

— Сейчас должна прийти знакомая моей мамы, ее зовут Лидия Александровна Вдовина. Очень колоритная женщина. Современная, молодящаяся изо всех сил, вот уже почти десять лет живет в Америке с мужем-художником. Некрасивая, но эффектная, обаятельная. Она — просто блеск!

— Так она что, приехала из Америки сюда, к нам, в Саратов?

— Да, решила проведать своих родственников, друзей. Может себе позволить.

— А к нам почему? Проблема?

— Мама сказала, что у нее подруга пропала. Но мы сейчас сами обо всем узнаем.

Через несколько минут раздался звонок в дверь, пришла Лидия Александровна. Невысокого роста, с густыми, аккуратно постриженными волосами, в черных брючках и свободной красной блузе с короткими рукавами, позволяющими увидеть ее слегка покрытые загаром тонкие руки с намечающимися пигментными пятнами. На ногах — удобные, мягкой кожи темные мокасины.

Половину лица закрывали темные очки, которые она, войдя в приемную, сняла и взглянула на нас ярко-синими, в веселом прищуре, глазами.

— Ты — Лиза! Я узнала тебя, деточка! — она стремительно подошла к Лизе, и они обнялись.

— Как же я рада видеть вас, Лида!

— Тебя! Не «вас», а тебя! — поправила ее, подняв кверху тонкий указательный палец с острым красным ногтем, Вдовина.

— Хорошо, договорились, — улыбнулась Лиза. — Присаживайся. Чай? Кофе?

— Ничего не хочу. Спасибо.

Она села между нами за свободный стол Дениса, которого вообще редко можно было застать на рабочем месте. Он снова где-то мотался, гонялся, слонялся, летал, бегал, добывал информацию, проворачивал наши дела.

— А это, стало быть, Глафира, — она улыбнулась мне, показывая ряд белоснежных зубов. — Очень приятно. Я много слышала о вас, Глашенька. Можно я буду вас так называть?

— Хорошо, конечно...

— Ты прекрасно выглядишь, — сказала Лиза, и я поняла, что это «ты» далось ей с трудом. — Посвежела, помолодела. Как там, в Америке?

— Прекрасно. Приезжай к нам — и сама все увидишь. Мы живем в дивном месте, во Флориде... Я и с русскими уже там подружилась, образовался круг знакомых, и вообще все хорошо. Но Россия — это другое, это родина, и этим все сказано. Так хотелось увидеть знакомые лица не по скайпу, а вживую, обнять всех своих сестер, племянников, подруг... И все, слава богу, живы-здоровы. Вот только Элечку, свою подружку закадычную, потеряла... Даже и не потеряла... Ладно, все по порядку.

Эльвира Норкина. В девичестве Скворцова. Когда я уехала, мы поклялись друг другу не теряться. Она замечательная, прекрасный человек. Очень воспитанная, интеллигентная. Детей у них с мужем не было, но зато они жили душа в душу. Женя очень любил Элечку, просто боготворил ее, это была идеальная пара. Поэтому, когда он заболел, она совсем растерялась... А уж когда умер, она и сама была едва живая... Это несчастье случилось, когда я уже уехала в Америку. Она написала мне о смерти Жени, сказала, что ей плохо, и я предложила, чтобы она приехала ко мне погостить, сменить обстановку. Деньги у нее есть, Женя хорошо зарабатывал, у него был свой бизнес, кажется, молочный. А перед смертью он все продал и вложил деньги в недвижимость. У них была трехкомнатная квартира в центре Москвы, а потом, я так поняла, Женя купил еще несколько квартир... Это я к тому, что она спокойно могла позволить себе купить билет до Флориды. Да в крайнем случае я сама бы ей купила! Но об этом речь не шла... Да и вообще, ничего не получилось... Мы все переписывались, переписывались, я давала ей какие-то советы и все ждала, что она созреет для поездки ко мне. Я понимала, что ей просто не хватает решимости. Вероятно, мне самой следовало тогда приехать к ней, поддержать ее. Но у меня были важные дела, мой муж, художник, готовился к выставке, и ему тоже нужна была моя поддержка. Да он вообще без меня не может! Словом, я упустила какой-то момент, очень важный для нее, я думаю... Наступила пауза в нашей переписке, а мы переписывались по Интернету, разумеется... Я завалила ее письмами, разволновалась, звонила нашим общим знакомым, они сказали, что Эля поехала к какой-то родственнице в Питер, что скоро вернется...

И вот она вернулась, написала мне, что ей стало уже лучше, что она развеялась и готова подумать о поездке ко мне. Я обрадовалась... Но потом она написала, что у нее начались проблемы со здоровьем, кажется, что-то с зубами... Словом, вся эта наша переписка о поездке в Америку затянулась... мы стали писать друг другу все реже и реже... Мне даже показалось, что я начала раздражать ее своими письмами, новостями об успехах моего мужа... А потом переписка вообще сошла на нет. Я изредка спрашивала наших общих знакомых, как там Эля, но и они с ней перестали видеться, общаться... Быть может, меня бы здесь, у вас, Лиза, не было, если бы не одно обстоятельство, которое не дает мне покоя. Вот, прочти...

Лидия протянула Лизе листок.

— Что это? Какие-то слова... — Лиза вертела листок в руках.

— Мы вяло с ней переписывались, какие-то дежурные вопросы-ответы... А в тексте мне попадались слова... с чудовищными ошибками... Видишь, Лиза? Слово «речь» написано без мягкого знака. Вместо «довольно» — «давольно», а еще это «извени»! Или вот: «через чур»! Ну и конечно этот шедевр: «лутше».

— И?

— Конечно, ей было совсем плохо, у нее была депрессия, но разве может человек с высшим филологическим образованием допускать такие чудовищные ошибки?!!

— Нет! — вырвалось у меня. — Это не она вам писала.

— Разумеется, не она, — согласилась со мной Лиза. — Но тогда кто? И зачем?

— Короче, девочки. Я поехала к ней — в ее квартире живут другие люди. Они сказали, что Норкина продала им эту квартиру, и даже показали договор купли-продажи. Все чисто. Это было чуть больше пяти лет тому назад. В 2010 году. Я спросила их, не известно ли им, куда делась бывшая хозяйка, на что они ответили, что вроде бы она после смерти мужа никак не могла прийти в себя, что в этой квартире ей все напоминало о нем и что она присмотрела себе дом в какой-то деревне, неподалеку от Москвы.

— Ты, значит, видела договор купли-продажи.

— Да-да, и вообще все документы на квартиру. Говорю же, там все чисто. Моя Эля куда-то уехала. Возможно, она заболела и не могла сама писать и кто-то писал мне письма под ее диктовку. Да там даже и не письма, а короткие сообщения.

— Но если так, — осторожно вставила я, — этот неграмотный человек должен уметь пользоваться компьютером, это же электронные сообщения...

— Да, и я так подумала, — согласилась со мной Лидия. — И даже успела представить себе доярку с ноутбуком на коленях...

— Вы... то есть ты хочешь ее найти, да, Лида? — подытожила разговор Лиза.

— Да, очень хочу. Я принесла ее фотографии, записала подробно все, что нужно, — имя-фамилию, дату рождения, бывший теперь уже адрес... Со мной, Лиза, нужно вести себя, как и подобает в таких случаях, официально. Составляем договор и — вперед!

— Хорошо.

Лиза посмотрела на меня. Предстояла поездка в Москву.

— Вы полетите в Москву самолетом, вместе со мной, — сказала Лидия, словно прочтя наши мысли. — И будете жить у меня, в моей московской квартире. Надо сказать, что я ее все эти годы никому не сдавала, за ней присматривала моя соседка, чудесная женщина. Она даже все мои цветы в горшках сохранила, представляете?! Ну что? А... понимаю, вам надо поговорить. Хорошо, тогда я сейчас, Лиза, поеду к твоей маме, выпью у нее чайку, мы с ней договаривались, а потом ты позвонишь мне, и мы определимся, каким рейсом полетим в Москву. Хорошо? Но вы собирайтесь, очень прошу, предполагаю, что дел в Москве будет много.

— Хорошо.

Лидия улыбнулась одними губами. Видно было, что она встревожена, что этот разговор об Эльвире, ее подруге, расстроил ее.

Она ушла. Лиза встала, прошлась по приемной, распахнула окно.

— Все можно понять... И депрессию, и желание этой Эльвиры продать квартиру, где ей все напоминало о ее муже, и переехать за город. Вообще изменить свою жизнь. Но эти ошибки... Это же грубейшие орфографические ошибки! И даже если предположить, что она диктовала эти письма Лиде... Ну, одно письмо она могла продиктовать. Но несколько? Зачем ей это? К тому же эти письма были, как выразилась Лида, дежурного характера, то есть не информативные...

— Думаешь, ее уже нет в живых?

— Все указывает на это. Или же попала в какую-нибудь секту. Словом, она либо выпала из реальной жизни, либо из жизни вообще... Где у нее была квартира?

— Остоженка, дом пять.

— Да уж... ты хотя бы представляешь себе, сколько может стоить сейчас трехкомнатная квартира на Остоженке? Ты набери, набери, погугли Остоженку, дом пять...

Я открыла первое же объявление о продаже квартиры по интересующему нас адресу.

— «В самом центре столицы в престижном районе «Золотая миля» на Остоженке, в старинном доме 1915 г. постройки, предлагается 3-комнатная квартира с дизайнерским ремонтом. Второй дом от храма Христа Спасителя. Большие просторные комнаты, кухня-столовая, зимний сад...» Да... Один квадратный метр здесь стоит полмиллиона рублей.

— А я о чем? Да наверняка все крутится вокруг этих квартир, вокруг денег этой Норкиной. Я понимаю, конечно, Лиду, она давно уже оторвалась от своей прежней московской жизни, но если уж ей так дорога была эта Эля, то могла бы и приехать к ней, забрать ее с собой. Тем более что знала, понимала, что она находится в таком состоянии, что мало чего соображает, и что она в таком положении — просто находка для мошенников.

— Это ты сейчас так рассуждаешь, а вспомни, давно ли ты интересовалась жизнью своих подруг?

— Да у меня и подруг-то особо, близких я имею в виду, нет... Только ты. И если бы с тобой что-нибудь, не дай бог, случилось, уж поверь мне, я бы разыскала тебя... И не стала бы ждать столько лет, как Лида... Пять лет тому назад Норкина продала свою квартиру. Я думаю, нужно разыскать риелтора, который проводил сделку, и разговаривать с ним. Ну и, конечно, заняться официально поисками Норкиной. Вполне возможно, что она действительно купила домик в какой-нибудь деревне в Подмосковье и живет себе там...

— Тема наследников...

— Наследники — это наше все! Надо будет выяснить все о ее родственниках, возможных наследниках. Сама понимаешь, Глаша, московские квартиры — это золотая и, вместе с тем, криминальная тема...

— Там мы едем?

— Разумеется! Я сейчас позвоню Диме, ты — своему мужу.

— Земцовой звонить будешь?

— Думаю, что она обидится, если узнает, что мы с тобой были в Москве и не встретились с ней. К тому же, как ты сама понимаешь, она может нам реально помочь.

— Она снова с Крымовым?

— Понятия не имею. Вроде бы с ним, но... это же Крымов, с ним трудно. Он — как ветер.

Я живу с мужем за городом, мы воспитываем его мальчишек от первого брака, и, если бы не Надя, сестра мужа, конечно, ни о какой работе я и не помышляла бы. Но Надя, одинокая женщина, без мужа и детей, обрела свою семью у нас.

— Тебя собрать? — спросила она. — Ты приедешь домой?

— Точно не знаю, но думаю все же, что нет. У меня здесь, в конторе, есть все необходимое для командировок.

— Узнай, какая погода в Москве, может, похолодает... Словом, мы будем тебя ждать.

— Я еще Диме позвоню... Он что-то трубку не берет. Может, не слышит...

Но Дима взял трубку, буквально через пару минут после моего разговора с Надей. Я рассказала ему о новом деле, объяснила, что мне нужно уехать. Он, как и Надя, сказал о возможном похолодании, посоветовал мне взять свитер.

Это был обычный разговор, но в нем было столько обоюдного тепла и понимания, что я в который уже раз поблагодарила бога за то, что он послал мне встречу с Димой и что у меня есть семья и даже сыновья — Арсений и Петя!

Лиза тоже позвонила домой, поговорила с няней подросшей дочки Магдалены, предупредила своего мужа, Дмитрия Гурьева, о том, что мы уезжаем. Мы собрались, взяли все необходимое, позвонили Лидии, сказали, что готовы и что можно покупать билеты.

И вот спустя два часа мы втроем уже сидели в аэропорту в ожидании своего рейса.

— Лида, расскажи нам подробнее о своей подруге, — попросила Лиза. — Что она за человек? Ее характер, привычки, болезни...

Я достала блокнот и приготовилась делать пометки.

6. Женя

— ...Ты им компот из клубники сделай и оладушки напеки... И смотри, чтобы Егорка на яблоню не лазил, он однажды залез, а слезть не смог, и нам пришлось просить большую лестницу у соседей.. Мало того что соседи у нас — люди не-общительные, так еще и лестница неподъемная!..

Вспомнив этот эпизод из дачной жизни, Женя, закончив разговор с матерью, медленно повернула голову и посмотрела на распростертое на полу тело мужа.

— Ты помнишь? Помнишь, как мы волокли с тобой эту лестницу, чтобы снять Егорку? Ничего-то ты не помнишь... Вообще все забыл. И про нашу любовь забыл, и о том, как наши дети рождались, и как мы радовались, как были счастливы. Ты предал нас, нас всех — меня, Леночку, Егорку. Что сделала с тобой эта женщина? Чем тебя околдовала? Старая, некрасивая, я видела ее фото на твоем телефоне, уж извини... Деньги. Всему виной деньги, вернее, их отсутствие. Но кто же в этом виноват, что у нас никогда не было денег? Я, что ли, должна была их зарабатывать? Ты — мужик, ты и должен был нас обеспечивать. Думаешь, я не помню, какие горы ты нам обещал, когда делал мне предложение? Что откроешь свою типографию, что отец тебе поможет и все такое... Да, я понимаю, твой отец заболел, и все деньги ушли на его лечение, но их все равно не хватило бы, и ты это прекрасно знал... А так... Что в конечном итоге получилось? Ни отца, ни денег... Твоя мать с инсультом лежит, хорошо еще, что за ней сестра ухаживает. Но тоже ведь не бесплатно, там уже и завещание подготовлено...

Молчишь?

Женя Зимина, худенькая бледная женщина в джинсах и майке, принесла ведро с водой на кухню и принялась отмывать пол от рвоты.

— А ты как думал? Думал, что я тебя вот так просто возьму да и отпущу? Ты, значит, решил развестись, меня с детьми бросить, а сам бы отправился в Лазаревское, на море, ублажать эту старуху? Ты вообще думал, что я должна была чувствовать, представляя вас вместе? Ну уж нет...

Она мыла губкой пол рядом с телом мужа, сначала боясь взглянуть на его лицо, перепачканные губы, а потом, словно осознав, что перед ней труп, этой же губкой вымыла и его лицо.

— Хорошо, что дети на даче, с мамой. Она там за ними присмотрит. А я... Я сначала думала сдаться полиции, рассказать им всю правду, ну, что отравила тебя. А сейчас думаю: с какой стати я стану губить свою жизнь? Да и детей жалко. Уж как-нибудь да вывезу тебя. Хоть по кусочкам. Мне уже все равно.

Ты пойми, Саша, я тебя уже не люблю. Во мне все сгорело. Я просто понять не могу, как это так можно взять да и вычеркнуть из жизни человека. Это же не слова из предложения выбросить. А человека! Значит, сломать, изменить его судьбу. И почему я должна страдать одна? Ты, значит, жил бы себе спокойно у нее под крылышком, у этой змеюки, вы купались бы в море, ели шашлыки, а мы тут с детьми подыхали с голоду? Нет, Саша.

И ей не будет уже жизни... Уж я-то постараюсь...

Прикатила! С деньжищами, думала, что раз есть деньги, так можно все?! Да кто бы тебе развод-то дал? Я? Нет!

А ты, Саша, ты вот скажи, тебе не стыдно? Ты вообще, что ли, разум потерял? И стыд? Отправился на заработки, а вместо этого закрутил роман с престарелой бабой, жил у нее, а теперь вот и жениться на ней собрался! Стыд-то какой!

Она вылила грязную воду в унитаз, набрала чистую, плеснула в ведро дезинфицирующую жидкость и снова принялась мыть пол на кухне. Чувства, которые захлестнули ее, были похожи на опьянение свободой, возможностью выговориться наконец. Она была одна дома, не считая мертвого мужа, и никто не мешал ей выплескивать все накопившееся негодование, злость, обиду, раздражение, досаду. Еще не осознав до конца, что она натворила, она радовалась одному — что ей сейчас никто не мешает. Что детей дома нет. И что мама, которая имеет обыкновение заходить по нескольку раз в день, сейчас на даче. Поэтому, кто бы ни позвонил в дверь, она имеет полное право не открывать.

— А то кофейку ему захотелось... А ты купил этот кофе? Ты хотя бы рубль в дом принес? Привык, что нас мама содержит, что все в дом прет! Кофейку, да с сахаром... Да как ты вообще посмел прийти после того, что сделал?! Развод он, видите ли, захотел... Жениться собрался! Кофе... Выпил? Понравилось? Вот так...

Она поднялась с колен, выпрямилась во весь рост и пнула ногой тело мужа в бок.

— Что, уже не больно? Ничего не чувствуешь? А я чувствую. И мне больно. И боль моя еще не скоро пройдет. Ну что, кажется, чисто?

Женя Зимина принесла из спальни большое покрывало, расстелила на полу, втащила на него тело и аккуратно завернула, откатила рулон к стене. Села у распахнутого окна, закурила.

На кухне крепко пахло хлоркой, было чисто и как-то голо. Это потому, что не было детей. На плите — пусто. В холодильнике — тоже. Зачем что-то готовить, когда нет аппетита, всегда можно перекусить хлебом и молоком.

Женя сидела, курила, рассматривая покачивающиеся за окном ветви деревьев, слушала шум московского летнего двора, детские голоса и крики, звук ударяющегося о стену мяча, и слезы, крупные, прозрачные, капали, стекая по обескровленным щекам, на грудь.

Как она могла так ошибиться в своем муже? Всегда считала Сашу человеком близким, родным. Конечно, все знали и понимали, что он неудачник, что так уж складывалось в его жизни, за что бы он ни брался, у него ничего не выходило. Вот просто сплошное невезение. Зато ему повезло с женой и детьми! Разве это не счастье?

Так разве ж он это ценил? Может, в самом начале их отношений он и относился к Жене с трепетом, но все это схлынуло с рождением Леночки. Как-то сразу все стало приземленно, скучно, проблемно: это безденежье, недосып, продавленный диван, подержанная детская кроватка, потрескавшийся кафель в ванной комнате, почерневший от времени унитаз, доставшийся им от старых жильцов этой дешевой и «убитой» квартиры, купленной ими на родительские деньги сразу после свадьбы.

Вроде бы и упрекнуть родителей не в чем — жильем молодую пару обеспечили. А что дальше-то делать? Женя — кассир в супермаркете, Саша — с его полиграфической специальностью — вечно безработный. Денег всегда не хватало.

— Ты почему по специальности не работал? — Женя бросила взгляд на неподвижный рулон возле стены. — Вакансий в Москве — полно. Мы же с тобой вместе искали и находили. Почему каждое твое собеседование заканчивалось ничем? Что ты им такого о себе рассказывал, что они забывали о тебе сразу же, как только за тобой закрывалась дверь? Молчишь? Вот и я не знаю. И уже никогда не узнаю. Наверное, ты просто дурак, и люди это чувствуют, а еще страшный эгоист, который думает только о себе.

Она встала, сделала несколько упражнений, разминая спину. Затем вышла в прихожую, открыла дверь и выглянула на лестничную площадку.

Они жили на девятом этаже кирпичного дома. Над ними — лишь технический этаж с лифтовой шахтой и выходом на крышу.

Женя вернулась на кухню, ухватилась за край рулона, вцепившись руками в покрывало:

— Поехали...

Она выволокла тело мужа сначала на площадку, затем, прилагая все силы, втащила его наверх, в отгороженное металлической решеткой помещение, ключ от которого она выпросила у техника-смотрителя после случая с подкинутыми туда новорожденными и орущими котятами.

— Пока тут полежи.

Она вернулась, снова закурила. Мысли ее крутились возле дачного поселка, где находилась родительская дача. Там есть небольшой лесок, где можно закопать труп. Да только, может, те, кто будет разыскивать Зимина, могу догадаться прочесать этот лесок. Нельзя недооценивать, так сказать, своих врагов.

Еще машина. Где взять машину? Кто согласится ей помочь? Только отец. Сейчас он на рыбалке с друзьями. Вернется вечером. И что она ему скажет? Приезжай, я мужа своего убила. Надо бы его где-нибудь закопать.

Папа. Бедный папа. Повесить на него такой груз.

Но если позвонить в полицию, то для родителей ее пребывание в тюрьме окажется еще большим ударом.

Она снова позвонила матери. Спросила, когда вернется отец с рыбалки.

— Так он уже вернулся! Лещей привез! Женечка, может, ты приедешь к нам? Что там у вас случилось с Сашей? Где он так долго был? Я уж боюсь спрашивать, чтобы не расстраивать тебя, я же чувствую, что между вами что-то произошло... Вижу твои заплаканные глаза. Ты и сюда не приехала, как я понимаю, чтобы вы во всем разобрались с мужем. Я права?

— Да, мама, ты права. Просто я не хочу сейчас говорить, да и не могу.

— А... Тебе неудобно? В этом все дело?

— Да. В этом.

— Скажи, а деньги у тебя есть? Я к тому, что ты, может быть, боишься сказать мне, что твой муженек ничего не заработал на море. Женя, ты чего молчишь?

— Я... я не знаю... подожди, мама, я сейчас прикрою дверь...

Женя, положив телефон на стол, бросилась в прихожую, где Зимин оставил небольшой новый спортивный рюкзак, светло-зеленый, украшенный кожаными вставками. Подарок этой твари.

Дрожащими руками она расстегнула его и принялась вытаскивать все содержимое. Смена белья, две пачки «Мальборо», зажигалка и новенький бумажник из натуральной кожи. Бумажник тяжелый, плотный. Она раскрыла его как книгу и увидела, что его отделения просто набиты деньгами, в одном — евро, в другом — доллары, в третьем отделении — пятитысячные рублевые купюры.

— Да, не слабо ты, видать, постарался верхом на этой кобыле...

Ее всю трясло, даже зубы стучали.

— Какой же ты гад! Проститутка! Продался этой гадине... Ты не мужик... просто мразь!

Вспомнив, что у телефона ждет мать, Женя вернулась на кухню, взяла телефон:

— Ма? Ты еще здесь? Слушай. Тут такое дело... Мне нужна папина помощь, дай-ка ему трубку...

7. Оля

— Ты хорошая, — сказал он мне, ласково потрепав по щеке. — И красивая. И вообще супер. Ты будешь мне хорошей женой.

У меня от услышанного ноги подкосились. Думаю, что в этот момент у меня глаза увеличились в два раза, а то и в три.

— Что? Тебе, зайка, никто еще не делал так быстро предложения?

— Ну... Почему... Всякое бывало... — краснела я до покалывания в губах. — Но ты же меня совсем не знаешь. Может, тебе просто переночевать негде? Так ты не парься, живи, тебе совсем не обязательно жениться на мне.

Последнее я сказала, конечно, с трудом. Мысленно-то я уже вышла за него замуж и родила ему детей. В квартире даже как будто запахло слегка подгоревшим молоком и детскими мокрыми пеленками...

— Мне деньги пришлют, и я смогу снять себе квартиру. Дело как раз не в этом. Просто ты хорошая. Такой должна быть жена.

— Но ты уже один раз ошибся... — нерешительно произнесла я.

Утро плавно перетекало в день, за окном блестела под солнечными лучами Москва. Я лежала на мужском плече, моя щека заняла впадинку на нем, словно специально созданную под мой размер. Мы совпали. Я умирала от любви, задыхалась от страсти. Еще вчера я, разглядывая себя, обнаженную, в зеркале, находила в себе сплошные изъяны: слишком худа, волосы какие-то белесые, глаза меняют цвет, грудь маленькая, кожа чуть ли не зеленая...

Сейчас же, в руках мужчины, я наполнилась жизнью, кровь во мне забурлила, моя кожа стала бело-розовая, щеки разрумянились, волосы шелковым мягким веером рассыпались по подушке, серые глаза засверкали фиолетово-зеленоватыми александритами, а грудь разбухла, налилась, как и губы... Я вся была открыта новым ощущениям, я горела и будто летела куда-то в космос. Это была любовь. Я поняла это. Любовь — значит, болезнь. Я заболела этим крепко пахнущим любовью мужчиной.

Сейчас он лежал в постели чистый, на его влажных волосах сверкали на солнце капли воды, но никакие шампуни или мыло не могли заглушить другие запахи, мужские, которые кружили мне голову и заставляли меня вновь и вновь подчиняться ему.

— Вообще-то я не шучу. И про деньги я тоже не наврал, мне пришлют. Конечно, вчера, когда мы встретились с тобой, я выглядел не очень-то, да и воняло от меня. Но я ехал по одному вполне определенному адресу, где надеялся отмыться, выпить чаю, выспаться. Но не получилось.

— Вопросы можно?

— Валяй, — он захватил рукой мою голову и зажал шею, слегка придушив. Кожа его была теплая, шелковистая. Хотелось прокусить почему-то. — Какая ты... хрупкая...

— Ты сказал, что заболел, поэтому бросил работу. Что случилось? И когда? — Мне хотелось знать о нем все!

— Неделю тому назад. Встать не мог. Мы как раз вернулись в порт. Так меня на носилках на берег выносили. Думали, что-то с позвоночником. Никогда такого не было. И боль адская, отдавало в левую руку...

— И?..

— У меня друг есть в Тремсё, ну, это город такой в Норвегии, он врач, его зовут Оле.

— Как меня?

— Нет, его зовут Оле. Мои друзья с берега позвонили ему, он приехал за мной и привез в свою клинику. Там меня обследовали. Знаешь, очень странная история. Мы-то все думали, что у меня проблема с позвоночником, а оказалось, что воспалился нерв, который находится где-то возле мышцы, поддерживающей почку... И мышца эта напряглась, давила на нерв... Сначала Оле сделал мне коктейль, набрал в огромный шприц каких-то волшебных препаратов и ввел где-то возле шеи... Знаешь, я в первый раз после бессонных ночей заснул наконец. Меня отпустило. Какое счастье — отсутствие боли! На следующий день он подрезал какие-то мышцы в районе почек, поставил на эти раны пиявки, и я почувствовал себя здоровым. Нам всем дали отпуск, и вот я решил съездить домой, в Сургут, к жене и детям. А что было дальше — я тебе уже рассказал.

— А деньги? Тебе что, не заплатили там, в Норвегии?

— Нет, почему же, заплатили. Но я одолжил крупную сумму своему другу, он в Крыму дом себе присмотрел, а квартиру родительскую еще не успел в Сургуте продать... словом, ему нужно было просто перехватить, вот я ему и одолжил.

— И сколько? — Сердце мое забилось, я подумала, что этим вопросом оттолкну его от себя. Кто я ему, чтобы спрашивать о таких вещах? Мы знакомы-то с ним были всего несколько часов!

— Пятьдесят тысяч, — сказал он.

— Рублей?

— Зачем рублей, евро, конечно!

— Богатенький Буратино...

— Говорю же — выходи за меня, — он повернулся ко мне, наши лица почти соприкасались. Его теплые губы нашли мои. — Только не изменяй.

— Постой... Вот ты приехал в Сургут, домой. А там — другой мужик живет с твоей женой, так? И что? Я надеюсь, ты их не покалечил?

— Нет. Просто развернулся и ушел. Уехал. Улетел, вернее. Сюда прилетел.

— А к кому ты здесь поехал?

— Так, ни к кому. Теперь моя очередь задавать тебе вопросы. Помнишь, я спросил, почему ты ужинаешь в кафе, а не дома? Ты сказала, что замужем, что у тебя муж есть.

— Ну, не признаваться же незнакомому человеку, что меня дома никто не ждет. Словно я напрашиваюсь, сам знаешь на что...

— Так ты выйдешь за меня?

— Не знаю, посмотрим...

— На что посмотрим? Еще не насмотрелась?

— ...Как ты себя будешь вести...

— Да я хороший, и вести себя буду хорошо.

Он улыбнулся ей так, что у нее сердце остановилось. Что сделать, как себя вести, что вообще должно произойти, чтобы он остался с ней навсегда?

То, что она испытала в ту минуту, напомнило ей свои ощущения детства, когда утром, проснувшись, она не обнаруживала на своем стуле с одеждой сундук с найденным кладом, который специально принесла домой, в свою комнату, и положила на видное место, чтобы, проснувшись, взять его. Это были редкие сны, когда не знаешь, что ты во сне, и увиденное воспринимается как реальность.

Так вот сейчас Гарри был ее кладом, ее богатством, и она очень боялась проснуться и снова оказаться одна.

— У меня сигареты закончились. Где здесь рядом можно купить?

В эту самую минуту раздалась музыка. Ритмичная, настолько непривычная уху, что я даже заслушалась. На фоне энергичных ударных басов звучал необычайно свежий и оригинальный звук охотничьего рога.

— Что это? — спросила я, но ответа не получила, потому что Гарри, вскочив с постели, обнаженный, схватил телефон и прижал к уху.

— Да, слушаю, Вик!

Глаза его в эту минуту горели, а на скулах заалел румянец. Его губы растянулись в широкую улыбку. Видимо, известие, которое он получил, его сильно обрадовало.

— Отлично. Спасибо, друг! Хорошо... Я сейчас проверю и тебе перезвоню.

Он отключил телефон и посмотрел на меня, сияя счастьем.

— Ну, говорю же, все будет нормально, и я получу обратно свои деньги! Вик, мой друг из Сургута, о котором я тебе только что рассказывал, перевел мне деньги! Все, до цента!

Он бросился в прихожую, схватил сумку и внес в комнату, открыл ее, достал ноутбук, включил.

— Ну-ка, вот... сейчас...

Когда на экране появилась его банковская страница, он притих и только щелкал клавишами, набирая, по всей вероятности, код.

— Уф... Вот, смотри! Все пятьдесят тысяч! Ну, что, выйдешь за меня? — он подхватил меня на руки и закружил по комнате. — А ты, наверное, думала, что я бичара какой?! Да? Кстати, — он опустил меня и взглянул мне в лицо, — как ты вообще могла напиться в какой-то забегаловке с незнакомым парнем? Ты всегда так поступаешь?

— Каждый день, — сказала я в отчаянии, чувствуя, что теряю его. Слезы заполнили мои глаза. — Ну что, теперь все? Теперь я тебе не нужна? Ты снимешь себе квартиру или вообще купишь... Деньги, конечно, не такие уж и большие, но потом еще рыбу половишь в своей Норвегии, снова заработаешь...

Меня охватила такая тоска!

Гарри усадил меня к себе на колени.

— Ты что же это, думаешь, что я вот такой, да? Что я просто использовал тебя? Ты действительно мне очень нравишься. Признаюсь, я так устал уже жить один... Да, я часто ухожу в море, работаю по контракту, но ведь я могу и не уезжать. Могу устроиться где-нибудь здесь, в Москве, на работу. Говорю же, я много чего умею. Я технарь, у меня и диплом есть... Но мне почему-то кажется, что для нас с тобой Норвегия, я имею в виду, моя работа — это то, что нужно, чтобы не надоесть друг другу. Я уйду в море, но мы с тобой сможем общаться по скайпу, когда будет такая возможность, я имею в виду Интернет... Ты согласна?

Я не знала, что ему сказать. Признаться в том, что я влюбилась и что готова ждать его хоть всю жизнь, зная, что он все равно ко мне вернется, не будет ли это выглядеть идиотизмом? Может, он просто проверяет меня?

— Ладно, я понял... Не отвечай. Ты отчего-то напугана... не веришь мне... Хорошо, пусть пройдет время, и ты сама все поймешь. Или... у тебя кто-то есть?

— У меня? — вопрос был настолько неожиданным, что я чуть было не расхохоталась. Хорошо, что я все же сдержалась, иначе это означало бы высшую степень неуважения к себе. Как будто у меня не могло быть любовника...

Он нежно поцеловал меня.

Господи, как же долго я буду еще помнить вкус его теплых губ, аромат его дыхания, сильные объятья...

Мы собрались и вышли из дома. Гарри сказал, что теперь, когда «мы богаты», можем позволить себе все, что угодно. Сказал, что хочет сделать мне подарок. Я была смущена. Не помню, чтобы мужчины делали мне подарки. Да и мужчин у меня было раз, два и обчелся. Какие подарки?!

Оторвавшись от Гарри, от его тела, я, словно цветок, который вынули из воды, стала хиреть. Я физически почувствовала слабость, мне показалось, что я потускнела. Не знаю, как объяснить это странное чувство. А ведь он тогда еще был рядом, и мы с ним держались за руки. Как влюбленные в кино.

Может, это мое состояние было связано с тем, что я очень боялась, что Гарри исчезнет, растворится, как утренний сон, я проснусь и окажусь вновь в своей квартире, в своей спальне.

Но моя рука покоилась в его горячей и сухой ладони.

Мы прошли с ним буквально несколько метров, пересекли зеленый Есенинский бульвар, дошли до ближайшего магазина, где, я точно знала, был банкомат. Взглянув на меня, Гарри достал карту и вставил в банкомат.

— Сколько возьмем?

— Я не знаю... Сам решай... Это твои деньги.

— Оля, прошу тебя... Устроим сегодня праздник, сходим вечером в ресторан, а днем — пройдемся по магазинам, купишь себе что-нибудь... Вы, женщины, это любите. Пожалуйста, не смотри на меня так... Все хорошо. Все теперь будет хорошо, понимаешь? Не знаю, как ты, а я полностью доверяю тебе. К примеру, вот моя карта, запомни код... «1113». Запомнила? Три единицы и тройка. Легче легкого! Если эта штука отсчитает мне пятьдесят штук, то будет уже неплохо. Короче, сколько даст...

Банкомат зашелестел, лаская слух, купюрами. Все, кто имеет дело с банкоматами, знают этот характерный звук счастья и покоя. Деньги — с их помощью можно хотя бы на время стать счастливым. Расплатиться с долгами, купить новое платье... Мои мысли в тот момент оказались словно замороженными. Я все никак не могла выработать для себя линию поведения с Гарри. Какой мне быть? Естественной, то есть улыбаться от счастья, что мы все еще вместе, быть может, даже радоваться тому обстоятельству, что Гарри меня не надул и что ему действительно вернули долг, то есть он не обманщик? Или же замереть и просто как бы со стороны наблюдать за происходящим?

Банкомат расщедрился на крупную сумму, я даже помогала Гарри держать деньги.

— Положи их к себе в сумочку!

Я, пожав плечами, положила.

Когда банкомат известил о том, что кончился дневной лимит, Гарри спросил меня, где можно поблизости купить джинсы, футболку и кроссовки. Я сказала ему, что лучше всего пройти или проехать до метро «Кузьминки», где полно магазинов. Смотря какого уровня одежду и обувь он предпочитает. Я спрашивала его осторожно, чтобы и не обидеть, не унизить, словом, чтобы понять, какой он, мой Гарри.

Он как-то неопределенно улыбнулся, и я снова ничего не поняла: может, ему все равно, в чем ходить, и качество, бренд его не интересуют. Или же он тоже, как и я, осторожничал, понимая, что я-то человек небогатый. Достаточно увидеть, как я одета, мою квартиру, чтобы иметь представление о моем уровне обеспеченности и требовательности к вещам.

Еще я подумала тогда, что нам предстоит узнать многое друг о друге. Если, конечно (и эта мысль не покидала меня ни на минуту), мы останемся вместе. Если это не какой-нибудь чудовищный розыгрыш, обман избалованного женщинами ловеласа. А уж в том, что Гарри нравился женщинам, я нисколько не сомневалась.

Даже если предположить, что я никогда больше не увижу Гарри, мне все равно нужно благодарить судьбу за встречу с ним. В моей жизни еще не было столь красивого и страстного мужчины.

— Знаешь что, — вдруг остановился Гарри и взял меня за руку. — Зачем нам вообще наличные? Предлагаю вернуться домой и оставить их там. И еще... Ты на каблуках. Возможно, нам придется много ходить. Может, ты переоденешься и переобуешься, чтобы тебе было удобно? В ресторан вечером наденешь каблуки, а сейчас...

Я покраснела. Но он действительно был прав. К тому же если он на самом деле собирается оставить у меня свои деньги, так я могу надеяться, что хотя бы до вечера Гарри еще будет моим, что вернется за деньгами, если не ко мне.

— Хорошо, — сказала я, даже не подозревая, какие события за этим последуют. У меня не было никаких дурных предчувствий, разве что я ощущала себя как во сне.

Мы, так же держась за руки, вернулись в мой зеленый двор, очень тихий и сонный в этот утренний час, когда практически все жильцы были на работе, а няни или мамаши с детьми еще не вышли на прогулку.

— Что это за мелодия на твоем телефоне? — спросила я. — Она не похожа на те мелодии, какие мне приходилось слышать раньше. Это что-то скандинавское?

— А... Ты об этой? — Гарри остановился, защелкал кнопками телефона, который через мгновенье ожил, и весь двор наполнился звуками.

— Это походная песня викингов, название ее примерно такое: «Филлеман шел к реке...».

— Красивая песня.

— Вот и мне тоже нравится. К тому же, когда мне звонят мои норвежские друзья или же Виктор, мы зовем его просто Вик, всегда звучит эта песня, и сердце мое радуется. Вот такой я сентиментальный человек!

Последнее, что я услышала, — это: «Лови!» И чуть позже: «Беги!»

В руках моих оказалось прилетевшее сверху, словно с неба, портмоне Гарри, а его самого за какие-то секунды посадили в черную машину два крепких парня... Я бросилась бежать, не разбирая дороги, нырнула куда-то в кусты, будто я не молодая женщина, а легкая, проворная девочка-подросток. Ноги несли меня подальше от моего дома, я бежала зарослями, тянущимися вдоль старых пятиэтажек Есенинского бульвара. Вот, собственно, и все, думала я, перепрыгивая невысокие заборчики клумб и прочие препятствия, попадающиеся на моем пути. Вот и закончилась моя «лав стори», не успев как следует начаться.

Кто эти люди? Что им нужно от Гарри? Деньги, что же еще?! Вот только непонятно, как же они позволили ему так ловко избавиться от довольно внушительного портмоне, в котором по определению должны быть его банковские карты. Или же... или же им нужны не деньги, а он сам?

Гарри. Что с ним теперь сделают? Будут пытать? Или просто убьют? Что он натворил там, в Норвегии, поймал золотую рыбку и не поделился?

Я влетела в разрисованный домик на детской площадке, чтобы отдышаться, прийти в себя. Мое сердце билось уже в горле! Еще немного, и ему станет тесно в моем ослабевшем теле, и оно разорвется на множество маленьких, мертвых сердец.

Только спустя час я позволила себе вернуться домой. Подумала, что, если уж на меня нападут и потребуют это несчастное портмоне, я отдам его им, оставив при себе лишь ту приметную, оранжевую банковскую карту, которая позволила бедному Гарри выпотрошить банкомат.

«Филлеман шел к реке...» — нервно напевала я, входя в подъезд и поднимаясь на последний, пятый этаж, где и замерла, стуча зубами.

Все мое тело превратилось в одно большое ухо: я прислушивалась к звукам, доносящимся с улицы — не идет ли кто за мной. Но было так тихо, что я слышала биение своего сердца. Бух, бух...

Спустя какое-то время я все же спустилась на третий этаж, вошла в свою квартиру, заперлась на все замки. Достала деньги из своей сумки, те деньги, что Гарри великодушно отдал мне на хранение, и спрятала в кочан резиновой капусты.

У меня есть резиновый кочан капусты, который я купила в интернет-магазине приколов. Внешне она ничем не отличается от натуральной капусты. Нежно-зеленого цвета, с тонкими листьями... Открыв кочан, я поместила туда свернутые в рулон деньги. И сунула овощ в холодильник, в нижний контейнер. Банковскую же карту я спрятала под стельку одной из своих розовых балеток.

Теперь его сумка. Я усмехнулась. Сейчас, после того, что произошло, я уже спокойно могла открыть сумку, достать все его грязные вещи и перестирать. На правах невесты.

Лицо мое скривилось от этого произнесенного вслух слова. Я смотрела на свое отражение в зеркале, и мне хотелось хохотать! Я — невеста. А моего жениха только что сунули в машину и увезли в неизвестном направлении. Кто он? Если бы я не забралась к нему в сумку ранним утром и не проверила его документы и вещи, то не смогла бы до конца поверить в то, что он действительно рыбачил в Норвегии. Но он был там, был и работал!

«Филлеман шел к реке...»

В мою дверь позвонили. Я от страха чуть не свалилась со стула. Так испугалась. Подошла на цыпочках к двери. Заглянула в глазок. Увидела соседку. Ей лет тридцать, высокая блондинка, кажется, нигде не работает. Всегда смотрит мне вслед, словно хочет что-то сказать. Мне же с ней говорить не о чем. Мне спокойнее одной, никто не нужен. Вот разве что Гарри. Да только он исчез из моей жизни так же неожиданно, как и появился.

— Сейчас, — сказала я и открыла дверь.

...

8. Глафира

— Располагайтесь!

Лидия распахнула дверь своей квартиры, в доме в Сеченовском переулке, между Пречистенкой и Остоженкой, приглашая нас с Лизой войти.

— Здесь не убрано, конечно... Но помыть полы, распахнуть окна, и все — жить можно! Сейчас я включу кондиционер.

Квартира была двухуровневая, просторная, часть мебели была закрыта белыми простынями. Хозяйка, продвигаясь по квартире, стягивала их, сваливая посреди комнаты на ковер.

— Понимаю, мы потеряли кучу денег, не сдавая ее, мне и соседка Валерия Семеновна сколько раз говорила, но, с другой стороны, кто знает, как сложится наша жизнь, и не придется ли мне возвращаться сюда... Вы понимаете, о чем я? Конечно, мой брак можно назвать успешным, мне вообще повезло с мужем, он художник, человек творческий, богатый... Но между нами, девочками, скажу, что иногда мне хочется все бросить и вернуться домой, в Москву.

Лидия, в джинсах и белой батистовой блузке, рухнула в глубокое, обитое малиновым бархатом кресло и расслабилась, прикрыла глаза.

— Все. Устала. Вроде бы ждешь лета, а когда оно наступает, хочется прохлады... Вот так устроен человек.

Мы с Лизой тоже присели, чтобы отдышаться.

— Здесь две ванных комнаты, наверху спальни... Словом, есть где жить, где спать... Кухня большая. Но холодильник, предупреждаю сразу, — пустой. Я бы рекомендовала вам столоваться внизу, в нашем доме есть отличный грузинский ресторан, там хозяйка — прелестная грузинка Кэти... Я недавно ужинала там, получила неслыханное удовольствие, правда! Гурийскую капусту заказывала и сациви...

— Ты серьезно, о муже?.. — спросила Лиза, которую явно зацепили слова Лидии о ее браке. — Что, так плохо? Есть проблемы?

— Да не то что проблемы... Я сама — проблема. — Лидия поджала губы, резко поднялась с кресла и подошла к окну, распахнула его, выглянула на улицу, раскинула руки в стороны и глубоко вздохнула. — Здесь мой дом, понимаете? Это во-первых. Во-вторых, я устала ему служить. Как собачонка. Ну да, конечно, я знала, на что подписывалась, когда выходила за него. Понимала, что тот уровень жизни, уровень общения... словом, что за все придется расплачиваться. Но я не знала, что это так трудно... Ладно, сейчас дело не во мне. Мне очень хочется найти свою подружку. Понимаете, я очень виновата перед ней. Закружилась в своей новой жизни, а она тут... Ей, я думаю, было очень трудно. Кстати говоря, Остоженка — это вот там, совсем близко. Мы жили неподалеку друг от друга. Ну что ж, девочки, мне пора...

— Как? Куда? — удивилась Лиза. — Разве ты не останешься здесь?

— Нет. У меня в Москве есть один хороший знакомый, который ждет меня с нетерпением, — она лукаво улыбнулась. — Вот только приму душ, переоденусь, и все, чао!

— Я рада за тебя, — улыбнулась Лиза.

— Я понимаю, вы думаете, что я старуха и все такое, но это неправда! И вы поймете это сами, когда достигнете моего возраста.

— Да уж, старуха, — покачала головой Лиза. — Хотела бы и я быть в твоем возрасте такой старухой.

— Главное, девочки, — это кожа... не курите, пейте молоко, ешьте сливочное масло, оно позволит вам продержаться долгое время без морщин, ну и любовь, конечно!.. Лиза, вот комплект ключей, который я забрала у соседки. Повторяю, ее зовут...

— Валерия Семеновна, — произнесла я.

— Правильно, Глашенька!

Она упорхнула. Как влюбленная девушка. Фиолетовые брючки, белая нарядная туника. Мы с Лизой какое-то время смотрели ей вслед.

— Думаю, что она разводится, поэтому и приехала домой. На разведку. Хотя, может, я и ошибаюсь. Все-таки она прожила в Америке долго, у нее и там тоже дом, обжитой... Муж ее, я уверена, любит...

— Лиза, какая квартира! Вот бы нам с тобой заработать и тоже переехать сюда, в Москву!

— Квартира в Москве — это, конечно, удобно. Но только не жить здесь. Можно бывать тут наездами, ходить в театры, музеи, здесь столько всего интересного, и все это проходит мимо нас, провинциалов.

— Да, я понимаю. Ну а сколько может стоить такая квартира?

— Думаю, миллион.

— Евро?

— А ты как думала? Ладно, Глаша, давай-ка принимайся за работу. Денежки нам на голову просто так не посыпятся. А вот если мы разыщем эту Норкину, тогда, быть может, немного и приблизимся к своей мечте.

— С чего начнем?

— Позвоню Земцовой. Все-таки у нее связи в правоохранительных органах, среди экспертов. Она в Москве — как рыба в воде.

Земцова, к счастью, была в Москве. Она с радостью согласилась встретиться, сказала, что сама приедет к нам.

Пока мы ее ждали, освежились под душем, оделись и встретили ее при полном параде.

— Девочки, как же я рада вас видеть! — Она с порога бросилась нас обнимать.

Похудевшая, с волосами до пояса, в белых широких штанах и полосатой бело-розовой блузке, она выглядела совсем девчонкой. Тонкая, загорелая, счастливая.

— Понимаю, что вы приехали сюда по делу, у вас это на лицах написано, но пообещайте мне, что после того, как работа будет сделана, вы полетите со мной в Ниццу. Прошу вас! У меня там большой дом, он стоит пустой... Крымов вот уже два месяца как в Африке, сопровождает одного богатого чела... У них там какой-то крутой бизнес. Да и вообще он живет своей жизнью... А мне скучно!

Мы спустились в ресторан, заказали баклажаны с орехами, сациви и гурьевскую капусту. В ресторане было тихо, прохладно. Мы с Лизой рассказали Юле о Норкиной.

— Уверена, что ее убили, — сразу сказала Юля. — А что вы хотели? Квартира на Остоженке... Надо начинать с риелторов. Вы мне пришлите сканы всех документов по купле-продаже ее квартиры, а я постараюсь найти человека, который всем этим занимался. Ну, а вы работайте по двум направлениям: соседи, родственники. Я дам вам телефон одного человечка, который будет помогать технически: кого-то «пробить», архивы, информация... Как, говорите, ее зовут?

Юля распахнула свой ноутбук.

Через полчаса у нас была полная информация по гражданке Норкиной Эльвире Андреевне, 1956 года рождения, урожденной Скворцовой: московский адрес, сведения об имеющейся собственности, имя умершего в 2010 году мужа — Норкин Евгений Борисович.

— Очень странная история, — сказала Земцова, сравнивая информацию по искомой Норкиной со вполне реальной гражданкой, москвичкой, обладательницей такой же фамилии, имени, отчества, а также прочими, вызывающими удивление и недоумение, совпадениями. — Вам так не кажется?

— Но если Лидия, приехав сюда, уже искала свою подругу, то первое, что она должна была сделать после того, как не обнаружила Эльвиру по ее адресу, это обратиться в полицию, в паспортный стол! — предположила я.

— Звони своей клиентке, — сказала Земцова.

Лиза позвонила. Разговаривала с ней недолго. Часто кивала головой.

— Значит, так, — сказала она после окончания разговора. — Она действительно обратилась в паспортный стол, и ей дали адрес однофамилицы... Да, она так и выразилась, «однофамилицы Эли», проживающей по Большому Козихинскому переулку... Как видите, адрес точно такой же, как выдали тебе только что...

— И что? Что дальше?

— А то, что она отправилась туда и выяснила у соседей, что хозяйка этой квартиры уже давно живет в Лазаревском. Она попросила соседку Норкиной описать Эльвиру Андреевну и из описания поняла, что это совершенно другой человек, не Эля. Если ее подруга Эльвира пухленькая, невысокого роста женщина с большими зелеными глазами и очень скромная, то эта «чужая» Норкина, которая в Лазаревском, выглядит значительно моложе своих лет и ведет, выражаясь словами нашей клиентки, «не свойственный Эле» образ жизни.

— Что это значит? — спросила я.

— А то, — ответила мне Лиза, — что «лазаревская» Норкина имела прислугу, женщину по имени Наташа.

— Все это твоя клиентка узнала от соседки той Норкиной? — уточнила Земцова.

— Да. Она сказала, что ее Эля никогда бы не наняла прислугу, что это противоречит ее характеру, что она «не такая».

— Как будто прислуга в наше время — это дикость, дурной тон... — пробормотала Лиза, которая, я знала, всегда мечтала иметь целый штат слуг в своем доме. — И что делать?

— Как что? Надо немедленно отправляться сначала в Большой Козихинский переулок, разговаривать с соседями, постараться разыскать родственников этой Норкиной, а уж потом — на море, в Лазаревское! А как иначе? Я же, в свою очередь, так и быть, займусь риелторами, которые продали квартиру «нашей» Эльвиры.

— Постойте... Вы сами-то, сами разве не поняли, что это она... та самая Эльвира?! — воскликнула я. — Таких совпадений просто не бывает! И фамилия, и муж... Он умер день в день, как Евгений Борисович Норкин... Как это твоя Лидия могла так запросто пройти мимо такого? Почему она сама не поехала в Лазаревское и не разыскала Норкину? Да люди могут меняться! И внешне, и внутренне! Лиза!

— Дело в том, Глаша, — поправила меня мягко Юля, — это мы обладаем подробными сведениями о Норкиной, в частности, знаем об ее умершем муже. Лидии же, вашей клиентке, никто бы в паспортном столе таких сведений не дал, даже за деньги. Ей просто назвали адрес однофамилицы, вот и все!

Закончив обед горячим чаем с чабрецом, мы покинули ресторан.

— Сейчас я отвезу вас в одну мастерскую, там работают хорошие ребята и часто помогают мне. Вам дадут машину, чтобы вы могли перемещаться в пространстве. Машина оснащена навигацией, так что не растеряетесь. Верно?

— Спасибо. Знаешь, Юля, мы с Глашей чувствуем себя пока что как слепые котята здесь, в огромной Москве. Надеюсь, что это чувство уйдет, нужно только время.

Юля сделала вид, что пропустила эту фразу мимо ушей:

— Документы на машину вам выдадут, так что все в порядке. Ну что, поехали?! Ближе к вечеру созвонимся. Очень надеюсь, что эту ночь вы проведете в моем доме... Будем пить шампанское и отдыхать. Вы расскажете мне все-все, что происходит в нашем родном городе. Ну, и о своих последних делах.

— Я не очень-то уверенно чувствую себя здесь, — снова завела больную тему Лиза, когда мы, уже пересев на предложенную нам машину, черный «мерс», и оторвавшись от нашей «няньки» Земцовой, поехали в сторону Патриарших прудов. — Не город — гигант. Меня мучают комплексы провинциалки. Честно. Думаю, где-нибудь в Лондоне я бы ощущала себя иначе, увереннее... Не знаю, как тебе это объяснить. Москва давит на меня. А ты? Что чувствуешь ты?

— Приблизительно то же самое, — призналась я. — Надеюсь, что это чувство все же пройдет... Но Москва... Какая она стала! Огромные цветники, парки, такая красота кругом...

— Ты мне брось!

— В смысле?

— Решила в Москву перебраться? Будешь своего Диму агитировать?

— Да нет, что ты... Мне и в своем доме хорошо. Но в Москву хотелось бы почаще наведываться. Ты права, только в Москве провинциал чувствует, что жизнь проходит в стороне от него...

Попетляв немного возле Патриарших, мы остановились наконец у нужного нам дома в Большом Козихинском переулке. Поднялись к квартире, позвонили. Мы знали, что хозяйка в Лазаревском, а потому очень удивились, когда послышались шаги и дверь распахнулась. На пороге стояла женщина неопределенного возраста в черном платье и с черной лентой в волосах. Я почему-то сразу подумала, что мы перепутали этаж.

— Норкина Эльвира здесь живет? — нахмурившись, спросила Лиза.

— Жила, — ответила женщина.

— Как это? — вырвалось у Лизы.

— Убили ее. Меня дома не было, к ней кто-то пришел, она дверь открыла... Ну, и ударили по голове...

— Давно?

— Вчера... А вы кто будете?

— Я адвокат, действую по поручению ее старинной приятельницы, — ответила честно Лиза. — В частности, мне надо было разыскать ее и встретиться... А вы кем ей приходитесь?

— Я — близкий ей человек, подруга... Да вы проходите... Господи, чего это я... Растерялась... Знаете, так непривычно говорить кому-то о смерти Элечки...

Да мы и сами растерялись. В тот момент, когда я услышала о смерти Норкиной, признаюсь, сразу подумала, что это она, та самая Эля Норкина, подружка нашей клиентки. В моей голове тут же нарисовалась вся ее жизнь, начиная с того момента, как она, потеряв мужа, осталась одна, замкнувшись в своем одиночестве. И вот, чтобы не погибнуть, не утонуть в своем горе, как в отраве, чтобы не заболеть, Эльвира принимает решение начать новую жизнь. Что называется, с чистого листа. Хочешь изменить свою жизнь — изменись сама. А что? Деньги у нее были, а это немало. Она сменила квартиру, чтобы ей ничто не напоминало о прошлом. Возможно, сделала себе пластическую операцию, чтобы омолодиться, поменяла не только стиль одежды, но и образ жизни. Решила, что пора ей подумать о себе, начать уже получать удовольствие от жизни. А поэтому наняла домработницу, окружила себя комфортом, все лучше, чем ложиться добровольно в гроб...

Вот такие мысли, промелькнувшие за несколько секунд, меня посетили, когда я входила в квартиру Норкиной. И женщина эта, с черной лентой в волосах, наверняка ее домработница. Непонятно только, почему Лидия не довела свои поиски до конца? Почему, к примеру, придя сюда, по этому адресу, не взяла с собой фотографию своей Эли? Показала бы соседям, кое-что да поняла бы, она это или нет. Да и в Лазаревское могла бы слетать, встретиться с этой Норкиной. Если уж так много совпадений, может, это была все-таки она? Что-то подсказывало мне, что в этих поисках, в этом желании Лидии найти Эльвиру было что-то нечистое. И первое, что мне пришло тогда в голову, когда я подумала об этом, — а что, если Лидия в свое время поступила как-то не очень красиво с Норкиной? Может, существует какая-то тайна, которой она стыдится?

В гостиной на столике стоял помещенный в рамку портрет хозяйки с черной траурной полосой. Лицо женщины ничем не напоминало лицо Эльвиры на фотографии, которой снабдила нас для поисков Лидия. И ни одна пластическая операция, по моему мнению, не смогла бы так кардинально изменить черты лица. Хотя, может, я и ошибалась? С другой стороны, зачем ей надо было так сильно менять свою внешность? Можно подправить нос или подтянуть кожу...

Мы с Лизой переглянулись. Что было делать? Как вести себя с женщиной, которая знала об этой Норкиной буквально все?! Как поступить, чтобы при расспросах не спугнуть ее и чтобы она рассказала нам о своей хозяйке как можно больше? Надо было срочно что-то придумать...

И тут вдруг Лиза выдала:

— Мы предполагаем, что ваша подруга выдавала себя за другого человека, за другую женщину... Вас как зовут?

— Наташа... Наталия Борисовна Уварова.

Я смотрела на Наташу, на ее реакцию на слова Лизы. И она последовала незамедлительно. Женщина устало села на стул и закрыла лицо руками.

— Я права? Если так, то вы будете отвечать перед законом...

Наташа опустила руки, лицо ее вытянулось.

— Да что вы такое говорите?! Да я знаю Эльвиру уже несколько лет! За кого она могла себя выдавать?

— Вот за эту женщину, — Лиза положила на стол фотографию подруги Лидии. — Вы когда-нибудь видели ее?

Наташа недолго рассматривала ее. Потом покачала головой.

— Я никогда не видела эту женщину. И понятия не имею, о чем вы вообще говорите! У меня горе, убили близкого мне человека, а вы... кто вы вообще такие, приходите и заявляете, что Эля — не Эля!

Что-то показалось мне в облике этой Наташи странным, и я не могла понять, что именно. Конечно, она нервничала, горевала по своей хозяйке, но меня не покидало чувство, будто она чего-то боится. Она внимательно смотрела за нашими перемещениями по гостиной, а еще я поймала ее быстрый взгляд, который она бросила на дверь, ведущую в другую комнату. Может, там кто-то был? Сообщник, к примеру? Может, это она и укокошила свою хозяйку?

Ожил, издавая тревожные сигналы, телефон Лизы. Мы все как-то разом вздрогнули.

— Слушаю, — Лиза схватила телефон и вышла с ним из гостиной.

— Наташа, я понимаю, вам не очень-то приятно все это выслушивать, — сказала я, — но дело в том, что пять лет тому назад Норкина Эльвира Андреевна продала свою квартиру на Остоженке и купила вот эту квартиру. Вам что-нибудь известно об этом?

— Да, конечно. Она продала и две другие квартиры — одну в Крылатском, а вторую в Кузьминках, которые были зарегистрированы на имя ее умершего супруга, Норкина Евгения Борисовича, после того как вступила в права наследства. Что же касается квартиры на Остоженке... Насколько мне известно, Эля очень тяжело переживала смерть мужа, поэтому и решила поменять место жительства. Она продала свою квартиру на Остоженке и купила вот эту. А потом, после того как мы с ней побывали в Лазаревском и она просто влюбилась в это место, она собрала все деньги, которые у нее были, и купила там дом. Вы бы видели этот дом, просто сказка... Там еще небольшая гостиница...

Я применила испытанный и очень простой способ удаления хозяйки из комнаты — отправила ее за таблеткой от головной боли. И когда Наталия вышла, я приоткрыла дверь, ведущую в другую комнату, и увидела на кровати раскрытый чемодан. Рядом на ковре — большая спортивная сумка, с виду чем-то заполненная и закрытая на молнию. На стуле лежала легкая летняя курточка белого цвета. Я метнулась туда, схватила курточку, в кармане нащупала какую-то бумагу, быстро переложила в свой карман, заглянула в чемодан: в нем лежали завернутые в полиэтиленовые прозрачные пакеты коробки, шкатулки, жестянки из-под печенья... Досадуя на то, что у меня нет времени выяснить, что находится в этих коробках, и уж тем более открыть и проверить сумку, я вернулась в гостиную. Сердце мое колотилось так, будто я преступница и только что украла ценную вещь. Что за бумагу я зацепила? У меня не было возможности взглянуть на нее. Я так разволновалась, что не сразу поняла, зачем Наталия протягивает мне таблетку!

— Вот, это проверенное средство, Элечка всегда их принимала, когда у нее начинала болеть голова.

Ах да, вспомнила я, у меня же «болит голова»!

— Спасибо.

В эту минуту меня позвала Лиза. Извинившись, я вышла из комнаты.

Вид у Елизаветы был загадочный. Она поманила меня указательным пальцем и зашептала в ухо:

— Нашлось завещание Норкиной... Она все, абсолютно все завещала своей домработнице, — Лиза скосила глаза в сторону гостиной, — Наталии Борисовне Уваровой! И эту квартиру, и дом в Лазаревском.

— Значит, ее надо задерживать... — отреагировала я. — У Норкиной нет как будто других наследников, поэтому и судиться с ней за право на наследование никто не будет, она становится полновластной хозяйкой... Способ убийства, кстати говоря, тоже указывает на непрофессионализм убийцы... То есть эта схема вполне подходит для такой особы, как эта Наталия... Постой...

Я достала из кармана бумагу, развернула. Это был билет! Авиабилет в оба конца: Москва—Адлер—Москва! Она только что вернулась из Адлера! Вероятно, поговорив со следователем, она сразу же рванула в аэропорт и улетела в Лазаревское!

Лиза задумалась. Я же рассказала ей о чемодане и сумке.

— Мне кажется, я знаю, зачем она летала туда, — сказала она.

— Да и я тоже знаю... За всем ценным, что там осталось.

— Вот именно! И о чем это говорит?

— О том, что она не планировала это убийство. Думаешь, это все-таки не она?

— Уверена. Во-первых, убийство слишком уж дерзкое, грубое... Спрашивается, зачем ей было убивать в Москве, да еще и в этой квартире... Она не могла не понимать, что убийством будут заниматься столичные следователи. Будь она преступницей, она бы заранее спланировала убийство, и самое главное, Глаша, она бы побеспокоилась о своем алиби. Ты же сама только что сказала, услышав о том, что Наташа наследница, что она же и первая подозреваемая по этому делу. А у нее и алиби нет, да и место для преступления, повторяю, выбрано не самое удачное... А уж ее поездка в Лазаревское точно свидетельствует о том, что она просто решила прибрать к рукам кое-что из драгоценностей своей хозяйки, чтобы это не сделали чужие. Что ж, я ее понимаю. Вот ты бы как поступила на ее месте? Позволила бы, чтобы все имущество твоей близкой подруги разбазарили налево и направо? Думаешь, все осталось бы на своем месте? Деньги, бриллианты...

— Нет, я еще пока в своем уме, — согласилась с ней я. — И что будем делать?

— Посмотрим...

Мы вернулись в гостиную. Наталия сидела на краешке стула и плакала.

— Скажите, Наталия, где вы сегодня ночевали? — спросила ее Лиза строго.

— Я? Как где? Здесь, дома... Где же мне еще ночевать? А что, мне надо уже оставить квартиру? Вам сейчас позвонили, ясно... Объявились наследники? У нее есть родные, близкие? — Она вздохнула, и этот ее вздох и весь вид ну никак не тянул на актерскую игру, уж слишком все выглядело натурально.

— Я знаю, что вы летали в Адлер... — сказала Лиза, давая понять, что ее недавний телефонный разговор связан именно с этой темой. — Зачем вы туда летали? У вас там сообщник? Или?

— Что? Какой сообщник? О чем вы? — У женщины даже рот открылся от удивления и возмущения. — Ничего себе... Вы что же, считаете, что это я убила Элю? Да, я на самом деле летала в Лазаревское, домой... Дело в том, что дом остался без присмотра... И если люди узнают, что хозяйки больше нет, они взломают его и вынесут все ценное. Вот я и подумала — это несправедливо! В конце концов, я много лет работала у Эли и имею право хотя бы на что-то... Да, признаюсь, я взяла драгоценности и немного наличных, именно немного, поскольку Эльвира хранила все свои сбережения в разных банках. Вы спросите меня, взяла ли я кредитки? Знаю ли я пароли и все такое? Да, знаю. Эля доверяла мне. И живя с ней, я никогда ни в чем не нуждалась... — Слезы потоком полились из ее глаз. — Да мы с ней прекрасно жили! Доверяли друг другу. Конечно, мне не очень-то нравилась ее затея выйти замуж за этого молодого парня. Мы же с ней обе знали, что у него жена и маленькие дети. Но, думаю, она просто хотела взять, добрать от жизни все то, чего не взяла в молодости... Любовь, ласку... Может, у них ничего и не сложилось бы, и она бы поняла рано или поздно, что это не тот человек, который ей нужен, что, предав жену, он потом так же, только еще более цинично предаст и Элю... Ведь Эля старше его, и она понимала, что, если бы не ее положение, ее деньги, вряд ли этот союз был бы возможен. Но она была страстно в него влюблена, и никакие мои доводы на нее все равно не подействовали бы. Все беды от мужиков! Не встретила бы его, не приласкала, не предложи он ей жениться, она не приехала бы сюда и осталась бы жива! И что? Что теперь со мной будет? Вы расскажете в полиции о том, что я забрала вещи Эли? И меня посадят?

— Наталия... Кажется, вы не придали значения моим словам... Но я повторю. Есть предположение, что ваша хозяйка или подруга, не знаю... Эльвира Андреевна Норкина — вовсе даже не Эльвира и не Норкина, понимаете? Сейчас, когда ее уже нет в живых, быть может, вы расскажете нам о своей подруге все, что вам известно? А мы, в свою очередь, поможем вам в вашей, довольно-таки непростой, ситуации с поездкой в Лазаревское?

— Но я не знаю ничего такого, что могло бы компрометировать Элю! Честно! Нет, конечно, меня, как и любую домработницу, первое время интересовала личная жизнь моей хозяйки. Знаете, как это бывает... Моешь полы у кого-то и думаешь, а чем я, собственно говоря, хуже? Вот и я тоже... Вроде бы не бизнесвумен, понимаете, да? То есть нигде не работает, деньги не зарабатывает, а живет, как барыня! Ну и постепенно, слово за слово, я стала вытягивать из нее информацию и поняла, что все, что у нее есть, досталось ей от мужа. Повезло бабе, вот и весь сказ! Жила с ним, как у Христа за пазухой. Наверное, сильно любила, раз так горевала после его смерти. Я вам даже больше скажу... В свое время я тоже сомневалась в том, что у нее был муж, даже проверяла, познакомилась с одной женщиной, работавшей в загсе...

— Постойте, а почему вы сомневались?

— Да потому, что я ни разу не видела нигде его фотографий. Да и не рассказывала она мне никогда про своего мужа. Знаете, вдовы обычно рассказывают о своих мужьях разные там истории, обычное дело... Иногда даже устаешь слушать! А Эльвира Андреевна — никогда. А ведь он оставил ей три квартиры, деньги... Хотя, возможно, у них были совсем не такие отношения, какие я себе нарисовала... Может, он изменял ей, к примеру? Или они вообще жили раздельно... Детей-то у них не было, вот он, вероятно, и завел себе другую женщину, которая родила ему... Но это же все мои предположения...

— Вы сказали, что вас не было дома, когда это случилось. А где вы были? Уверена, что и следователь тоже задавал вам этот вопрос.

— Я вышла подышать свежим воздухом... Я же убиралась здесь, окна мыла, туалет чистила разными там средствами... Вся квартира провоняла ими. Я взяла ключи, у нас два комплекта, и пошла пройтись, здесь, поблизости... А Эля, я так поняла, отправилась к Саше. Думаю, у них была назначена встреча. Она должна была помочь ему с разводом, денег дать, чтобы он откупился от своей жены...

Если бы я к тому времени не знала, что передо мной сидит единственная наследница, то предположила бы, что Эльвира Норкина уже успела, быть может, позаботиться о своем молодом любовнике, а он, узнав об этом, решил ускорить ее смерть... Выходит, не очень-то доверяла она этому парню. Или просто не успела...

У Лизы снова ожил телефон, и она вышла из комнаты.

— Я вот не поняла... Вы кто, адвокаты? Но почему тогда допрашиваете меня? Что вам от меня нужно?

— Мы же сказали... Ищем Эльвиру Андреевну Норкину, но не вашу хозяйку, а другую женщину с такой же фамилией.

— Но если так, то что вы от меня-то хотите? Вы же поняли, что моя Эля — это не тот человек, что вам нужен.

— Дело в том, что и у «нашей» Эльвиры мужа звали Евгений Борисович, и умер он день в день, когда и муж вашей подруги. Как вам такое совпадение? Ну и квартира, конечно... Получается, что «наша» Норкина продала квартиру и исчезла, и появилась «ваша» Норкина, которая купила вот эту квартиру, да еще и дом на море... А сейчас еще выясняется, что ее убили! Странная история вырисовывается...

— Не знаю, что и сказать... А что, если... — слезы высохли на щеках Наталии, и взгляд стал задумчивым, — ваша клиентка что-то напутала и подсунула вам фотографию другой женщины, чтобы опорочить мою Элю?

Вернулась Лиза. Я сразу поняла, что она узнала что-то еще, чего она не могла озвучить в присутствии Наталии.

— Как фамилия вашего следователя? — спросила Лиза.

— Шитов. Андрей Сергеевич Шитов. Так что, мне ждать неприятностей из-за того, что я летала в Адлер?

— Думаю, вы правильно сделали, — сказала Лиза. — Вряд ли сильно опережу события... Вы на самом деле не знали о завещании Эльвиры Андреевны?

— Нет... А что? У нее есть дети?

— Относительно детей мне ничего не известно, а вот племянник точно нарисовался... И его уже задержали...

— Ничего не понимаю... — слабая нервная улыбка застыла на лице Наталии. — Почему задержали-то? И откуда он взялся?

— Из Норвегии! — развела руками Лиза. — Что же касается вашей поездки в Лазаревское, то, на мой взгляд, вы сделали все правильно. Надеюсь, позаботились о том, чтобы в ваше отсутствие приглядывали за домом?

Наталия была совершенно сбита с толку и в каждом слове Лизы ждала подвоха.

— Может, вы и не знали, но вы, Наталия Борисовна, единственная законная наследница Норкиной. С чем вас и поздравляю... А потому советую вам больше никуда не уезжать, а вплотную заняться похоронами вашей подруги. И если вам понадобится адвокат — я к вашим услугам, — с этими словами Лиза положила на стол перед потрясенной наследницей свою визитку.

— Тело Норкиной, по заключению судмедэксперта, о чем мне доложила только что Юля Земцова, принадлежит женщине лет сорока пяти, не больше... — сказала мне Лиза уже в машине.

— А про племянника ты придумала?

— Нет. Следователь Шитов, который занимается этим делом, оказался очень проворным и умным, а потому, воспользовавшись видеоматериалом с камер наружного наблюдения, установил, что приблизительно в то время, когда наступила смерть Норкиной, из ее подъезда вышел молодой человек, который сел в такси и уехал. Нашли этого таксиста, и он показал одно кафе в районе Есенинского бульвара, неподалеку от метро «Кузьминки», где этот молодой человек попросил его высадить. Официантка этого кафе сказала, что он, поужинав, вышел из кафе вместе с молодой женщиной, живущей по соседству... Словом, его выследили и задержали... Он на самом деле еще недавно ловил рыбу в Норвегии, потом зачем-то отправился в Сургут, и вот теперь — в Москве...

— И что? Он на самом деле племянник Норкиной?

— Он сказал, что приехал проведать свою тетю, которую не видел лет сто, вошел в квартиру, а она лежит мертвая, голова — в луже крови... Он испугался и убежал. Сел в такси и поехал, куда глаза глядят...

— И все?

— Нет. Он говорил еще про какого-то Филлемана... Еврей, вроде бы на арфе играет... При чем здесь этот еврей, вообще непонятно... И почему арфа золотая... Словом, бред какой-то!

9. Женя

— Ты сиди спокойно, как будто ничего не произошло...

— Картошку выключить?

— Нет, зачем? Ты же ужин готовишь... Говорю же тебе, веди себя естественно, словно ничего не произошло... Нет, конечно, произошло, твой муж сообщил тебе о том, что бросает тебя, что он хочет развода и все такое... Словом, рассказывай все так, как есть, только удали из своего мозга и сердца все, что связано с тем, что ты с ним сделала. Постарайся не думать об этом... Все это тебе приснилось, поняла? Плачь, рыдай, обзывай ее, эту Норкину, как хочешь... не скрывай свои чувства... И о детях говори, это важно.

— А может, это не они?

В дверь звонили, настойчиво. А перед этим следователь Шитов позвонил на Сашин телефон, и Женя, забыв меры предосторожности и сгорая от любопытства, а вдруг звонит «эта тварь», намереваясь сказать ей все, что она о ней думает, ответила на звонок. Это потом она сообразила, что совершила ошибку, что от мужнина телефона надо было избавиться... А теперь что? Скажет, что вышел он, забыв телефон, как иначе? Куда ушел? Спросите, что полегче... Просто ушел и ничего не сказал. После всего, что они наговорили друг другу, он что, будет ей докладывать, куда и к кому пошел? Понятное дело, что к этой шлюхе!

Следователь Шитов сказал, что сейчас приедет.

И вот они вдвоем, Женя с отцом, который незадолго до звонка Шитова успел принять на грудь коньяку, сидели на кухне, приходили в себя после того, как закопали «рулон» (они так его, Сашу, и называли: рулон!) в лесу, в противоположной стороне от дороги, ведущей на дачу.

— Иди, открывай. Ничего не бойся...

— Картошку я все-таки выключу...

Разговор с отцом занял несколько секунд, а Жене казалось, что Шитов ждет за дверью целую вечность.

Шитов, мужчина средних лет, чисто одет, приятной наружности, весь такой положительный-положительный, отметила про себя Женя. С образованием, занимается серьезным делом — ловит преступников. Вот он уж точно никогда не продал бы себя какой-нибудь старой вешалке.

И вдруг Женя словно ослепла и оглохла, в голове ее зашумело... Это была реакция на собственные же мысли: а что здесь у нее делает Шитов? Ведь он не может знать о том, что Саши нет в живых. Но этот человек представился следователем! Что случилось? Не может же он приехать просто так. Или он — не следователь, или — что-то случилось... Отец сказал, что она должна вести себя естественно. А она, выходит, уже допустила ошибку, не поинтересовавшись еще по телефону, что нужно от нее следователю Шитову, что муж такого противоправного совершил.

Надо было срочно исправлять положение.

— Чего Сашка сделал-то? — раздраженным тоном спросила она, не оглядываясь, проходя на кухню и ведя за собой гостя. — Чего натворил?

Наконец она развернулась, жестом пригласила Шитова сесть за стол.

— Может, воды? — спросила она совсем уж недружелюбно, словно заранее знала, что он откажется.

— Водички можно...

— Трушин Геннадий Алексеевич, — отец протянул руку Шитову.

— Шитов Андрей Сергеевич, следователь... Вы?..

— Я отец Жени, — сказал отец.

— Евгения Геннадьевна Зимина, правильно?

— Да... — она поставила на стол стакан с холодной водой. Села, собралась. Я не убийца, сказала она себе.

— Александр Иванович Зимин, двадцати восьми лет — ваш муж?

— Был, — сказала она, намеренно раздувая ноздри и тяжело дыша. — Мы разводимся.

— А поподробнее можно?

— Можно, конечно... Но вы уж не пугайте, может, мы и в разводе, но он как бы... вернее, не как бы, а отец моих детей... У нас двое детей... Что случилось-то? Вы же не просто так пришли...

— Нет-нет, вы не волнуйтесь, с вашим мужем все нормально, я предполагаю... Мы пришли по другому поводу.

Ее отпустило. Она бросила мгновенный взгляд на отца, ей показалось, что и он тоже расслабился.

— Мой муж, Саша, отправился в Сочи искать работу. Да-да, он такой... В большой Москве найти не мог, поехал с другом в Сочи, оказался в Лазаревском, снимал там комнату у одной старой су... у одной женщины, не бедной, между прочим. Ну и остался там, жил... Первое время даже не звонил, а потом позвонил и сказал, что собирается разводиться со мной, что у него любовь ко мне, видите ли, прошла... А к бабе этой вспыхнула! Что жениться он на ней собрался. Представляете? А у меня двое детей, они маленькие... Леночка и Егорка...

Она вскочила и бросилась в прихожую, распахнула дверь в детскую, забыв, что дети на даче, и в лицо сразу пахнуло слабым запашком детской мочи и пыли... Женя сразу же захлопнула дверь: полы не помыла, а когда было? Пока отца ждала, пока «рулон» опускали на веревках с балкона (благо стена глухая, никто не видел, а напротив — заросли и еще одна глухая стена молочной фабрики), пока его отвозили, закапывали, пока возвращались, мылись, перекусывали... Завтра помою полы!

Она вернулась на кухню, изображая разъяренную, находящуюся немного не в себе от злости брошенную мамашу двоих детей.

— Но он сейчас здесь, в Москве? — спросил Шитов, так, вероятно, и не поняв, куда она убегала и что хотела этим сказать.

— Здесь... Прикатили с «невестой», мать их... Один-то побоялся приехать, ее взял, старую перечницу... Он предлагал мне деньги, десять тысяч евро за развод. А что мне эти деньги? Мне муж нужен!

— Вы не собирались давать ему развод?

— Ну уж во всяком случае не сразу... Пусть помучается... А деньги... Да чего уж там — если так все... пусть раскошеливаются... У нее там домина, гостиница... Ненавижу...

— Так где ваш муж, Женя?

— У этой... где ж ему еще-то быть?! Совещаются, думают, сколько мне предложить. Он же мне не докладывает, куда идет. Он так спешил, что даже телефон оставил... Хотя я уверена, что у него еще один есть... Знаете, приехал сюда весь разряженный, как петух! Рубашка! Джинсы! Кроссовки! Жених! А у меня тут — долги по коммуналке, вон отец не даст соврать...

— Сволочь он, Саша этот... — отец демонстративно уставился в окно, мол, и говорить здесь больше нечего.

— А вы сами встречались с этой дамой? Кстати, как ее зовут? — спросил Шитов, внимательно наблюдавший за Женей. Хотя, может, ей это только показалось?

— Нет, я ее не видела... Хотела увидеть, но у меня не получилось... Да и какая разница вообще, как она выглядит... Конечно, с ее-то деньгами можно себе и лицо подправить, омолодить, и тело... разные там операции... Послушайте, я, кажется, начинаю понимать... Уж не она ли вас натравила на меня? На моих детей? Так знайте, ничего противоправного я не совершала... Живу скромно, полы в офисах мою, пока мои родители за детьми присматривают... вот как подрастут, так, может, найду себе приличную работу, более чистую...

— Вы приходили к ней?

— К кому?

— К Норкиной Эльвире Андреевне домой?

— А кто это? — Она вздохнула. Подумалось, что будет как-то неестественно не знать имя и фамилию своей соперницы. — Понятно... Это она Норкина... Даже фамилия какая-то блатная! Нет, зачем мне к ней приходить? Может, прикажете мне на коленях перед ней ползать, мол, верни мне мужа?

Сладкое чувство охватило ее в тот миг, когда она вдруг ясно осознала, что Саши больше нет! Жаль, что ей не придется увидеть вытянутое лицо этой Норкиной, когда она узнает, что Саша и ее тоже бросил. Что обманул ее... Она будет сидеть и ждать, день, второй, третий... Может, позвонит и ей. Законной пока еще его жене, или вообще — приедет! «Нам надо поговорить!» Ха! Сейчас! Разбежалась она разговаривать с этой дрянью...

— Вы вспомните.. Может, вы были в таком состоянии, что просто не соображали, что делали... Я имею в виду, были взволнованы последними событиями и поехали к ней, поговорить, разобраться?

— Женя. Да скажи ты уже, что была там! — Лицо отца исказила гримаса неподдельного страдания.

Он же сказал ей, чтобы она вела себя естественно. Зачем она пытается скрыть, что была там? Вот дура!

— Ладно... Я была там. Вчера. И что?

— Постарайтесь вспомнить точное время, — сказал Шитов.

— Около двух. И что?

— Норкина Эльвира Андреевна была убита вчера примерно в это же время, — произнес с невозмутимым видом Шитов.

Женя медленно повернула голову, чтобы взглянуть в глаза отца, который только что своим советом подвел ее.

— Вы сильно облегчите свою участь, если добровольно во всем признаетесь, — продолжал, и глазом не моргнув, следователь.

— В чем признаться? — растерялась Женя.

— В убийстве Норкиной, женщины, которую вы ненавидели и на которой собирался жениться ваш муж.

— Что вы такое говорите, молодой человек! — поднявшись со своего места, загремел Геннадий Алексеевич. — Вы приходите к нам в дом, задаете разные дурацкие вопросы, тем самым пытаясь поймать на слове мою ни в чем не повинную дочь, и сейчас предлагаете ей взять вину за убийство этой старухи на себя? Что особенного в том, что

она решила встретиться с этой Норкиной и поговорить? Дело-то серьезное! Этот хлыщ собирался
бросить ее с детьми на руках, погрязшую в долгах,
и что ей еще оставалось делать, как не позаботиться о наших малышах, хорошенько поторговавшись
с этой мадам?! Да я сам отправил ее туда, сказал,
что надо говорить не с Сашкой, а именно с той
женщиной...

— Как вы узнали ее адрес?

— Я взяла его телефон, нашла там женское
имя, единственное, Эльвира, и позвонила. Я пред-
ставилась сестрой Саши и сказала, что хотела бы
приехать и познакомиться... Не уверена, что она
мне поверила, но адрес назвала. Это было позавчера вечером, сразу после того, как Саша к ней
уехал...

— Но он вернулся?

— Да, он вернулся сегодня утром, привез детям
игрушки, одежду... Если хотите, я могу вам показать... У него же был план — задобрить меня, дать
денег, получить развод и укатить в Лазаревское с
этой Норкиной. Все!

— В котором часу он приехал?

— Я так понимаю, что покупки он сделал вчера
вечером, потому что сегодня он приехал часов в
десять, у него были полные руки, одних пакетов
четыре!.. Он не мог все это купить утром, просто
не успел бы... Да и магазины так рано не откры-
ваются. Я думаю, что он, повторяю, купил вчера
вечером или днем... Словом, не сегодня.

— Хотите сказать, что он ночевал у Норкиной, а оттуда утром, взяв покупки, приехал к вам, так?

— Выходит, что так.

— Но как же он мог ночевать у Норкиной, если она к тому времени была уже мертва? Она умерла днем... Быть может, вы что-то путаете? Вы не могли бы дать мне телефон вашего мужа?

— Да-да, конечно...

Шитов взял телефон и принялся его изучать. В списке абонентов он нашел то, что его заинтересовало, и взглянул на Женю.

— А кто такая «Ро»?

— Ро? Не знаю... Понятия не имею...

— Может, у вас есть знакомые, имена или фамилии которых начинаются с «Ро»? Роман, к примеру, или какой-нибудь Россошанский?

— Да нет, ничего такого не припоминается...

Шитов позвонил и через некоторое время начал с кем-то разговаривать.

— Да... Конечно... — И после небольшой паузы: — Моя фамиля Шитов, я следователь следственного комитета, подскажите, пожалуйста, с кем я сейчас беседую?

Он быстро начал записывать в своем блокноте.

— Адрес, пожалуйста.

Женя, находясь в страшном напряжении, хотела уже только одного: чтобы этот человек как можно скорее покинул ее дом. Она смертельно устала и хотела спать. К тому же она сильно переживала за отца, который, она знала, чувствовал себя виноватым в том, что дело приняло такой оборот.

— Я сейчас приеду, — сказал в трубку Шитов и отключил телефон. — Давайте поступим следующим образом, — сказал он, поднимаясь с места. — Вы сейчас подпишете документ, в котором обязуетесь не покидать город до моего особого распоряжения, а потом я вызову вас к себе для дачи показаний. В принципе я мог бы задержать вас прямо сейчас, тем более что вы сами сказали, что находились в момент убийства в доме Норкиной, кроме того, у нас есть и другое этому подтверждение... Камера видеонаблюдения зафиксировала вас, когда вы входили в ее подъезд и выходили... Но у вас дети, поэтому я пока что не задерживаю вас...

— Я не убивала ее, я не враг своим детям... — Она осторожно выдохнула, словно боясь расплескать собственную игру в невиновность. — А вы сразу напали на меня, потребовали, чтобы я призналась в убийстве! У вас что, методы такие?

— Всякое бывает...

— А я вот честно вам признаюсь... Может, и скажу что-то лишнее... Я рада. Я рада, что ее нет... все-таки есть бог на свете!

И она перекрестилась.

— Вот, подпишите... — Шитов показал ей, где расписаться в документе, и ушел.

В квартире стало так тихо, что слышно было дыхание Жени и ее отца.

Женя присела рядом с ним, взяла его руку в свою.

— Па, ты прости меня, что я втянула тебя во все это...

— Во что? Говорю же — ничего не было.

— А что ты маме сказал?

— Что у тебя розетка оплавилась, что ты испугалась, а ей не сказал, чтобы не расстраивать...

Он открыл ящик кухонного стола, достал пластмассовую вилку, какие используют на пикниках, спички и поджег ее. Вскоре на кухне запахло горелой пластмассой.

Сунув оплавившуюся вилку под струю холодной воды, Геннадий Алексеевич, завернул ее в салфетку и выбросил в мусор.

— Ну вот, теперь немного пахнет... для достоверности. Они же скоро приедут!

— Я не знаю, зачем она уехала с дачи... правда... Оставалась бы там...

— Может, она чувствует что-то? В любом случае, ничего страшного не произошло, ведь так? Ну, приедет она и приедет... Думаю, нам с тобой нужно взять себя в руки и начать готовить ужин. Они приедут голодные... Давай дожаривай картошку, а я приготовлю салат... Где у тебя лук?

— Па, ты понял? Ты понял, что произошло? Их нет! *Они исчезли! Оба!*

— Может, чесноку в салат добавить, как ты думаешь, а, дочка?

— Но это не я... ее... Ты веришь мне?

— Да если бы даже и ты... — он подошел, обнял ее и поцеловал в макушку. — Так что там, с чесноком-то?

...

10. Оля

Есть у меня такое качество, как настойчивость, но оно редко когда приносило хорошие плоды. Настойчивость, граничащая с упрямством. Благодаря этому вздорному сочетанию я и оказалась вечером того же дня, как увезли Гарри, в полиции, где меня послали сначала (иносказательно, конечно) на известные три буквы, а потом уже, сжалившись, направили к следователю Шитову. Товарищи в полицейской форме в ответ на мое заявление, что моего друга похитили бандиты, разве что не покрутили пальцем у виска, вероятно, вид у меня был слишком уж несерьезный и растрепанный, и только поработав в своем информационном полицейском море с фамилией Горелов (Григорий Александрович), они ее связали с делом об убийстве какой-то женщины. Вот как на горизонте нарисовался следователь Шитов.

Он сидел в своем кабинете, за разлинованным солнечными лучами, пробивавшимися сквозь пыльные жалюзи, столом и вершил судьбы своих подопечных. Среди которых, как мне сказали, был и Гарри.

Все то время, что я искала следы моего любовника по всей Москве, меня не покидало чувство, что я на верном пути, а слова Гарри о том, что он устал от одиночества и что хочет жить со мной, придавали мне сил.

Конечно, визит моей соседки немного пошатнул мою уверенность в том, что я когда-нибудь стану замужней женщиной и что отцом моих детей станет красавец Гарри.

Стелла (вот повезло девушке с таким именем!) была первая, кому я рассказала о нем. И это при том, что мы с ней никогда раньше не общались. Говорю же, просто она иногда как-то призывно смотрела на меня, словно хотела сказать мне: может, поговорим?

— Слушай, я все видела, — сказала она мне прямо с порога.

Я схватила ее за руку и втянула в прихожую, заперлась дверь.

— Что тебе нужно?

— Да поговорить... Я видела, как они похитили твоего парня... Вот, думаю, ты сидишь дома и рыдаешь, тебе плохо, а тут я как раз... Ты не против? Но если тебе в лом говорить со мной, так я уйду... — и она уже повернулась, чтобы уйти. Я остановила ее.

— Проходи...

Мы курили с ней и говорили.

Я рассказала ей всю правду, ничего не приукрашивая. Как познакомились с Гарри в пирожковой, как он напоил меня, как мы провели с ним ночь.

— Знаешь, мне так нравятся такие истории... — глаза Стеллы заблестели. Она настоящая красавица, натуральная блондинка с огромными глазами. Вот только красоту свою она не осознает, она такая же простая и доверчивая, как мне показалось, как и я. И почему мы с ней раньше не подружились?

— Какие истории?

— Ну, романтичные... А этот твой Гарри — он прямо как какой-нибудь американский актер из Голливуда... Очень красивый... Эти высокие скулы, взгляд, который прожигает до самого дна... Ну, ты поняла меня... Эти плечи, густые волосы... И что он делал в нашей пирожковой?

— Пирожки ел, — сказала я, начиная немного ревновать Гарри к этой Стелле.

— А что теперь ты будешь делать? Ты хотя бы фамилию его знаешь?

— Знаю... Да только что делать, понятия не имею. Где его искать?

— Понимаешь, мне все нравится в твоей истории, кроме этой сцены с деньгами... И думаю, что его похищение связано именно с ними. Наверно, он просто решил тебя использовать как банк. Понял, что ты — девушка честная, что сохранишь его деньги... Вот скажи, ты сама как думаешь, он ждал, что за ним приедут?

— Думаю, да, — призналась я. — Иначе не провернул бы все так быстро... Но если, как ты говоришь, их интересовали его деньги, то почему же они не побежали за мной?

— Я же говорю, все видела! Ты бежала, как рысь, как пантера! Знаешь, мне нравятся такие девушки, как ты... Грациозные, с тонкой костью... Ты была как прекрасное и быстрое животное...

— И?

— Да, ты, наверное, права. И дело не только в деньгах... Но все равно, он замешан в криминале. А потому советую тебе, когда он объявится, вернуть ему деньги и распрощаться с ним. Все-таки это очень опасно...

Она встала и прошлась по кухне.

— А у тебя уютненько... Знаешь, мне нравятся такие большие шкафы... У тебя очень хороший, вместительный шкаф... все-все может поместиться...

— А ты сама-то чем занимаешься? — я решила сменить тему разговора. К тому же, рассказав Стелле все о Гарри, я почувствовала себя словно предательницей. Зачем я это сделала?

— Сказки детские пишу. Правда, их никто не печатает... Но я и не показывала их еще никому.

— А на что же ты живешь?

— Мне мой бывший муж, Миша, деньги дает, иногда продукты привозит. Знаешь, мне нравятся такие вот ответственные мужчины... Мы расстались с ним хорошо, без скандала, просто он сказал, что влюбился и что ничего не может с этим поделать...

— И как ты после этого? Тебе, наверное, тяжело...

— Он ушел от меня пять лет тому назад. Точнее, пять лет, три месяца и восемнадцать дней... — она распахнула свои красивые, почти фиолетовые глаза, и на лице ее появилась невероятно нежная, грустная улыбка. — Но ты права...

— Ты все еще любишь его...

— С любовью всегда так, трудно, — она закивала головой, словно убеждая саму себя. — Знаешь, мне так нравится, что с тобой можно запросто... Думаю, ты понимаешь меня, чувствуешь...

— И сколько ты сказок уже написала?

— Сорок три.

Я от удивления присвистнула.

— Класс! И о чем же эти сказки?

— Да... тебе будет неинтересно... Это как сериал... О девочке по имени Стелла. Ну, как она попала в сказочное королевство, как в подвалах дворца, в цепях, содержались пленники — Подлость, Коварство, Злость, Жадность... И как она их время от времени выпускала на свободу, чтобы посмотреть, что изменится в мире... Ну а потом ее верные стражники охотились за ними, возвращали... Там разные истории... Знаешь, мне нравится писать. Чувствуешь себя хозяином положения.

Я иногда так увлекаюсь, так долго работаю за компьютером, что у меня голова кружится...

— Интересные сказки... А может, тебе предложить их издательствам?

— Не думаю, что это может кого-нибудь заинтересовать. Они же взрослые...

— Ну и что? Это философские сказки... К тому же можно сделать интересные иллюстрации...

— Я сама рисую иллюстрации... Ты приходи ко мне как-нибудь, я тебе все покажу.

— А у тебя друзья есть? — спросила я ее прямо в лоб, подозревая, что Стелла — очень одинокий человек. К тому же я ни разу не видела, чтобы к ней кто-то приходил.

— Да. Конечно.

— И много?

— Нет, одна подруга. Это ты, Оля.

— Я невеста человека, которого вы задержали, его зовут Григорий Александрович Горелов.

Шитов, услышав это, как-то импульсивно отодвинул от себя пачку документов, брови его приподнялись, и он посмотрел на меня уже более внимательно.

— Вы — невеста Горелова? Очень интересно... Как вас зовут?

— Оля. Ольга Васильевна Климкина. Что случилось с Гарри? То есть с Григорием? Мы с ним шли из магазина, и вдруг на него напали, схватили...

— Как давно вы знакомы с этим человеком?

— Суток не прошло. Но это ничего не значит. Он — прекрасный человек! Рыбак! Он недавно вернулся из Норвегии...

Я рассказывала следователю все, что знала о Гарри, уверенная в том, что делаю все правильно. Вот только про деньги ничего не стала говорить.

— Я видела его паспорт, он на самом деле недавно пересек границу... В его сумке на самом дне лежит тролль...

— Да, мы все проверили. Это так. Но дело в том, что, прилетев из Сургута в Москву, он первым делом отправился к своей тетке, Эльвире Андреевне Норкиной, и убил ее. Вот так.

Я истерично хохотнула.

— Убил? Как же у вас все просто!

Я не знала, что сказать, да и что было говорить, когда я не знала о своем Гарри ничего. Хотя, собираясь в Москву, он наверняка не планировал ужин с пирожками в забегаловке вроде нашей и последующую ночь с падкой до красивых мужиков обитательницей Кузьминок. Не скажу, что меня очень уж беспокоил вопрос, как Гарри вообще оказался в пирожковой, но что-то подсказывало мне, что он очутился там совершенно случайно. И слова Шитова лишь подтвердили это.

— Горелов сел в такси и поехал, если верить словам таксиста, «прямо»... То есть не назвал адреса, он произвел впечатление человека, который не знает, куда ему ехать... И вот в какой-то момент он попросил водителя высадить его — оказалось, возле пирожковой. Вы понимаете, Ольга Васильевна, к чему я веду? Убив свою тетку, он садится в такси и мчится подальше от места преступления... Встреча с вами была для него просто спасением! И если бы не водитель такси, мы вряд ли его вообще нашли!

Я посмотрела на следователя с недоверием.

— Послушайте, — осмелилась возразить я ему, — я, конечно, не юрист, но уж фильмов на криминальную тему насмотрелась, можете мне поверить, немало... Да и вообще... Не надо быть таким уж умным человеком, чтобы засомневаться в вашем утверждении, что Гарри — убийца, хотя бы на том основании, что, будь он действительно заинтересован в том, чтобы скрыться, разве стал бы он брать такси? Он совсем не глупый человек и понимал, что в Москве, да и не только, таксисты очень наблюдательны, и повсюду понатыканы камеры слежения... Я думаю, что когда он пришел к своей тете и увидел, что она мертва, он испытал шок, может быть, испугался (хотя это вряд ли!), остановил такси и поехал действительно, как вы и сказали, куда глаза глядят...

— Почему же он тогда не вызвал полицию?

— Да никто, окажись на его месте, не сделал бы этого. Люди боятся попасть в подозреваемые, ведь у вас все эти делишки проворачиваются очень быстро!..

Я знала, что ему не понравилось то, что я ему сказала, но и молчать тоже не могла.

— А где его вещи? — спросил он, и вот тут я похолодела. Деньги его я припрятала в надежном месте, в подъезде, на техническом этаже за замурованным мусоропроводом. Вряд ли они будут там искать. Поэтому хотя бы в этом вопросе «содействовала следствию».

— У меня, где же им быть?! Можете приехать и обыскать... Все постирано и вывешено на лоджии. Бутылку мы не открывали, тролль тоже на месте, на дне сумки... Свитер...

— Вы не слышали, он разговаривал с кем-нибудь, находясь у вас?

— Слышала, конечно, он разговаривал со своим другом, рыбаком, Виктором. Говорили ни о чем... Как, мол, добрался и все такое... Говорили недолго.

— Да... Все верно... — покачал головой Шитов. — А может, к вам заходил кто-то из его друзей? По фамилии... Филлеман?

Меня как током прошило. Вот только секунду тому назад отчаяние накрыло меня с головой и я не знала, что делать и как помочь Гарри, и вдруг, услышав это волшебное, пахнущее холодной водой северных морей и рыбой имя легендарного Филлемана, почувствовала прилив сил, и улыбка расцвела на моих губах. Да, я улыбнулась.

— Я вижу, это имя вам знакомо...

— Нет, — сказала я, продолжая улыбаться, и песнь викингов зазвучала в моей голове. Больше того, мне показалось, что я слышу ее на норвежском языке! На языке, которого не знала. — Подскажите мне, товарищ Шитов, чем я могу помочь следствию? — Мне не надо было изображать из себя наивную дурочку, я искренне хотела помочь ему найти настоящего убийцу дамы по фамилии Норкина.

— Расскажите про Филлемана.

— Но мне нечего рассказывать... Понимаю, в ваших глазах я выгляжу несерьезной особой, впустившей в свой дом незнакомого мужчину, но в жизни, знаете ли, бывает все...

— А что, если он и вас бы убил?

— А как была убита эта женщина?

— Ей размозжили голову пепельницей...

— А что-нибудь украли?

Этот вопрос был не праздный. Ведь если у Гарри было так много своих денег, то зачем бы он стал, к примеру, грабить свою тетю?

— Нет...

Меня отпустило. Хотя бы это...

— А что говорит сам Гарри?

— Что действительно приехал к своей тете, хотел у нее остановиться, позвонил в дверь, а она оказалась открытой... Он вошел, увидел ее труп и убежал...

— Знаете, я бы помогла вам разговорить его, если бы вы устроили нам с ним встречу, — наивная, я предложила заведомо невозможный вариант сотрудничества со следствием. — И сама расспросила бы его про Филлемана.

Произнося последние слова, я чуть не расхохоталась.

— Вы что-то знаете о нем... Где они с ним пересекались?

— Ну, не знаю... А что он сам говорит? И откуда вообще взялось это имя?

— Он его напевал, — вздохнул Шитов. — Вы на самом деле решили нам помочь?

— А вы на самом деле позволите мне с ним увидеться?

Он развел руками, мол, что поделать?

Не прошло и четверти часа, как меня провели в комнату, без окон, освещенную бледным молочным светом, посреди которой стоял стол, по обеим сторонам его — два стула. На одном сидел мой Гарри. Увидев меня, он даже привстал. Я улыбнулась, давая ему понять, что все в порядке.

Нас оставили одних. И даже предполагая, что за нами следили камеры, мы бросились друг к другу, я просто повисла на шее у Гарри, а он принялся целовать меня, как если бы мы не виделись несколько лет.

— Почему ты не рассказал мне о своей тете?

— Ты бы поверила мне, что я ее не убивал?

— Думаю, да.

— Нет, Оля, ты бы испугалась... Ты и так утром была сама не своя, проснувшись в моих объятиях...

Может, и пожалела сто раз, что впустила меня в свой дом. А тут — мой рассказ о мертвой тетке...

— Расскажи!

— Она не родная мне тетя, она — жена моего дяди, сводного брата моего отца. Его звали Евгений Борисович Норкин. Замечательный был человек, хотя видел я его всего несколько раз, когда мы с родителями приезжали в Москву к ним в гости... Он был крупным чиновником, человеком состоятельным, но очень щедрым, добрым и не заносчивым. Во всяком случае, мои родители (мы родом из Екатеринбурга) чувствовали себя у них как дома. Очень гостеприимные люди, пока мы у них гостили, водили нас по театрам, по выставкам, тетя Эля кормила нас пирогами, баловала меня ужасно, покупала подарки, а когда мы уезжали, собирала полные сумки разных деликатесов... Вот такими они остались в моей детской памяти. Шли годы, мои родители стали часто болеть и в Москву уже не выбирались, так только, перезванивались... А потом дядя Женя умер. Никто из нас тогда не сумел выбраться на похороны, я вообще работал в море, в Норвегии... Я знал, мне мама говорила, что тетя Эля очень тяжело переживает смерть мужа, что у нее проблемы с нервами и сердцем, что она несколько месяцев уже живет в каком-то подмосковном пансионате. А после она и вовсе перестала отвечать на мамины телефонные звонки, да и письма возвращались. Мама все собиралась навестить тетю Элю, да у нее постоянно давление скачет, а у отца — ноги... он еле передвигается... Словом, связь с Норкиными была потеряна. А тут эта история с моей женой... Я бы мог поехать домой, в Екатеринбург, да не хотел расстраивать родителей предстоящим разводом. Решил вот отправиться в Москву, найти тетю Элю, пожить у нее до тех пор, пока Вик не вышлет мне деньги... Вот такой был план. Я прямо с аэропорта на такси поехал на Остоженку, я хорошо помнил, где они жили... Приезжаю, а мне там говорят, что квартиру Норкина продала, а где живет — неизвестно. Я отправился в адресный стол, и мне дали новый адрес Эльвиры Андреевны Норкиной. Ну, я и поехал. На такси. Поднимаюсь, подхожу к двери, звоню — никто не открывает. Попробовал открыть, и дверь поддалась... Вхожу и вижу — в прихожей на полу лежит женщина с разбитой головой... Кругом кровищи...

— Господи, какой ужас!

— Да уж, зрелище, скажу я тебе... Но все дело в том, что это была не тетя Эля! Я понимаю, конечно, что годы меняют людей, но это точно была не она... Эта женщина намного моложе, и вообще другой тип...

— Может, адрес напутал?

— У меня же глаза есть! Там на доме есть указатель: Большой Козихинский переулок, номер дома... И номер квартиры. Я ничего не перепутал.

— И что дальше?

— Я ушел, подумал, что эта история не имеет никакого отношения ко мне, поэтому зачем мне ввязываться во все это? Вот если бы это была тетя Эля, другое дело, я бы поднял всю полицию на ноги... Но это, повторяю, была не она.

— Ты сказал следователю?

— Я попытался ему сказать, но потом вижу — они уже все решили...

— Что решили?

— Повесить на меня это убийство.

— Ты можешь мне назвать точный адрес, где все это произошло?

— А тебе зачем?

— Может, мне удастся что-нибудь выяснить? Я хочу тебе помочь...

Я записала адрес и все, что меня интересовало в связи с этим делом.

— Послушай, а может, ты кого-нибудь видел, ну, кто выходил из дома? Или, наоборот, входил? Ведь если время твоего визита приблизительно совпадает с временем ее смерти, значит, убийца был где-то рядом!

— Да может, сосед убил... Мало ли. Но убийство явно не спланированное, понимаешь? Ее убили большой тяжелой малахитовой пепельницей... Она рядом валялась...

Тут он вдруг замолчал.

— Оля...

— Да, слушаю тебя...

— А вот пепельницу эту я как раз узнал. Это их пепельница. Я видел ее раньше в их квартире на Остоженке. Она стояла на столе в кабинете дяди Жени.

— Гарри, все будет нормально... — голос мой предательски задрожал. — Знаешь, я осмелилась постирать все твои вещи... Ты как, не злишься на меня, что я забралась к тебе в сумку?

Он поцеловал губами воздух. Глаза его смотрели так, что я вся покрылась мурашками.

— Вот... Я нашла в Интернете... — с этими словами я включила запись на своем телефоне, и маленькая мрачная комната наполнилась звуками рога и грубоватых мужских голосов, поющих хором, которые на незнакомом языке выводили походную песню викингов.

Брови Гарри взлетели вверх, он на время просто онемел.

— Меня попросили узнать, кто такой Филлеман... Представляешь? — засмущалась я.

Губы его расплылись в улыбке и потом зашевелились, беззвучно подпевая.

— Я вытащу тебя отсюда! — сказала я и крепко поцеловала его.

11. Глафира

На ужин мы приехали к Земцовой.

Жара спала, и Москва плавала в синей вечерней дымке, подернутой золотой пылью уличного освещения.

Между диванами в просторной гостиной стоял длинный низкий стол, заставленный закусками и бутылками. Юля, в шортах, мужской рубашке и веселом фартучке, принесла приборы.

— Девчонки, как же я рада, что вы у меня в гостях! Как вам Москва?

— Большая, — устало проговорила Лиза, потягиваясь. Она полулежала на диване, отдыхая. — Я, конечно, водитель — не ас, это понятно, но у себя дома я вожу машину, даже не задумываясь... Здесь же была напряжена предельно...

Поднимаясь к Юле, мы обе были мокрыми, как мыши. Приняв душ и переодевшись (мне подошла тенниска Крымова, доходящая почти до колен, Лиза же надела на себя льняную белую рубаху Юли), мы расслабились и теперь с трудом поднимались с дивана, чтобы приняться за еду.

— Да, вижу, Москва вас раздавила... — засмеялась Юля. — Ну, ничего, привыкнете! Вот, угощайтесь! Курица с пряными травами, сама запекла... салаты...

— Ты как с Шитовым законтачила? — спросила Лиза. — Или ты с ним была знакома?

— Нет-нет, я его не знала, но мне помогли выйти на него друзья... Слава богу, он оказался вполне адекватным и приятным во всех отношениях человеком. Я с ходу предложила ему сотрудничество, сказала, кто я и чем занимаюсь, рассказала о вас, о Лидии, и мы поделились информацией... Я, честно говоря, пригласила его на ужин, но он ничего определенного мне не ответил... Думаю, что просто постеснялся. Так что, девочки, на всякий случай я вас предупредила.

— Мы думали, что ограничимся поисками конкретного человека в Москве, — сказала я, уплетая салат, — а сами ввязались в криминальную историю... Не знаю, как ты, Лиза, но когда я услышала, что Норкину убили, сразу поняла, что мы задержимся в Москве надолго.

— Значит, так, давайте я расскажу сначала то, что мне удалось узнать... — сказала Юля. — Я проверила, пять лет тому назад квартира на Остоженке действительно была продана хозяйкой при посредничестве одной известной московской фирмы по недвижимости. Мне удалось встретиться с риелтором, она рассказала, как было дело, и когда я показала ей фотографию Норкиной, что дала вам ваша американская клиентка Лидия, риелторша сказала, что вроде бы да, эта женщина похожа на продавца, но точно она сказать не может. Это давно было, и она с тех пор совершила много разных сделок, да и саму сделку не особо запомнила, потому что все прошло, по ее словам, «гладко и сладко», из чего я сделала вывод, что она наварила на ней неплохие деньги.

Ладно. После этого я поехала на Остоженку, чтобы лично поговорить с соседями Норкиной. И была удивлена, когда выяснила, что никто в подъезде ее не помнит. Понимаете, сейчас такое время, когда квартиры в таких вот престижных районах активно выкупаются... Старые жильцы охотно идут на сделки с риелторами, которые предоставляют им жилье в более отдаленных районах, чтобы они на разницу в цене этих квартир могли спокойно доживать свою старость. Однако меня интересовала квартира, расположенная на одной лестничной площадке с квартирой Норкиной. Я позвонила туда, поговорила с жильцами и выяснила, что прежде в этой квартире жила пенсионерка, Анна Михайловна, но как раз пять лет тому назад она продала свою квартиру и переехала в Петербург. Я не поленилась, разыскала ее следы в жилконторе, где мне повезло выяснить фамилию и имя ее дочери. Оказывается, эта самая дочь увезла Анну Михайловну в Петербург, поскольку туда переехала вся семья... Я все это рассказываю вам к тому, чтобы вы поняли, что исчезновение соседки в нашем деле — просто совпадение и никакого отношения к квартирной афере не имеет.

— Какой еще афере? — спросила я.

— Такой! Вы что, действительно думаете, что квартиру на Остоженке продавала сама Норкина? Я вот лично уверена, что это не так. И у меня даже есть кое-какая информация по этому поводу...

Итак. Я разыскала через своих знакомых в Питере эту Анну Михайловну. Мой человек встретился с ней и поговорил об Эльвире Андреевне. Разумеется, я перекинула ему фото Норкиной. Анна Михайловна сразу узнала соседку, сказала, что они были дружны, что Эльвира Андреевна — замечательная женщина и все такое... О продаже квартиры она ничего не знает, то есть квартира была продана после того, как сама Анна Михайловна продала свою квартиру. Однако она тоже подтвердила уже известный нам факт, что Норкина тяжело переживала утрату мужа и не могла оставаться в своей квартире... Но она не продала ее, она просто переехала на какое-то время в один из подмосковных пансионатов, где ей подлечили нервы и сердце... Анна Михайловна присматривала за ее квартирой и цветами, но после того, как вся семья соседки приняла решение продать квартиру, о цветах уже больше никто и не вспоминал... То есть Эльвира Норкина благополучно выпала из поля зрения своей соседки, и больше они не виделись и не слышались... Анна Михайловна окунулась в новую для нее жизнь в Питере...

Узнав все это, я стала действовать уже по другим своим каналам — занялась вплотную поисками пансионата, где проживала пять лет тому назад Эльвира Норкина.

— Неужели нашла? — всплеснула руками Лиза.

— Уверена, что если бы дело происходило в твоем Саратове, ты тоже нашла бы иголку в стоге сена... Все оказалось не так уж трудно. И вот теперь у меня на руках есть адрес этого пансионата! Называется «Золотая ель». Вот туда я хочу завтра отправиться. А что у вас?

Раздался звонок. Мои руки машинально принялись натягивать крымовскую тениску на колени.

— Да, Глаша, это наверняка Шитов, — сказала Земцова. — Иди в мою спальню, в шкафу увидишь мою розовую юбку, я носила ее, когда была беременная...

Шитов, очень скромный человек с серыми глазами, русыми волосами и аккуратным маленьким носом, был похож на рано повзрослевшего мальчика-«ботаника». На нем были белая рубашка, белые джинсы и белые туфли. Нарядился, подумала я.

— Андрей Сергеевич, как хорошо, что вы пришли! Рада! Проходите, пожалуйста!

— Да можно просто Андрей, — сказал Шитов, разуваясь в передней.

— Вы не разувайтесь! — воскликнула Юля.

— Ну... нет, это как-то неудобно. У вас здесь все сверкает...

Он прошел, увидел нас с Лизой и остановился в нерешительности. Я подумала еще тогда, что будь квартира полна бандитов, он меньше бы растерялся и знал бы, как себя вести. Пиф-паф, и готово! Оробел следователь.

— Садитесь, Андрей, вот, видите, я вам и тарелку приготовила, надеялась, что вы придете! Знакомьтесь, это Лиза, а это — Глафира.

Мы познакомились, Юля принялась ухаживать за гостем.

Лиза протянула Шитову запотевшую бутылку водки. И робость нашего гостя как рукой сняло. Он проворно ее откупорил и разлил по рюмочкам.

— За знакомство, — сказал он, поглядывая на нас.

— Что ж, вся компания в сборе, предлагаю послушать Андрея... — сказала Юля. — Я имею в виду появление на горизонте как бы наследника убитой Норкиной, господина Горелова.

— Да уж... Горелов... — усмехнулся своим мыслям Шитов. — Головная боль, а не Горелов. Мы проверили его родственников, и его слова подтвердились... Покойный Евгений Борисович Норкин являлся сводным братом отца Григория Горелова. Отец Григория жив, его зовут Александр Борисович Горелов. Эльвира Норкина была женой дяди Григория, то есть он действительно являлся ее племянником. И засветился он у нее в подъезде приблизительно в то же самое время, когда погибла Норкина, но два часа назад, когда мы произвели официально опознание трупа, Горелов подтвердил то, что он говорил ранее: это не его тетя. И даже близко на нее не похожа. Он сказал, что тетя была старше, ниже ростом, пухленькая... А эта Норкина — повыше, и вообще сложена иначе... То есть это разные женщины.

Мы взяли одежду Горелова на экспертизу — на ней нет следов крови. Понятное дело, он мог переодеться, поэтому мы отправили нашего человека к приятельнице Горелова, Ольге Климкиной, у которой он провел ночь, чтобы взять на экспертизу вещи Горелова. Посмотрим, найдут ли чего... Хотя, с другой стороны, если бы он совершил убийство и запачкался кровью, а он просто не мог не запачкаться, поскольку там вся прихожая в крови... Так вот, вряд ли он в испачканной кровью одежде зашел бы в пирожковую, а после в таком виде напросился на ночлег к незнакомой ему девушке... Это я к тому, что мне и самому не верится, что Горелов имеет отношение к убийству.

Кроме того, мы проверили банковские счета Горелова и выяснили, что он хорошо зарабатывает, сейчас у него на счету довольно крупная сумма денег, что исключает корыстный мотив убийства тетки, вернее, вовсе и не тетки... Просто влип парень, оказавшись не вовремя на пороге ее квартиры...

— А что за еврей с арфой? — улыбнулась Земцова. — Помните, вы говорили?

— Это не еврей... — Он вдруг улыбнулся такой очаровательной улыбкой, что все мы, сидящие за столом, почувствовали себя как-то очень комфортно, а Шитов показался нам милым и своим в доску. — Горелов... Он напевал песню одну... про викингов... Филлеман — это герой норвежской баллады... Такие дела... так что забудем про еврея!

— Ну, хорошо! — воскликнула Юля, радуясь, что ее гость лишь украсил компанию. — Давайте поговорим теперь о Норкиной, той, что в отличие от другой Норкиной решила пуститься во все тяжкие и устроила свою жизнь с максимальным комфортом и морем удовольствий! Итак, у нее была домработница, она же близкая подруга Наталия, которую Эльвира сделала своей единственной наследницей. Наталия, явно не подозревающая о своем статусе наследницы, сидит сейчас в квартире в Козихинском переулке и горюет по поводу смерти подруги. Молодой любовник Норкиной, Александр Зимин, он же ее жених и пока еще муж гражданки Евгении Зиминой, матери двух малышей, исчезает. Примерно в то же время, когда убивают Норкину. Что это, совпадение?

— Однако, — подхватил развивать эту тему Андрей Шитов, — в ходе разговора с его женой, Евгенией Зиминой, я выяснил, что он сегодня приходил домой, причем не с пустыми руками, а с подарками для детей. И поскольку он пришел утром, покупки сделал, вероятно, вчера, то есть в день убийства Норкиной. Но если он не ночевал дома, подумал я, то где же он провел ночь, если Норкина была убита, лежала мертвая в своей квартире? Явно не у нее. Словом, по оперативным данным, он действительно вчера был в магазине «Детский мир», поскольку в деле появились чеки из этого магазина, изъятые у гражданки Зиминой, и покупки совершал в течение получаса, между тринадцатью тридцатью и двумя часами дня, после чего обедал в кафе «Му-му»... В пакетах с игрушками мы обнаружили счет из кафе, зарегистрированный в четырнадцать сорок три... Как выяснилось, в этом кафе он был не один, а со своей любовницей Розой Сайфутдиновой.

— Ба, да у этого альфонса, подлеца, решившего бросить своих детей ради богатой тетки, есть еще и любовница?! — вырвалось у меня. — Но как вы об этом узнали?

— Когда я был у Зиминых дома и разговаривал с его женой и отцом, у меня была возможность просмотреть звонки Зимина...

— Он что, свой телефон оставил дома? — удивилась Лиза.

— Совсем запутался мужик, — усмехнулась Земцова. — Андрей, вы ешьте... Вот, пожалуйста, салатик. Не стесняйтесь...

— Да, представьте себе, он забыл дома телефон. Так вот, я увидел там два активных номера, по которым он звонил в последнее время: это номер телефона Норкиной, обозначенный как «Эля», и еще номер, принадлежащий какой-то или какому-то «Ро». Я позвонил, попал на эту женщину, Розу. Мы с ней потом виделись, и она мне все рассказала, подтвердила, что они с Александром встретились в половине третьего на Лубянке и отправились обедать в кафе «Му-му», где заказали куриную лапшу, отбивные и яблочный пирог, все, как в счете... Роза — давняя приятельница Александра, однако ей ничего не известно о его планах жениться на Норкиной. Он наплел ей, что работал в Сочи, теперь вот вернулся с деньгами, что ему надо было купить подарки детям... То есть Роза была как бы его официальной, что ли, любовницей, смирившейся с тем, что ее возлюбленный женат и не собирается бросать семью...

— Все это указывает на то, что это не он убил Норкину, — сказала Лиза. — Алиби у него стопроцентное!

— Выходит, что так, — сказал Шитов. — Роза рассказала, что после обеда они поехали в магазин, где Шитов купил ей блузку...

— Ну не свинья?! — сказала Земцова в сердцах. — Тратит деньги Норкиной на свою любовницу. Ненавижу мужиков!

— Да... купил блузку, и после этого они поехали к Розе, на ее машине, а живет она в центре, на Петровском бульваре. Александр провел у нее ночь, а утром вернулся домой. Вот только куда он делся после того, как приехал домой и оставил подарки детям? Куда-то отправился, по словам жены, и, видимо, так спешил, что даже оставил свой телефон дома. Хотя жена предполагает, что у него был еще один телефон. Мы проверили, на его имя зарегистрирован только один номер, как раз того телефона, что он оставил дома.

— Да ему Норкина могла купить десять телефонов... Только бы он ей звонил, — заметила Лиза. — Вы представляете, как она нервничала все то время, когда Саша отправился домой и пропал. Да-да, пропал! Она отпустила его для того, чтобы он договорился с женой о разводе, чтобы выяснил, какая сумма ему будет нужна, чтобы откупиться от жены, а он пропал...

— Я тоже об этом подумала, — сказала Юля. — Норкина сидела у себя дома как на иголках, ждала его звонка. Представляла себе его встречу с женой, их разговор...

— Да, Зимина сказала, что он предложил ей десять тысяч евро за развод, но она отказалась. Хотя потом она сказала, что просто решила поторговаться, поняла, что его уже не вернуть, и решила содрать побольше денег со своей соперницы, — сказал Шитов.

— Я думаю, что этот Саша не имеет никакого отношения к убийству Норкиной, — сказала Лиза. — Уверена, что он на самом деле решил развестись с женой и уехать с Норкиной в Лазаревское и там зарегистрировать брак. Норкина была богатой женщиной, и ему не имело смысла нарушать свои планы... Жизнь в Лазаревском на правах ее мужа открывала перед ним, перед этим котярой, огромные перспективы... При деньгах, молодой, со смазливой рожей, он бы гулял от Норкиной только так!!!

— Но тогда что получается? — нахмурился Шитов, цепляя вилкой кусочек помидора. — Зимин ее не убивал, Зимина...

— Зимина? — воскликнули одновременно Земцова и Лиза.

— Ах да, я забыл сказать... Зимина была там, у Норкиной, в день убийства... И время совпадает...

В комнате стало очень тихо. Все смотрели на Шитова.

— Да нет... — он покачал головой. — Я понимаю, у нее мотив, причем железный... Но она вошла в подъезд в четырнадцать часов десять минут, а вышла в четырнадцать восемнадцать... Восемь минут! Нет, она не могла убить ее за столь короткий промежуток времени. Ведь ей надо было подняться, позвонить...

— А как она узнала ее адрес? Ей что, муж сообщил?

— Нет, она мне рассказала, каким образом узнала адрес. Воспользовалась телефоном мужа, позвонила Норкиной и, представившись Сашиной сестрой, договорилась о встрече, мол, поговорить надо. Норкина дала ей свой адрес...

— Знаете что... — сказала Лиза. — Конечно, она, как никто, хотела смерти Норкиной, но когда она подошла к ее двери и позвонила и когда не получила ответа, она просто ушла. Ушла, понимаете? Сейчас объясню... Думаю, что где-то в глубине души она побаивалась этой встречи, ей было тяжело увидеть ее... Вы только представьте себе, вот она подходит к дому, поднимается к своей сопернице и чувствует, какая пропасть разделяет их... ведь тот образ жизни, что ведет Норкина, и жизнь самой Зиминой... Да может, она даже и не позвонила в ее дверь...

— Возможно, так все и было... Я как-то не верю, что Норкину убила Зимина. Вот если бы она совсем повредилась рассудком... Она не могла не помнить о своих детях, для которых ее арест и тюрьма станут настоящей трагедией! Нет... нет...

— Я тоже так считаю, — согласилась я, — да только не согласна, что женщины, которые в порыве чувств совершают убийство, думают в этот момент о детях. Кто-то, может, и думает, но далеко не все...

— Тоже правильно.

— Да нет, она не убивала, — сказал Шитов. — Но когда узнала о ее смерти, честно призналась мне, что рада этому...

— Хорошо, подведем итог, — сказала Лиза. — Итак:

Саша — не убивал, потому что нет смысла.

Зимина не убивала, потому что у нее дети...

Горелов не убивал, потому что это не его тетка и он сам не беден.

Наталия, домработница, не убивала, потому что она не знала о том, что является наследницей. Знай она об этом и реши она убить свою хозяйку, уж точно тщательно спланировала бы убийство и побеспокоилась бы о своем алиби. К тому же она не летала бы тайно в Лазаревское, чтобы забрать все ценные вещи и деньги, они бы достались ей и так. Повторяю, если бы она запланировала убийство Эльвиры, то подготовилась бы...

— Постойте! — сказал Шитов. — Откуда вам известно, что она летала в Лазаревское?

Лиза вкратце рассказала.

— Я же сказал ей сидеть дома! — возмутился Шитов.

— Между прочим, — тихо заметила я, — так поступили бы многие... И я в том числе... Вы только представьте себе, что могло бы быть, если бы там, в Лазаревском, узнали о смерти Норкиной... Все же знали, что Наталия — домработница. Ограбили бы дом, охотников до чужого имущества везде хватает. А она все-таки жила вместе с Норкиной, может, поначалу и была домработницей, а после стала близким человеком. Подругой.

— Зато это лишний раз доказывает ее непричастность к убийству и подтверждает тот факт, что она не знала о том, что является единственной наследницей.

— Но тогда получается, что у нас вообще нет подозреваемых! — сказал Шитов.

— Будем работать, — пожала плечами Земцова.

— А что там с камерами видеонаблюдения? — спросила Лиза. — Кто еще появлялся в подъезде Норкиной в момент убийства?

— Мы всех проверили. Это в основном жильцы дома, жильцы из соседнего подъезда, участковый, слесарь-водопроводчик... Но у них у всех есть алиби.

— В том числе и у слесаря?

— Да, в одной из квартир прорвало трубу, там был настоящий потоп, и вся семья убирала воду, пока слесарь устранял причину аварии... Участко-

вого тоже проверили, он заходил к одной пенсионерке, у которой внук наркоманом был... Соседи
же — мирные пожилые люди... Да и с Норкиной
никто не знаком.

— Но не могла же она сама себя треснуть пепельницей по голове?! — сказала Земцова. — Не
знаю, как вам, а мне история с племянником показалась не очень убедительной... Столько лет он
не был в Москве, а тут вдруг объявился и сразу
же напоролся на труп... Да к тому же еще и чужой
тетки... Надо поработать в этом направлении.

— А я бы обратила внимание на Лидию, — тихо
сказала я, понимая, что буду единственным человеком, кто вообще помнил о нашей клиентке.

— А что с Лидой-то? — удивилась Лиза.

— Столько времени прошло... Почему она тогда, когда ее подруге требовалась психологическая
помощь, ничего не предприняла... А вспомнила о
ней сейчас? И это время как раз совпало с ее смертью... Вернее, со смертью двойника Норкиной?

— Да, это на самом деле ее двойник, мошенница, — кивнул головой Шитов. — Вот только
подробности этой колоссальной аферы мы уже
никогда не узнаем.

— И не будем забывать про Сашу. Он-то куда
делся? — спросила Земцова.

— Я предупредил его жену, Женю, чтобы в случае, если он объявится, она позвонила мне. Раз не
звонит, значит, его нет. Кто знает, может, у него
кроме Розы есть еще кто-нибудь на стороне... —

сказал Шитов. — Словом, мы плотно занимаемся его поисками.

Компания сложилась теплая, и ближе к ночи мы все уже были на «ты», Шитов взял гитару, сыграл нам и спел одну из сочиненных им песен. Было душевно, мило. Я же мечтала перед сном поговорить с Земцовой и напроситься с ней в санаторий «Золотая ель», где отдыхала и лечилась когда-то настоящая Норкина.

А еще мне так и хотелось высказаться по поводу Лидии... Взвалила на нас поиски своей подруги, а сама умчалась к своему любовнику... Я и сама не знала, почему во мне вдруг разрослось чувство неприязни к этой даме. «Мутная она...» — сказала я Лизе уже перед самым сном. Но она мне ничего не ответила.

12. Эля Киреева

Я стала заходить туда каждый день, благо на почтальонов никто никогда не обращает внимания. Я запиралась в чужой квартире и словно вживалась в нее. Пыталась понять, чем жили ее обитатели, что любили, чем дышали. Поняла, что хозяева — семейная пара, без детей. Что муж моей тезки умер, однако в альбомах, которых оказалось много, в некоторых фотографиях муж (если судить по снимку) был аккуратно вырезан ножницами. Там, где Эльвира смотрела с фото счастливой женщиной, ее спутник был изъят, уничтожен. Понятно, что такие вещи женщина делает либо в сердцах, либо, наоборот, все хорошенько продумав и решив для себя что-то очень важное. Получалось, что в санатории Норкина лечила не только свою сердечно-сосудистую систему, но и зализывала душевные раны. Что уж такого ей сделал Евгений Борисович Норкин, оставалось только гадать. И когда она поняла, что между ними все закончено? До его смерти?

Эльвира Андреевна была женщиной со вкусом, все вещи в доме были дорогими, качественными, вплоть до постельного белья. Хорошая хозяйка, она содержала квартиру в идеальном порядке, у нее все было разложено на своих местах аккуратными стопками. Еще была запасливая, в кладовке я нашла большое количество консервов, а морозильная камера ломилась от мяса и рыбы. Духами пользовалась хорошими, мылом и шампунями. А вот одежду выбирать не умела, на мой взгляд. Возможно, виной была ее комплекция, она была немного ниже меня, полненькая. А еще очень серьезная. Обо всем этом я судила по ее многочисленным фотографиям, документам и всему тому, что я увидела в ее квартире. Мужских вещей к тому времени, как я проникла в чужое жилище, уже не было. Наверное, хозяйка избавилась от одежды и обуви, возможно, отнесла в церковь, раздала бедным. Ни одной вещи, которая принадлежала бы ее покойному мужу, я так и не нашла.

Что я делала там? Сначала принимала ванну, пользуясь ее ароматическими итальянскими маслами и пеной. Щекотала себе нервы. Сколько раз я представляла себе, что вот сейчас откроется дверь ванной комнаты и я увижу ее, Норкину. Да ее кондратий хватит, когда она увидит женщину в своей ванне! Спросит: вы кто? И что я отвечу? Вариантов было много... Первый и самый надежный: я родственница Анны Михайловны из Ялты, приехала на недельку, и она дала мне ключи от вашей квартиры... Почему из Ялты, я и сама не могу объяснить. Вроде как издалека, но не из какой-нибудь там тьмутаракани, где у такой женщины, как Анна Михайловна, родственников не может быть по определению, а с морского курорта... И пока Норкина будет приходить в себя, я быстренько оденусь и исчезну. Правда, придется сразу же уволиться. Но уж устроиться почтальоном в другое почтовое отделение в Москве — точно не проблема.

Вот так щекотала я себе нервы до тех пор, пока не поняла, что зашла уже очень далеко. Что практически уже переехала в эту квартиру, что ночую в постели Норкиной, ем с ее тарелок и пью из ее чашек.

Время шло, напряжение мое росло, и мне нестерпимо захотелось увидеть ее! Где она, в каком санатории? Ответ на этот вопрос я нашла легко, порывшись в ее письменном столе. Рекламный проспект санатория «Золотая ель», специализирующегося на лечении сердечно-сосудистых заболеваний, сулил здоровье и покой. Адрес, номера телефонов... Так. Теперь деньги... В квартире имелись и деньги Норкиной. В платяном шкафу, между стопками белья, как и положено. Взяв немного, ровно столько, чтобы хватило на недельный отдых в санатории, я отправилась туда с единственной целью — увидеть Норкину, сравнить ее с тем образом, который я успела себе нарисовать за полмесяца проживания в ее квартире, ну и познакомиться!

И когда я ее увидела, сердце мое сжалось и заколотилось так, как если бы мне навстречу по березовой тенистой аллее шла не сильно исхудавшая реальная женщина, а ее призрак — настолько изменила ее тоска ли, болезнь...

Я поздоровалась, задала несколько дежурных вопросов, потом завязалась ни к чему не обязывающая беседа о распорядке дня, меню, условиях проживания. При знакомстве я назвала себя Тамарой. Сама не знаю, зачем я это сделала, словно кто-то руководил мною, моими поступками...

Эльвира Андреевна оказалась человеком очень приятным в общении, деликатной, культурной, начитанной, склонной к философствованию. Прошло целых три дня, прежде чем я осмелилась спросить ее о семейном положении, о муже. Выяснилось, что она вдова. И что ее не так и подкосило вдовство, как вскрывшиеся после смерти мужа многочисленные его измены. И я поняла, что была просто послана ей, этой раздавленной предательством и подлостью мужа женщине, чтобы она смогла хотя бы выговориться! Я слушала ее молча, давая возможность высказать все наболевшее. Я же придумала свою историю о своей женской болезни, которая не позволила мне иметь детей и явившейся одновременно причиной нашего с мужем расставания. И попала этой историей прямо в сердце Норкиной. Оказалось, что у нее еще в молодости была удалена матка...

Мы ели с ней на завтрак творожную запеканку, пили сладкий чай, гуляли по лесу, принимали процедуры, купались в бассейне, обедали гороховым супом и котлетами, подолгу спали, а вечером снова гуляли, гуляли, говорили...

Я начала привязываться к ней и думала о том, что нашу дружбу можно будет перенести в Москву, встречаться там, ходить в театры, кино, просто приглашать друг друга в гости. Я даже видела ее, собирающую яблоки в нашем с отцом саду...

Возможно, все так и было бы, если бы не то, что случилось однажды, в пасмурный осенний день... И, бог свидетель, все случилось не по моей воле... Однако и это я восприняла как знак...

Я возвращалась в свою комнату после ужина, чтобы переодеться для вечера старинного романса, устраиваемого в холле центрального корпуса. Мы с Эльвирой не любили танцульки, но вот тематические вечера или небольшие концерты в санатории никогда не пропускали.

Однако вечер начался, хрупкая изящная певица, закутанная в кружевную шаль, уже спела романс, а Эльвиры не было видно. Она за день до этого жаловалась на недомогание, я знаю, что ей даже сделали укол, поэтому сразу же бросилась к ней в комнату, чтобы выяснить, что с ней случилось. И в коридоре, в метре от двери в ее комнату я столкнулась с какой-то женщиной. Она шла мне навстречу в развевающемся длинном плаще. Лица ее я не успела разглядеть.

— Эльвира Андреевна! — я распахнула дверь, забыв постучаться, и ворвалась в комнату моей новой подруги. Мне показалось в сером свете дождливых сумерек, что Норкина словно уменьшилась и стала похожа на куклу. Она сидела неподвижно на диване, прижав к груди какую-то большую книгу, вернее альбом.

— Вы позволите? — Мы с ней все еще были на «вы».

Я включила свет, и эта оранжевая яркая вспышка ослепила ее, Эльвира даже закрыла ладонями лицо.

— С вами все в порядке? Там уже началось... — я имела в виду вечер романса.

Она отняла ладони от глаз, осмотрелась. Я заметила яркий переплет книги, на котором была изображена голова дракона рядом с женской головой. И название книги: «Oscar Osborne. Painting».

— Что это?

— Так... подарок...

В эту самую минуту послышался странный звук, какой-то шорох, и мне показалось, что в темноте маленькой прихожей промелькнула чья-то тень и сильно запахло чем-то ядовито-сладким. Так пахнут чистящие препараты.

Эльвира повернула голову на звук.

— Что это?

— Может, мышь? — предположила я.

— Мне показалось, что там кто-то есть... — Она вздохнула, поднялась и уверенно прошла в ванную комнату, я услышала, как щелкнул выключатель.

— Должно быть, действительно под ванной пробежала мышь и разлила что-то... Чувствуете, как пахнет...

— Так вы идете на вечер? Если вы не пойдете, я не обижусь, правда. Могу остаться с вами, если вам нездоровится, а могу уйти...

— Нет, что вы... — она улыбнулась, и эта улыбка до сих пор мерцает перед моими глазами. — Давайте лучше с вами посидим, почаевничаем... Я сейчас чайник поставлю... У меня есть хороший чай...

— В шариках?

— Да... посмотрим, как будут распускаться наши чайные цветы...

— А у меня остался кекс, хотите, принесу? — предложила я.

— Конечно, принесите! Думаю, что это будет наше последнее чаепитие здесь, в «Золотой ели»... — голос ее звучал очень слабо.

— В смысле?..

— Я завтра уезжаю. Хватит уже. Пора возвращаться домой, в Москву. Да и дела нарисовались... в детском доме...

Мне показалось, что, произнося эти слова, она смотрела на альбом.

Я отправилась в свою комнату за кексом, а когда вернулась, Эльвира уже не дышала. Она умерла. Тихо-тихо.

Я заперлась и долго сидела рядом с ней, не в силах даже пошевелиться.

Что случилось? Что это за альбом? А эта женщина? Я не видела ее раньше. К тому же мне показалось, но в комнате, где лежала мертвая Эльвира, пахло теми же духами, какими и в коридоре, когда мимо меня прошелестела та высокая дама... Что она сделала с Эльвирой?

Почему я не спросила ее об этой женщине? И что делать? Вызвать врачей, чтобы они констатировали смерть несчастной? Была Эльвира Андреевна Норкина, а теперь ее нет.

Из долгих разговоров с ней я поняла, что она совсем одна, что у нее нет ни детей, ни сестер, ни братьев... племянники — не в счет. У них есть свои родители.

Кому отойдет квартира на Остоженке? Квартира, в которой я вот уже больше месяца чувствовала себя хозяйкой. Заигралась ли я? Да, заигралась. Но мне нравилась эта игра. И я хотела ее продолжить.

Эльвира Андреевна умерла. И Эльвира Андреевна продолжала жить. Это было мое имя. Только она была Норкина, а я — Киреева.

Но женщине поменять фамилию ничего не стоит. Вполне законная операция.

Я подошла к окну, распахнула его. Начинался дождь. Было темно. Все набились в холл первого этажа, где выводила своим сладким голоском певица в кружевной шали.

Я выбралась через окно на улицу, благо был первый этаж, добежала несколько метров до подсобки, расположенной в левом крыле здания, где уборщики и садовники хранили свой инвентарь, нашла лопату и, отойдя подальше, в ивовые заросли, принялась копать землю.

Осенние дожди сделали землю мягкой и податливой. Не помню, сколько времени я копала, но мне все равно было значительно легче и лучше, чем Норкиной. Я-то была живая.

Концерт уже закончился, все разошлись по своим комнатам, я видела из своего укрытия, как гаснут одно за другим окна санатория. И откуда у меня взялись силы, чтобы выкопать могилу?

Я вернулась в комнату Норкиной тем же путем, через окно. Расстелила на полу покрывало, уложила туда тело моей новой подруги, завернула его, с большим трудом вытащила из окна на траву, отдышалась и потащила к ивовым зарослям.

Там я аккуратно, словно она могла что-то чувствовать, уложила ее на дно могилы и принялась закапывать.

Я понимала, что холмик когда-нибудь кто-нибудь да заметит, хотя, гуляя по территории санатория несколько дней, я ни разу не видела, чтобы в той стороне, где не было ни одной заметной тропинки, вообще кто-то ходил. В любом случае, я тщательно стерла все возможные следы своих рук с лопаты, но возвращать в подсобку уже не решилась. Отнесла ее в другой конец парка и бросила рядом с клумбой. После чего вернулась в комнату Норкиной, собрала все ее вещи в небольшой саквояж, взяла ее дамскую сумку и перенесла все это в свой номер.

Оказавшись у себя, я наконец смогла перевести дух. Первым делом я хорошенько вымылась. Потом уложила и свои вещи, вызвала такси и около двух часов ночи покинула санаторий.

Я мчалась в Москву с каким-то новым чувством, словно Эльвира Андреевна Норкина воскресла, ожила и теперь бессмертна!

Скользя по лезвию судьбы, я сама себе казалась неуязвимой.

Смерть моей тезки, скорее всего от инфаркта, практически у меня на глазах, это ли не знак? Да может, ее душа переселилась в мое тело и теперь жила во мне, как я жила в квартире Норкиной?

— Ты должна научиться расписываться за нее, — сказал мне отец, когда я спустя пару дней приехала домой и рассказала ему все.

Мы сидели с ним на веранде нашего дома, сад шумел от дождя.

Папа поставил передо мной тарелку с жареными баклажанами, сдобренными густо чесноком и зеленью, достал бутылку водки и разлил по рюмкам.

— Что теперь будет? — спрашивала я его, чувствуя, как пол уходит из-под моих ног.

— Все будет хорошо. Выйдешь замуж за какого-нибудь Норкина и станешь ее полной тезкой.

— Да где я его найду?

— Я помогу тебе. Главное, хотя бы на время постарайся стать похожей на нее внешне. Только не вздумай игру с париками или гримом... не надо... Я так понял по фотографиям, что у нее были короткие волосы с «химией». Сделай и себе тоже «химию», эта завивка очень сильно меняет облик женщины. Не вздумай надевать обувь с каблуками. У тебя полный шкаф ее одежды. Оденься, нацепи очки с простыми стеклами...

— Но она не носила очков! Вернее... Только когда читала.

— Вот именно! Найди ее очки и наденешь, когда пойдешь встречаться с риелтором. Тебе нужно первым делом продать все ее квартиры. Сколько их у нее?

— Три. Одна в центре, на Остоженке, я тебе говорила, а две другие...

— Вот и действуй. Расписываться научилась?

— Да. У нее очень простая роспись, элементарная...

— Ты должна это делать легко, понимаешь? Словно ты пятьдесят лет только и делала, что расписывалась за нее... Словно ты — она.

— А если меня кто-нибудь узнает?

— Ты всегда знаешь, что я тебя жду. Ничего не бойся. Главное, что ты похоронила ее по-человечески, сделала ей могилу. Ты же не убивала ее!

— Но все равно, с ней что-то случилось... Вот, смотри... Этот альбом... Когда я пришла к ней в комнату, она прижимала его к груди.

Я положила на стол альбом с репродукциями американского художника Оскара Осборна.

Отец принялся его листать.

— Талантливо, — сказал он. — Только эти драконы, эти страшные чудовища... Быть может, там, в Америке, это сейчас модно и высоко ценится? Посмотри, какая дорогая бумага... какая полиграфия! Но я не думаю, что этот альбом как-то связан со смертью Эльвиры. Да и женщина та... Мало ли в санатории женщин? Просто прошла мимо ее комнаты, и все.

— А духи? В комнате Эльвиры пахло ее духами...

— Это тебе показалось. Ты была напугана. Ты и без того была неспокойна, ведь так?

— Послушай, говорю же тебе — она пережила какое-то потрясение... сильное... сильнейшее! И я еще выясню, что случилось, пороюсь в ее документах, фотографиях... Думаю, что если я увижу фотографию этой женщины, то пойму, кто она такая и кем ей приходилась...

— Ну, хорошо... Только зачем тебе это?

— Ты не понимаешь... Я хотела с ней подружиться, я не планировала ничего такого... Просто пощекотала себе нервы, примерила на себя чужую жизнь.

— Примерила, а теперь надевай и живи. Ей, бедной, ты уже все равно ничем не поможешь. И запомни — это не ты, а ее покойный муж причинил ей боль. Она и умерла из-за него. Она же сама рассказывала об его изменах. Вот так...

В эту минуту из альбома вылетела открытка. Точнее, часть листа, обрезанного по размеру обычной почтовой открытки. И на нем — детский рисунок. Девочка в клетчатом платьице, а рядом — рыжая большая собака и подписано: «Катя С. и Джек».

На обратной стороне самодельной открытки — пусто.

— И кто у нас Катя С.? — спросила я.

— Я сам этим займусь, — сказал папа. — А ты запишись к парикмахеру, сделай себе завивку... Действуй, пока не нашли тело, поняла? Потом заметешь следы...

— Катя С. Да нет, папа, я сама этим займусь...

Мне везло фантастически!

Норкина хранила в своем кошельке вкладыши с номерами банковских карт. Это было неслыханно, легкомысленно и глупо! Однако это тоже были знаки!

Я часами выводила ее подпись, долго и упорно тренировалась, чтобы делать это с лету, воздушно...

Я жила в ее квартире, но старалась лишний раз не выходить из нее. Разве что съездила на встречу с риелтором. Мы поговорили, определились с ценой. Квартира на Остоженке стоила больших денег. Покупатели нашлись уже через неделю, спустя месяц были проданы и остальные квартиры Эльвиры Андреевны. И ни одна душа к ней за все это время не зашла, не позвонила. И это тоже были знаки. Плюсы. Хотя я каждую минуту ждала звонка, появления кого-нибудь из ее окружения. Но нет, похоже, она никому не была нужна. Ни подруг, ни родственников, никого!

Из бумаг, которые я нашла в ее квартире и которые изучила, я знала, что у нее есть родственники, вернее, родственники ее покойного мужа, проживающие в Екатеринбурге. Брат Евгения Борисовича Норкина — Александр Борисович Горелов, его жена Маргарита Васильевна Горелова и сын, Григорий Александрович Горелов. Но судя по датам на штемпелях поздравительных открыток с дежурным текстом, их переписка уже давно сошла на нет... В последних письмах Гореловых Маргарита сообщала, что они с мужем болеют, что муж очень плохо передвигается, что же касается их взрослого сына, то он работает в Норвегии, на рыболовецком траулере. Они вряд ли в скором времени навестят свою родственницу — вот он, еще один знак!

Я открыла валютный счет в банке, куда мне и поступили деньги за проданные квартиры. И спустя примерно месяц я купила себе квартиру на Патриарших прудах. Я очень хорошо помню то время, я не ходила, а летала. Как привидение, как призрак Норкиной... Правда, к тому времени, как я купила квартиру в Козихинском переулке, я радикально изменила свою внешность, то есть стала собой. Шатенка со стройной фигурой, на невысоких тоненьких каблучках. Я начала новую жизнь, и она мне нравилась.

Отцу я подарила квартиру на Маяковке, на улице Фадеева. Это было вложение денег, а отец продолжал жить за городом, в своем доме. Он развел кур и осенью мочил в бочках антоновские яблоки. Думаю, что в то время он был горд тем, что не отправил меня учиться в университет, а посоветовал стать рядовым почтальоном.

Хотя разве в почтальонстве было дело? Это были знаки, знаки, и больше ничего...

Ах да... я нашла фотографию той женщины, аромат духов которой так долго не давал мне покоя... И связала ее появление в санатории с Эльвирой и альбомом Осборна... Вернее, это сама жизнь связала их всех крепким узлом...

13. Наташа

Тишина окутала мои плечи, как плотной шалью. Я сидела в комнате, сигарета уже давно погасла...

Я ждала пробуждения. Вот сейчас, думала я, открою глаза и увижу себя в спальне с занавешенным черной материей зеркалом... Нет, Элю я больше не увижу, с этими болезненными фантазиями покончено. Я знаю, что ее больше нет. Но тот факт, что я стала ее наследницей, казался мне нереальным, из разряда снов. Быть может, это все-таки ошибка, и сейчас мне позвонят и скажут, мол, Наташа, дорогая, заверни свою губу и продолжай жить в реальном мире. Ищи себе работу, квартиру, словом, устраивайся в этой жизни уже без Эли. И радуйся, что прибрала к рукам то, что успела взять в Лазаревском. Да и обналичить деньги не мешало бы. Вот прямо сейчас!

Теперь Эля. Вернее, предположение, что она — это не она, а совсем другой человек. Я бы могла, конечно, поделиться с посетительницами-адвокатами своими прежними подозрениями, поскольку и мне раньше казалось, что Эльвира Андреевна как-то уж очень радикально поступила с памятью о своем покойном муже. Однако, с другой стороны, муж действительно был, я же проверяла! А чтобы мое поведение не вызывало подозрений и свидетельствовало о моем желании помочь следствию, я рассказала им о своей знакомой из загса, которая помогла мне узнать кое-что о муже Эли. Да и вообще, какая теперь разница, кем она была на самом деле, если я — ее законная наследница! И хоть бы это не оказалось ошибкой, хоть бы!

Я докурила, вымыла пепельницу, переоделась в светлую летнюю одежду, чтобы не пугать траурными красками окружающих, и уже собралась отправиться в банк, чтобы начать потихоньку обналичивать деньги, благо карт у меня было много и я знала все пин-коды, как позвонили. В дверь. Ну вот, подумала я, сказка и кончилась.

За дверью, я увидела в глазок, стояла незнакомая мне девица. Большие глаза, губы поджаты. Кто такая? Может, из жилконторы? Чего это я так испугалась?

— Кто? — спросила я и напряглась.

— Откройте, пожалуйста, есть разговор.

Я не могла не открыть. Ведь все то, что происходило в те дни, казалось мне судьбоносным. Если бы не пришли эти адвокатши, то я не узнала бы о том, что стала наследницей, да и не заручилась бы их поддержкой в вопросе своей, практически противозаконной поездки в Лазаревское. Возможно, и эта девица пришла по мою душу и обладает полезной информацией.

— Здравствуйте! — сказала девушка. Она выглядела нервной, возбужденной, но почему-то показалась мне сущим ребенком. Было в ней что-то подростковое, несерьезное, отчаянное. Да и на жену Саши Зимина не тянула... Слишком уж инфантильна для матери двух детей.

— Меня зовут Оля. Я — невеста Гарри. То есть Григория Горелова. Скажите, вам эта фамилия ни о чем не говорит?

— Нет, а что?

— А могу я узнать, кто вы?

— С какой стати я буду вам представляться?

Мы разговаривали на пороге. Я не собиралась приглашать ее в квартиру.

— Думаю, вам лучше впустить меня, — сказала она. — Не следует посторонним людям слушать то, о чем мы с вами будем говорить.

Я уступила, впустила ее. И она решительно, едва не сбив меня с ног, направилась в глубь квартиры. Я едва поспевала за ней.

— Послушайте, кто вы такая и при чем здесь какой-то Горелов?

Она вдруг резко обернулась.

— Григорий Горелов — ее единственный племянник, он наследник. Понимаете? А я — его невеста. Вот, пришла посмотреть, что оставила Гарри его тетя...

Ноги мои ослабели, стали как бумажные. Ну вот, сказка и закончилась, не успев начаться. Наследник!

— Но у Эльвиры Андреевны не было никаких племянников... — попробовала сопротивляться я, а у самой от ужаса и волнения волосы зашевелились на голове. Меня бросало то в жар, то в холод.

Я почувствовала, как по спине, вдоль позвоночника течет ручейком пот.

— Вы-то кто такая и что делаете в этой квартире? Слетелась, саранча! — девица размахивала тонкими длинными руками.

— Немедленно покиньте дом! Я сейчас вызову полицию! — пригрозила я.

— Хорошо. Вызывайте. И пусть там, в полиции, разберутся, кто вы такая и на каком основании проживаете в не принадлежащей вам квартире. Вы кто, повторяю?

— Я наследница, это на меня составлено завещание... — я и сама знала, что голос мой звучит неуверенно. Я вдруг подумала, что женщины, которые сообщили мне о моем праве на наследование, могли быть обыкновенными мошенницами. И кто знает, что у них на уме? Да может, вообще все тут одни мошенники, и теперь вокруг меня разыгрывается какой-то непонятный для меня спектакль, целью которого — выгнать меня из квартиры и завладеть всем имуществом Эли!

— Послушайте... Гарри, он не такой... Он не охотник за наследством, — вдруг более миролюбивым тоном проговорила девушка и, пройдя на кухню, рухнула на стул. — Устала... Понимаете, так много всего произошло в последнее время... Это убийство... Я вся на нервах, да еще эта жара! Послушайте, вы позволите мне умыться? Где у вас ванная комната?

Я вдруг представила себе, как запираю ее там! И тотчас услышала:

— Только не вздумайте меня там запирать... Вам же будет хуже. Тем более что Гарри сейчас приедет... Он знает, что я здесь.

Я проводила ее в ванную комнату и оставила там. Меня не покидало ощущение абсурдности происходящего!

И вдруг я услышала крик:

— Боже, вода... Потоп... А... елки-палки...

Я бросилась в ванную и была тут же отброшена к стене, хлопнула дверь, и я поняла, что меня заперли.

— Открой, гадина! — кричала я, барабаня кулаками по двери. — Открой!

Я замерла, прислушалась. Было очень тихо. Что она делает в квартире? Воровка! А я-то? Как могла позволить так себя провести? Дура, дура...

Я сидела на крышке унитаза и плакала, представляя себе, как незнакомая мне девица, гнусное существо, мародерка, роется сейчас в вещах Эли, как потрошит мои сумки, которые я привезла из Лазаревского и еще не успела распаковать...

Не знаю, сколько я так просидела в полной тишине, наконец решила попробовать еще раз постучать. Без особой надежды я стукнула кулаками по двери, потом машинально схватилась за ручку — она поддалась, и я чуть не выпала в коридор! Я бросилась в спальню, туда, где оставила чемодан и сумку. Странное дело, но они не выглядели так, как если бы в них рылись. Да и вообще в квартире как будто бы никого и не было. И никто ничего не взял! Я поняла это, когда заглянула в свою сумочку и открыла кошелек. Все деньги были на месте! И все драгоценности Эли и мои, привезенные из Лазаревского, тоже! Я осмотрелась. Подошла к входной двери, и только когда увидела, что она не заперта, убедилась, что эта девица мне не привиделась, не приснилась, что она реально побывала в квартире. Но что ей здесь было нужно? И кто такой Горелов? Скорее всего, она его придумала.

Я тщательнейшим образом осмотрела всю квартиру, открывала все ящики, шкафы, все, где могло быть что-то ценное, — все было как будто бы на месте.

Приняв душ, освежившись после потрясения, я оделась, собралась и вышла из дома. Банкоматы, обналичивание денег — вот что занимало меня сейчас в первую очередь. Сколько смогу, сниму и спрячу! Потом позвоню следователю Шитову и напрошусь на встречу. Спрошу у него, на самом ли деле имеется завещание, кто наследник, и если окажется, что я, сразу после похорон Элечки вернусь в Лазаревское. И затаюсь там, как мышка. Такой был мой план.

...

14. Оля

Я схватила только то, что нашла в ящике письменного стола, — коробку с какими-то бумагами. Розовая коробка, перевязанная лентой. Обычно в таких хранят дорогие сердцу письма, поздравительные открытки, записные книжки...

Конечно, для женщины такого возраста бумаг было маловато. Но учитывая тот порядок, в котором все содержалось, и отсутствие какого-либо бумажного хлама, я предположила, что если уж эта Норкина сохранила эту коробку, значит, в ней находятся на самом деле важные для нее бумаги.

Мой визит в квартиру убитой женщины был импульсивным. Это был порыв, дикое желание хотя бы немного узнать о семье Гарри. И пусть он сказал, что не узнал в убитой свою тетю Эльвиру, я предположила, что, во-первых, он мог ошибиться, поскольку прошло много времени с тех пор, как они виделись с ней. Во-вторых, смерть уродует, меняет людей... Ну и плюс его волнение, шок!

Каким образом по указанному адресу могла проживать полная тезка его тетки, я не представляла себе. Ведь если бы его тетка действительно умерла, то уж его родители бы точно об этом узнали. Все-таки человек, а не иголка в стоге сена.

Женщина, которая открыла мне дверь, показалась мне подозрительной. Кто такая? Что делает в квартире убитой? Вот всегда, когда умирает человек, обладатель дорогой квартиры, в его доме появляются разные подозрительные личности, выдающие себя за наследников, родственников, близких друзей. Здесь подпись подмахнули, там кому нужно заплатили, и все — квартирка продана!

Но меня эта квартира интересовала меньше всего. Я хотела узнать как можно больше об этой Норкиной и потом попытаться найти человека, которому была выгодна ее смерть. То есть мне надо было сделать все возможное, чтобы вытащить Гарри из изолятора.

Будь я уверена, что женщина, которая открыла мне дверь, на самом деле имеет к покойной самое непосредственное отношение, я никогда бы не позволила поступить с ней так грубо и дерзко. Но что сделано, то сделано...

Я, открыв дверь ванной комнаты, куда заперла ее буквально на несколько минут, пулей вылетела из квартиры и бросилась бежать подальше от этого дома. Бежала до тех пор, пока не оказалась в тихом тенистом дворе. Опустилась на скамейку и дрожащими от волнения руками раскрыла коробку.

Как я и предполагала, это были открытки и письма, причем практически все — из Екатеринбурга, от Гореловых. Гарри... Он не лгал мне, когда рассказывал о своих родителях. Правда, датированы они были 2010 годом, то есть написаны пять лет тому назад. Либо больше не писали, либо присланные ими письма Норкиной почему-то выбрасывались. Бывает, что письма оставляют ради сохранения адреса.

Были в коробке и кулинарные рецепты, написанные размашистым и неразборчивым почерком, где я разобрала лишь названия двух тортов «Наполеон» и «Сметанник». Возможно, это были любимые торты хозяйки. Еще были листочки с нарисованными на них моделями блузок, платьев и юбки. Очень схематично.

И вот среди этих милых сердцу хозяйки записочек и писем я нашла стопочку зажатых синей скрепкой товарных чеков разных интернет-магазинов различной давности, из которых я поняла, что Эльвира Андреевна предпочитала английский трикотаж, итальянское постельное белье и прочие, приятные женщине вещи. Все это было доставлено ей в Козихинский переулок...

И совершенно неожиданными были чеки из Германии, судя по названиям, она делала заказ на семена цветов и овощей, которые доставлялись почему-то в поселок Домодедово, получатель — Киреев Андрей Семенович. Этому же адресату из интернет-магазина «Персик» были доставлены буквально три дня тому назад: венгерский бекон, свиная грудинка, сыр, кофе, конфеты, коньяк, лимоны, длинный список, аж на девять тысяч рублей!

Кто такой Киреев? Кем приходился Норкиной? Может, этот человек сумеет пролить свет на семейные дела Норкиной? Вдруг окажется, что он знает и Гарри?

Я остановила такси и попросила отвезти меня в Домодедово.

...Расплатившись с водителем, я вышла на зеленую, пропеченную солнцем улицу и остановилась в тени большого дуба, росшего по правую сторону от массивных металлических ворот. За время пути я так и не сумела найти более-менее реального повода попасть в этот дом, познакомиться с Киреевым. Но время шло, мне надо было срочно что-то придумать. Я подошла к калитке, собралась уже было нажать на кнопку звонка, лихорадочно соображая, что я буду говорить этому Кирееву, как вдруг калитка распахнулась, и я нос к носу столкнулась с женщиной в соломенной шляпе. Типичная дачница! В руках ее была корзинка, а в ней — две пол-литровые банки с медом.

— Это здесь продают мед? — спросила я первое, что пришло в мою разгоряченную голову.

— Да, проходите... Правда, Андрея Семеновича дома нет, но его внучка вам продаст.

— А как зовут внучку? — спросила я у дачницы.

— Катя! Да вон и она!

По дорожке в мою сторону шла девушка в джинсовых шортах и красной майке. Длинные каштановые волосы забраны в узел на макушке. Синие глаза смотрят спокойно и весело. Как бы и я хотела быть такой вот, без проблем и забот, подумалось мне тогда.

— Вы тоже за медом? — спросила девушка.

— Да... Только деньги сейчас подвезут... Можно я здесь подожду? — Я почувствовала, как лицо мое становится красным, словно вся кровь собралась под кожей на моих щеках и теперь пульсировала, отдаваясь в висках.

— Конечно, проходи! — Она улыбнулась мне, сдувая с лица золотистый локон. — Пойдем вон туда, в беседку!

Недалеко от двухэтажного добротного дома в саду стояла беседка под прозрачной бирюзовой крышей, от чего все, что стояло там, мебель и даже банка с молоком казались голубыми.

— Ой, молоко забыла убрать в холодильник.. Подожди... Да сколько тебе меда-то принести?

— Одну баночку... пол-литровую...

— Хорошо, сейчас.

Она быстро вернулась. За это время я успела рассмотреть лежащий на столе большой альбом с рисунками. Думаю, это правильно было бы назвать эскизами к портретам и натюрмортам. Тот, кто рисовал эти эскизы, был человеком очень талантливым. Вот я, к примеру, не умею рисовать. У меня вообще нет никаких талантов. И слуха нет... Похоже, тот самый медведь, который ходит по ушам, лишая людей слуха, придавил еще и мои мозги, подумалось мне...

— Может, компот? У меня есть холодный, клубничный, — предложила, вернувшись из дома, Катя, ставя передо мной банку с медом.

— Спасибо, не откажусь.

— Тогда подожди еще немного. Тебя как звать-то?

— Оля.

— А меня — Катя! Ты дачница? — крикнула она уже откуда-то из глубины дома.

— Да... нет...

Она вернулась с кружкой, наполненной до краев ярко-красным клубничным ароматным компотом. Никогда в жизни я не пила такого вкусного компота!

— Спасибо... А ты... здесь живешь? Внучка Андрея Семеновича?

— Да... Вот только внучкой я ему стала недавно, прикинь! Буквально пять лет тому назад. Нет, конечно, я всегда была его внучкой, да только не знала об этом... У меня родители умерли, а мой дед ничего обо мне не знал... Я — детдомовская... Однажды мой дед, случайно, перебирая документы моей мамы, наткнулся на один мой детский рисунок, нашел меня... Знаешь, это нечто... Помню, сижу я себе, рисую... Вечер был, как раз после ужина... И вдруг приходит наша воспитательница, Татьяна Николаевна, и как-то странно смотрит на меня... А потом и говорит: Катя, у тебя дед нарисовался. Да-да. — Глаза ее сияли, и от того, как она рассказывала, с каким чувством, я почувствовала, как кожа моя покрывается мурашками. — Дед к тебе приехал! Иди, встречай!

Я даже не помню, как оказалась внизу. Смотрю, стоит симпатичный высокий старик в джинсах, джинсовой жилетке, голубой рубашке. Лицо растерянное. Смотрит на меня...

— Вы — мой дед? — спрашиваю.

— Это ты Катя Суркова?

— Да, — говорю, — это я. А вы кто?

— А я твой дед...

— Что, реально? — радовалась я за нее, представляя себе эту волнующую встречу.

— Знаешь, по документам он мне никто, это потому, что моя мать... она была неблагополучная, думаю, наркоманка... и все такое... Но он показал мне ее фотографию... Я — точная ее копия! Вот потому я ему и поверила. Чтобы переехать к нему, об этом не могло быть и речи, говорю же, документы не в порядке... Мама-то умерла давно... Ну и подозреваю, они с моим дедом были в конфликте. Но ему разрешено было навещать меня, что он и делал. Привозил мне подарки, давал потихоньку деньги. Он такой классный! Сейчас, когда аттестат почти в кармане, у нас двадцатого июня выпускной, меня отпустили, мол, лети, птичка... мне же надо к экзаменам готовиться, в Суриковский институт... Кроме работ, которые я должна представить, нужно так много всего знать!

Она говорила, словно нашла наконец в моем лице благодарного слушателя, с которым можно поделиться всем тем, что ее так волнует и, одновременно, радует. Я видела перед собой совершенно счастливого человека, который точно знал, чего хочет от жизни — стать художником!

— ...К примеру, какие вы знаете произведения эпохи Ренессанса? Или... ваше понимание колорита в живописи... Ой, так много всего... просто голова кружится... Но работы я свои уже отправила, думаю, меня примут... Я лучше всех в детдоме рисовала!

Я смотрела на нее и спрашивала себя, уж не дочь ли она Эльвиры Андреевны? Но в квартире Норкиной я не один ее фотопортрет видела, и тот, что с траурной лентой, большой, тоже хорошенько успела рассмотреть — ничего общего с Катей Сурковой я не нашла. Может, у этого Киреева есть еще одна дочь? Или Норкина вовсе ему и не дочь? Может, племянница... Но то, что они каким-то образом связаны, точно, иначе зачем ей было посылать ему посылки?

Надо было срочно каким-то образом озвучить это имя — Эльвира. В каких бы отношениях ни состояли Киреев и Норкина, они точно знакомы, а если так, то он наверняка уже знает о том, что она умерла.

— А где твой прекрасный дед? — как можно легкомысленнее произнесла я, хотя в ответ могла услышать что-нибудь о готовящихся похоронах или о чем-то в этом роде.

— Он к своему другу пошел, тот обещал ему какую-то рассаду... Они — садоводы, помешаны на цветах... Если хочешь, я покажу тебе его розы, они за домом... Дед в этом году хочет прямо здесь, на видном месте разбить розовую клумбу, он и ограду красивую такую, витую заказал, чтобы снести это безобразие... — Катя махнула рукой на высокий деревянный забор, тянущийся от ворот до соседской рабицы, — и тогда все увидят его розы... Но тебе, наверное, не очень-то интересно все это...

— Катя, — окликнула я ее уже другим тоном, и она почувствовала это, сразу замолчала, взгляд ее остановился.

— Да? Что-нибудь не так? У тебя такое лицо... Ты в порядке? — наконец произнесла она настороженно.

— Катя, когда придет дед?

— Не знаю, часа через два... Они не только рассадой занимаются, дед помогает ему делать крыльцо... А что? Что случилось-то?

— Я не за медом пришла. Мне нужно кое-что выяснить об одной своей родственнице. Имя Эльвира Андреевна тебе о чем-нибудь говорит?

— Да... Я знаю ее. Это одна хорошая знакомая деда. Она живет в Лазаревском. Они иногда перезваниваются...

— Я нашла вот это... — я протянула Кате чек из интернет-магазина «Персик». — Тебе знаком этот список?

— Да... Позавчера нам привезли как раз все это... Ну точно по списку!

— Подобные посылки... в порядке вещей? Это нормально?

— Да... Время от времени тетя Эля отправляет нам разные вкусности...

— В каких они отношениях? Они родственники?

— Нет, иначе я бы знала. Я думаю, что тетя Эля... как бы мостик в прошлое деда... Может, он сам расскажет когда-нибудь об этом. Я видела его альбомы... Там есть один снимок, где он, еще молодой, стоит рядом с очень красивой молодой женщиной, очень похожей на тетю Элю... Может, конечно, она его дочь, да только ко мне она не имеет никакого отношения. Моя мама умерла, это точно. А откуда у тебя этот чек?

Настроение мое, и без того неважное, испортилось окончательное. Ведь сейчас я должна была рассказать ей о том, что тети Эли больше нет.

А еще я поняла, что если уж ее дед не рассказал об Эльвире своей внучке, то мне, совершенно чужому человеку, уж точно не расскажет.

Получается, что я напрасно приехала сюда?

— Ладно, слушай, — и я решила рассказать Кате всю правду. С того самого момента, как я встретила в пирожковой Гарри, и до моей поездки в Домодедово.

Всегда считала, что говорить правду легче, чем врать. Ясность — что может быть лучше и проще? Быть может, я бы не поступила так, если бы не почувствовала к Кате симпатию. Детдомовская девочка, познавшая, что такое одиночество и грубость этой жизни, а теперь и прочувствовавшая на себе заботу близкого человека в лице деда, талантище, полная светлых надежд, ну не должна она была быть настолько черствой, чтобы не понять меня.

Я рассказывала простым языком, как чувствовала, и с каждым произнесенным мною словом лишний раз осознавала, что поступаю правильно, разговаривая с ней на языке правды.

Она слушала меня, потрясенная, и лишь качала головой...

— Дед... — наконец проговорила она, и длинная слеза медленно выкатилась из глаза. — Как же мы скажем ему о тете Эле? Для него это будет большим ударом. Как хорошо, что ты рассказала мне первой... Уж я постараюсь его подготовить...

— Мне так жаль, — сказала я искренне. — Когда я ехала сюда, с трудом представляла себе, кого здесь увижу...

— Я понимаю тебя, ты любишь своего Гарри и пытаешься помочь ему. И вообще, ты-то уж точно ни в чем не виновата! Что будем делать? Он скоро уже придет...

Это «что будем делать», это «мы» тронуло меня. Я вдруг подумала, что, при условии, что убитая Норкина оказалась бы Гарри все-таки тетей и я вышла замуж за Гарри, мы бы с Катей могли стать сестрами, родственницами.

— Как все странно, — сказала она задумчиво. — Почему твой Гарри сказал, что это не его тетя? А кто же она тогда?

— Я думаю, что ответы на эти вопросы знает твой дед.

— Мой дед... — повторила она. — Хорошо, я постараюсь для тебя что-нибудь о ней узнать, о тете Эле... А ты... ты поезжай в Москву и постарайся найти и встретиться со всеми, кто побывал в подъезде тети Эли в тот день... Ведь ее убил вполне реальный человек. Вот просто вошел и убил. А потом вышел из квартиры и исчез. Либо он живет в этом подъезде, и его связывало с ней какое-то секретное дело, которое и послужило причиной ее смерти, либо это посторонний, которого никто не заметил. Знаешь, с этими камерами наблюдения стало так легко бороться с преступниками, я же смотрю фильмы... Они повсюду, эти камеры. Так что найди человека, который сидит за пультом и просматривает все эти видеозаписи, познакомься с ним, постарайся увидеть убийцу тети Эли... Словом, ты меня поняла. И звони мне... В любое время дня и ночи. Запиши мой телефон...

Покидая Домодедово, я знала, что в моей жизни появилась подруга. Еще одна, после Стеллы.

15. Глафира

Мы втроем мчались на машине в санаторий «Золотая ель».

— Я вот все думаю... — сказала Лиза. — Как же могло случиться, что мы все крутимся вокруг двойника Норкиной? Откуда она взялась, эта мошенница?

— Мне тут в голову пришла одна мысль... Конечно, чтобы это проверить, потребуется время... — сказала Земцова. — Вот мы все говорим, что погибшая Норкина — двойник той, «нашей» Норкиной. Или?..

— Тезки, — предположила я вариант ответа. — Ты это имеешь в виду?

— Да. Вот представьте себе, что они — полные тезки. Что в Москве когда-то проживала Эльвира Андреевна Норкина. И вот ее путь каким-то невероятным образом пересекся с «нашей» Эльвирой Андреевной Норкиной.

— Мне нравится эта идея, — отреагировала Лиза. — И?..

— Эльвира-2 убивает нашу Эльвиру, подделывает ее подпись и продает все ее квартиры...

— Или же... — развила я эту мысль. — Тезка могла быть неполной. К примеру, имя-отчество совпадают, а фамилия — нет!

— Да! — оживилась Лиза. — У нее была другая фамилия. Но женщине изменить свою фамилию ничего не стоит!

— Я поняла... Она, предположим, Эльвира Андреевна Иванова, чтобы стать Норкиной... — воскликнула я, — выходит замуж на Норкина! Так давайте проверим, сколько браков, связанных с фамилией Норкин и именем Эльвира Андреевна, было зарегистрировано в Москва в две тысячи десятом году!

— Девочки, это гениально, — сказала Земцова. — Просто гениально... Если только такой брак был зарегистрирован... Мы сможем разыскать этого Норкина... Да я прямо сейчас позвоню Шитову!

Директор санатория, Ольга Петровна Васильева, пригласила нас для разговора в свой уютный, прохладный кабинет, заставленный кадками с растениями. Это была приятная, ухоженная женщина с доброй улыбкой.

— Я сразу же после вашего звонка нашла журнал регистрации наших гостей за две тысячи десятый год и нашла в списке Эльвиру Андреевну Норкину. Лично я с ней знакома не была, но я опросила наших горничных, поговорила с администратором, Еленой Николаевной, и мне удалось кое-что выяснить. Да, Норкина отдыхала и лечилась у нас, у нее были проблемы с сердцем. Она похоронила мужа и приехала к нам сначала на две недели, а потом продлила свое пребывание. Горничная Надя ее запомнила. Она сказала, что Норкина была похожа на одну актрису, которая жила с ней по соседству, когда та была ребенком... Вот такие ассоциации. Если хотите, я могу пригласить Надю, и она расскажет вам все, что знает о Норкиной. Я сейчас ее позову... Вы извините, но мне нужно уйти, — дела...

Горничная Надя, хрупкая большеглазая женщина в черном форменном платьице и белом фартучке с синей каймой, разговаривала с нами в большом холле с диванами. В коридоре стояла тележка со щетками и ведрами. С желтых резиновых перчаток, свисающих с тележки, капала вода. Пахло хлоркой.

— Да, я ее хорошо помню... Первые дни она почти не выходила из своего номера, я слышала, как она плачет... Как-то зашла к ней, спросила, не нужно ли чего... Подумала, может, ей надо выговориться... Знаете, как это бывает... Но она сразу же собралась, вытерла слезы и вышла... Как если бы ей стало стыдно... А потом она начала чаще выходить из комнаты, гуляла в парке... Ни с кем не разговаривала... Все бродила по аллеям, или на скамейку сядет с книжкой... Я сразу поняла, что у нее что-то случилось. А после мне кто-то сказал, что она овдовела. Видать, крепко мужа любила.

— Скажите, Надя, ее кто-нибудь навещал? — спросила Лиза.

— Да... Я и хотела как раз рассказать... Была у нее всего одна посетительница. Знаете, очень эффектная дама. Я видела, как они встретились в парке... Бросились друг к дружке, обнялись. Я так поняла, что это была либо родственница, либо хорошая подруга. Эта дама приехала не с пустыми руками, у нее были пакеты. И вот Норкина вместе с этой дамой поспешили в корпус. Признаюсь, мне было очень любопытно... — Надя смутилась и перешла на шепот. — Хорошо, что здесь нет директора, иначе я бы вам ничего не рассказала. Понимаю, все это выглядит как-то не очень... Но тут все горничные любопытные, не я одна...

— Вы подслушивали?

— Да. Я опередила их, пришла в номер Эльвиры Андреевны раньше, я вошла через черный ход, открыла дверь своим ключом и спряталась в ванной, ну, вроде я там убираюсь... Дело в том, что ванная комната и туалет — раздельные. Поэтому, я надеялась, душ сейчас точно никто принимать не станет, а туалет — свободный... К тому же очень легко и выйти незаметно из ванной комнаты... Не осуждайте меня, просто я испытывала к этой женщине самые добрые чувства, и мне хотелось узнать о ней больше. Она напоминала мне нашу соседку... Так вот. Эта дама в светлом плаще оказалась, я так поняла, подругой Норкиной. Я слышала хруст пакетов... это она выкладывала из них какие-то деликатесы, фрукты... Они разговаривали, и я поняла, что даму эту зовут Лида.

Я бросила взгляд на Лизу, словно желая ей сказать «Я же говорила тебе!».

— Эта Лида должна была улететь в Америку, я так поняла, что она замужем за каким-то американским художником... Она, честно говоря, не очень хорошо отзывалась о своем муже, вернее, отвратительно... Она сказала, что ее тошнит, когда он до нее дотрагивается. А еще она ненавидит его друзей, которые почти живут в их доме, и что она устала варить для них русские щи, печь пирожки и лепить пельмени... Что они вообще воспринимают ее как служанку... Хотя, с другой стороны, ее муж не ограничивает ее в деньгах, и это удерживает ее от развода...

— Это Лидия... — проронила Лиза. — И?..

— Ну, она болтала, заставляла Эльвиру Андреевну попробовать то одно, то другое, говорила, что она не должна голодать, что она должна взять себя в руки и все такое... Я так поняла, что они очень близкие люди и что Норкина любит эту Лидию. Во всяком случае, она была ей благодарна за визит. И расстались они очень тепло... И я точно знаю, что Норкина в тот вечер не пошла на ужин, она ела в своем номере, а я принесла ей чай...

— Это все? — спросила Земцова.

— Нет... Та женщина еще раз приезжала... И вот тогда... тогда я пожалела, что не вышла из своего укрытия и не треснула ее по башке чем-нибудь тяжелым... Да-да... Сейчас вы все поймете.

Это было как раз перед тем, как Норкина уехала... Эта Лидия приехала на такси, прошло несколько дней после ее первого визита... У нее в руках был всего один пакет, но тяжелый. Она явилась как раз тогда, когда Эльвира Андреевна уже вышла из своего номера, чтобы пойти на вечер русского романса. И тут она, эта Лидия... Конечно, Норкина обрадовалась, они обнялись и вернулись в номер, я проскользнула следом...

Лидия достала из пакета большой альбом и подарила Норкиной. А потом сказала, что у нее к ней есть важный разговор. Я когда услышала... Ладно... Короче, она вдруг выдала одну фразу, которая, на мой взгляд, могла бы убить такую женщину, как Норкина... Да еще и с больным сердцем.

— Да что она сказала?! — не выдержала Лиза.

— «Эля, — сказала ей Лидия, — Жени уже нет в живых, поэтому я тебе все расскажу... К тому же я улетаю, и неизвестно, вернусь или нет... Словом, у нас с твоим мужем есть дочь... Катя. Твой Женя был настоящей скотиной и сразу же отказался от ребенка... Срок был большой, я уехала к своей знакомой на дачу и жила там до родов... потом родила, а девочку оставила»...

— Ничего себе! — Лиза даже встала и прошлась по холлу.

— Я, говорит Лидия, нашла ее... Она в таком-то детском доме, хорошая девочка... Ты понимаешь, Эля, мой муж ничего не должен о ней знать... А Катя — она же дочь Жени, твоего мужа... Словом, эта Лидия попросила свою подругу, с мужем которой она спала (!), чтобы та присмотрела за девочкой и чтобы обеспечила ее квартирой! Вот такая наглая баба! Мне прямо хотелось выскочить из ванной комнаты и ударить ее... Зубы выбить, честно!

— И что было потом? — спросила я.

— Эта Лидия достала что-то из сумки, я думала, что это письмо... я даже приоткрыла дверь ванной комнаты, чтобы в щель увидеть, что именно она дала... Кажется, рисунок... А потом у меня в кармане заерзал телефон, хорошо, что я догадалась звук отключить... Я посмотрела, звонила моя дочка... Короче, я отвлеклась и не услышала конец разговора, я только увидела, как эта Лидия быстро выходит из номера, и я, воспользовавшись этим, тоже хотела выйти, но тут вошла приятельница Норкиной, с которой они познакомились здесь же, в санатории, она пришла, я так поняла, за ней, чтобы вместе отправиться на вечер романса... Она зашла, а через минуту я выскользнула... Подумала еще, что надо бы мне потом поговорить с Норкиной, успокоить... Но я больше ее не видела. Я вернулась в санаторий утром, и мне сказали, что Норкина уехала. Вот и вся история! Вот какие подруги-стервы бывают!

— Значит, говорите, больше не видели Норкину? Посмотрите, это она? — Лиза показала ей снимок, который ей дала наша клиентка Лидия.

— Да-да, это она!

— А вот эту женщину вы знаете? — я показала горничной фотографию той Норкиной, которую убили в Козихинском переулке.

— Да... Кажется, знаю... Да-да... вспомнила... Эта женщина тоже лечилась у нас, только недолго. Вот с ней, кстати говоря, наша Норкина и подружилась незадолго до выписки. Они гуляли вместе, разговаривали, ходили друг к другу в гости, чаевничали...

— В каком она жила номере? Как ее звали? — спросила Лиза.

— Она жила на третьем этаже, в триста шестом номере, но вот имя и фамилию я не знаю... Но это можно узнать! Я сейчас позвоню!

Через некоторое время мы узнали имя и фамилию женщины, с которой подружилась «наша» Норкина: Эльвира Андреевна Норкина.

— Она зарегистрировалась по загранпаспорту нашей Норкиной, — сказала чуть позже Лиза разочарованно. — Все просто... Она украла ее загранпаспорт, приехала в санаторий, оплатила проживание и несколько дней, вот, видите, пять дней прожила ее полной тезкой! И никто в санатории даже не обратил на это внимания.

— Однако, знакомясь с Эльвирой, она наверняка назвалась каким-нибудь другим именем. Ну что ж, — заключила Земцова, после того как мы уже сели в машину, чтобы вернуться в Москву. — Мы теперь точно знаем, что убитая Норкина — это мошенница, присвоившаяся себе чужое имя и имущество. Знаем, что ваша клиентка Лидия, решив вдруг переложить всю ответственность за будущее незаконнорожденной дочери на лучшую подругу, жену своего любовника Евгения Борисовича Норкина, объявилась в Москве исключительно для того, чтобы выяснить, чем закончилась вся эта некрасивая история... Что стало с девочкой

Катей, с самой Норкиной? Ведь найти Катю она так и не смогла.

— Вот интересно, — возмутилась Лиза, — она что же, была такого невысокого, мягко говоря, мнения о моих профессиональных способностях, что даже мысли не допускала, что я докопаюсь до ее дочери? Почему она мне о ней ничего не рассказала?

— Вот и спросишь у нее, — сказала я тихо. — Вам не показалось странным, что настоящая Норкина исчезла сразу же после визита Лидии?

— Ну да... И что? Что ты хочешь этим сказать?

— А то, Лиза, что эта Лидия могла приложить руку к ее исчезновению...

— Убила, что ли?

— Нет, не убила в прямом смысле. Она же приехала к ней в санаторий с целью рассказать о девочке и попросить Норкину присмотреть за дочкой. Зачем же ее убивать? Да только эта твоя Лидия одной фразой о существовании их с Норкиным общего ребенка могла довести ее до инфаркта...

— А-а-а... Девочки... — ахнула Земцова. — А что, если она на самом деле умерла прямо в присутствии Лидии? Скончалась в номере! Лидия испугалась и сбежала... Понятное дело, труп остался в номере... Однако утром номер выглядел так, как если бы Норкина уехала.

— Возможно, обнаружив труп Норкиной, ее двойник, женщина, которая проживала по ее паспорту, спрятала труп, сама же вернулась в Москву и принялась проживать жизнь этой несчастной женщины... — сказала Лиза.

— Думаю, что двойник Норкиной — дело рук Лидии... — я продолжала гнуть свою линию. — Возможно, никакой дочери и в помине не было, как и любовной связи Лидии с Норкиным, их цель — убить, довести до сердечного приступа Норкину... И вот когда это случилось, помощница Лидии, двойник Норкиной, и начала действовать по плану, продав квартиру на Остоженке...

— Я звоню Лидии... — сказала Лиза. Она казалась крайне расстроенной. — Да, конечно, все эти выводы так и напрашиваются, я имею в виду связь мошенницы с Лидией... Но если Лидия такая уж опасная и коварная, тогда зачем ей было оставлять в живых эту мошенницу? Свидетельницу ее корыстных замыслов? Насколько мне известно, Норкина Вторая (будем ее так называть) жила, как царица! Купила себе дом на море! Спрашивается, если присвоение имущества Норкиной было планом Лидии, то почему же не она купила этот дом?

— Шитов проверил... Дом в Лазаревском на самом деле принадлежит Норкиной! А не Лидии! — сказала Земцова. — Кстати, ты знаешь фамилию Лидии?

— Мы заключили с ней договор как с Лидией Александровной Вдовиной, но на самом деле у нее двойная фамилия...

— ...Вдовина-Осборн, — подсказала я.

— Юля, я звоню ей и назначаю встречу на ее же квартире. Вы как, готовы?

— Готовы-то мы готовы... — задумчиво произнесла Земцова. — Только вся наша работа теперь насмарку...

— Почему?

— Да потому что теперь мы никогда не найдем нашу Норкину...

16. Женя Зимина

Отец сказал маме, что они возвращаются на дачу, он молодец, что все так придумал, понимал, что ей нужно побыть одной, все осознать, успокоиться. Всей семьей поужинали, мама, встревоженная, попыталась задать какие-то вопросы, связанные с ремонтом розетки, но отец как-то ловко перевел разговор на другую тему.

Пока все сидели в кухне за столом, Женя решила раздать подарки детям, вошла в комнату, принялась открывать коробки, разворачивать свертки, пакеты... Это была одежда и игрушки детям, то немногое, что за всю свою сознательную жизнь успел дать им их придурок-отец. На самом дне одного из бумажных пакетов она обнаружила запаянный пластиковый прозрачный сверток с деньгами. Бросившись к двери, она заперлась изнутри, дрожащими руками сорвала упаковку и принялась лихорадочно пересчитывать купюры евро.

Десять тысяч. Так вот они, деньги, которые эта дрянь дала любовнику, чтобы он купил у своей жены развод. Значит, она все-таки доверяла ему, раз дала ему деньги. Можно себе представить, как он стелился перед ней, какублажал и обещал, наверное, любовь неземную, раз она, взрослая и явно неглупая женщина, повелась на его обещания и решила связать свою жизнь с ним.

Вот интересно, она что, на самом деле не понимала, что человек, который может вот так с легкостью бросить свою семью, маленьких детей, когда-нибудь предаст и ее?! Влюбилась? Скорее всего. Сколько книг Женя прочла о любви, сколько фильмов пересмотрела. Любовь — это опасное чувство, которое ослепляет и лишает рассудка. Вот и она, эта старая кошелка, сошла с ума, если решилась на старости лет выйти замуж за Зимина.

Женя сидела на полу, среди рассыпанных на ковре денег, и ждала наплыва того холодненького и болезненного чувства ревности, замешанного на ненависти и страхе, что она испытывала последнее время, думая о разводе и представляя себе сказочную жизнь своего мужа, но ничего подобного не испытывала. А вместо этого в душе образовалось пустое пространство, медленно, но верно заполняемое розовыми воздушными шарами... Легкость, невероятная легкость и свобода, граничащие со счастьем, — вот что чувствовала она и старалась не расплескать в себе эти ощущения.

Источник этой тихой радости заключался в тех минутах, что она провела на лестничной площадке перед дверью в квартиру Норкиной, так и не решаясь ей позвонить. Ведь именно это спасло ее от ареста, суда и, возможно, тюрьмы.

Шитов, видимо, неплохо разбирается в людях, раз разглядел в ней в первую очередь мать! «У вас же дети»...

Да, это так. Она думала о детях, когда отправилась к Норкиной, чтобы поторговаться, чтобы поставить невыносимые для нее финансовые условия. Чтобы увидеть ее вблизи, разглядеть каждую морщинку на ее дряблых щеках... Но стоя перед дверью Норкиной, она вдруг почувствовала себя такой слабой, такой униженной уже самим фактом своего здесь присутствия, да плюс к тому же еще и неухоженный (или вообще запущенный) внешний вид, что отпрянула от двери, как если бы ей стало известно, что та заминирована... Вот позвонит она в дверь, Норкина откроет и выяснится, что вовсе она не старая, что просто не фотогенична, что она привлекательная, следит за собой, хорошо одета и благоухает дорогущими духами. Как тогда? Да и что она ей скажет, раздавленная богатством и благополучием этой женщины, укравшей ее мужа? Верните его мне? Он такой хороший, он — отец моих детей? Да зачем он ей, этот Зимин? Какой от него прок? Если уж он изменил ей один раз, то, даже расставшись с Норкиной, найдет себе в Москве другую богатую бабу... Начало-то положено! Уж Норкина позаботилась о том, чтобы поднять его самооценку.

«Дайте мне сто тысяч евро, и я с ним разведусь...» А Норкина рассмеется ей в лицо и скажет, что за такие деньги она найдет себе мужика получше!

Десять тысяч евро. Надо соглашаться...

Вот и получается, что все эти мысли, сомнения не позволили ей позвонить в дверь.

Даже если бы она увидела, что дверь в квартиру приоткрыта и вошла туда, обнаружив мертвую Норкину, она бы точно остановилась, шокированная, и неизвестно, сколько бы простояла в ступоре... Возможно, по мнению Шитова, ровно столько, сколько потребовалось бы, чтобы поскандалить с разлучницей, а потом разбить ей голову, убить... И вот тогда ее бы наверняка задержали. Не посмотрели бы, что у нее маленькие дети.

...Женя сложила аккуратно деньги, спрятала в бельевой шкаф, вышла из комнаты с подарками для детей.

На кухне Егорка и Леночка доедали жареную картошку, мама разливала по чашкам чай, а отец курил возле раскрытого окна.

— Леночка, смотри, что я тебе принесла! Платье, видишь, какое красивое? Пойдешь в нем в парк... Егорка, а это тебе, джинсы, кроссовки... Нравится?

Дети, забыв про еду, ушли со своими сокровищами в детскую.

— Женя, садись... Ты что-то не ела совсем.. Доешь картошку, будем пить чай. Я печенье привезла...

Мама. Счастливая. Ничего не знает. Понятия не имеет, чем они с папой занимались... Как «рулон» вывозили, рискуя быть остановленными... «Да кому я нужен, пенсионер на этой битой машине?» — сказал папа, белый как мел.

Это сейчас, после всего, что произошло, она спрашивает себя: что все-таки было бы, если бы они попались? Что-о-о?! Посадили бы не только ее, но и отца... Был бы суд, и отец не молчал бы, все сказал бы, что думал о своем зяте. Да и мама бы не молчала, припомнила бы ему безденежье, легкомыслие... Но все равно, никакой адвокат не оправдал бы убийство мужа.

Камера, тюрьма, колония... Эти слова вытеснили бы другие, нормальные слова из лексикона молодой мамы и молодой женщины. Она была бы просто «зэчкой», отбывающей свой срок. «Осужденная Зимина».

А Шитов увидел в ней в первую очередь мать. Ничего-то он не понимает в женщинах, Шитов. Ему и в голову не пришло, что она убила своего мужа: отравила, а потом завернула в покрывало... Как бы она жила, зная, что Зимин счастлив? Все равно бы достала, поехала бы в Лазаревское и пристрелила бы его, как собаку... Купила бы пистолет... или зарезала бы... В такие минуты не думаешь о последствиях, о детях, о тюрьме... Во всяком случае, она не думала. Ей хотелось одного — чтобы его не было. И кто знает, может, если бы на нее не давили так женские комплексы, когда она занесла уже руку, чтобы нажать на кнопку звонка в квартиру Норкиной, она могла бы убить эту тварь, она, Женя Зимина. Зимина? Надо будет избавиться от этой фамилии, вытравить ее из своей жизни и вернуть свою, девичью...

— Женечка? Что с тобой? Тебе нездоровится?

Мама заглянула ей в лицо. Мама. Как же она загорела на своей даче, щеки порозовели, на скулах появились веснушки. Даже волосы выгорели, стали почти рыжие.

Женя поднялась и обняла маму.

— Все хорошо, ма...

— А где этот твой... урод-то? Ты уж извини, что напоминаю... Он уже уехал с этой, своей?

— Да...

— Ты дашь ему развод?

— Да.. Он деньги мне оставил. Подготовит все необходимые бумаги для развода, и я подпишу... Лучше уж одной жить, чем с таким мужем.

— Вот и правильно. Ты не переживай, поднимем мы наших деток, мы с дедом еще вон какие молодые! Во всем буду помогать, ты знаешь... И постарайся не думать о нем, не вспоминать, или же вспоминать лишь то плохое, что между вами было, так тебе будет легче...

...Она закрыла глаза... Кто-то, кого она не знала, сделал ее счастливой, разбив голову Эльвире Норкиной. Знай она, кто это, пожала бы руку. Крепко пожала бы...

В квартире было очень тихо. Родители с детьми уехали, оставив ее одну.

За окнами пылал закат. Как же раньше она не замечала этой красоты, этого величия, этой роскоши красок?

Женя надела свое лучшее платье, причесалась, подкрасила губы и вышла из дома. Даже фиолетовые сумерки, подсвеченные золотом светящихся фонарей, показались ей прекрасными.

Она остановила такси и попросила отвезти себя на Пушкинскую площадь. Там вечернее бурление жизни, там люди, там ее ждет праздник покоя и умиротворения, который никогда не закончится...

17. Наташа

Все деньги, которые мне удалось получить в банкоматах, а также драгоценности, я сложила в спортивную сумку и отвезла в камеру хранения Павелецкого вокзала. Подумала, что, если эта история с наследством — выдумка, ложь, какой-то маневр следствия ли, мошенников, у меня хотя бы останутся деньги и драгоценности Эльвиры.

Вернувшись домой, я приняла прохладный душ и легла отдохнуть. Мысли мои, тревожные, полные каких-то неясных страхов, сводились к одному: Элю убили не случайно, поскольку это не было ограблением. Значит, имелась причина, по которой человек, которому она открыла дверь, набросился на нее и убил. А если учесть, что мне здесь не так давно пытались внушить, что моя Эля — вовсе и не Эля, а какая-то преступница, мошенница, выдававшая себя за настоящую Норкину, то можно предположить, что все то богатство, чем она владела, она присвоила себе, отобрала у настоящей Норкиной. И если это так, то ее убил кто-то из реальных наследников или тот, кто очень любил настоящую Норкину, долгое время искал того, кто ее убил (!!!), и вот наконец нашел...

Мне было страшно. Ведь если я на самом деле наследую эту квартиру и дом в Лазаревском, то, может, такая же участь ожидает и меня...

Сон не шел. Квартира погрузилась в темноту, а я все лежала, не в силах пошевелиться, и думала, думала... И когда раздался звонок в дверь, я буквально подскочила на кровати, села и почувствовала, как меня колотит...

Тот, кто пришел, мог быть для меня и опасным, и полезным. В любом случае мне надо было хотя бы выяснить, кто это. Я включила свет, взглянула на часы — они показывали половину одиннадцатого! Поздновато для гостей. Значит, случилось что-то важное.

Набросив на себя легкий халат, я подошла к двери, заглянула в глазок. Увидела незнакомого мне мужчину. Спросила, кто там.

— Наталия? — услышала я низкий хрипловатый голос.

— Да... А вы кто?

— Вам лучше открыть... — ответил мужчина предельно тихо, но так, чтобы я услышала. — Это касается Эльвиры.

— Но я не знаю, кто вы... Я боюсь вас, наконец... — Меня резко затошнило, теплая волна поднялась к самому горлу, а ноги отказывались держать тело.

— Я отец Эли, — сказал мужчина. — Откройте. Мне сказали, что Эля умерла... Это правда?

Последнее слово у него булькнуло, утонуло в сдавленном рыдании.

Я распахнула дверь. Неосознанно, словно мои руки, наделенные душой, решили это за меня.

Страх прошел. Я откуда-то была уверена, что этот мужчина говорит правду. Должно быть, выражение его лица, та боль, что отпечаталась на нем, убедили меня в этом.

— Проходите... — произнесла я обреченно, понимая, что вот теперь-то наверняка вижу перед собой настоящего наследника Эли.

Мужчина решительно прошел на кухню, будто знал расположение комнат и бывал здесь не раз. Он и свет включил перед тем, как занять место за кухонным столом, спиной к окну.

— Что случилось, как она умерла?

— Ее убили... А вы... Вы действительно ее отец?

— Вы меня не знаете, и это понятно... А вот я знаю о вас все. И благодарен вам за то, что вы все эти пять лет были рядом с моей Элечкой... Что помогали ей во всем, что ухаживали за ней, кормили ее... Я все-все о вас знаю.

— Но почему?.. — Я даже не могла правильно сформулировать вопрос, настолько он был емким.

— Я все понимаю, вопросов ко мне много... — Мужчина положил руку на стол, и я увидела, как дрожат его пальцы. А сам он был бледным, с прозрачными горошинами испарины на лбу и кончике носа. — Так что случилось с Элей?

Лицо его уже заранее приняло страдальческое выражение.

— Ее убили... Я вернулась домой, а она лежит... вон там, в передней... Ей разбили голову тяжелой пепельницей... Ничего не украли, значит, не ограбление... Следов тоже пока никаких... Здесь камеры установлены, но никого, кто бы мог это сделать, не нашли... пока... Я не знаю. Ведется следствие.

— Наталия, я знаю, какую роль вы играли в жизни моей дочери. Знаю, что вы за человек и, что самое главное, вам можно доверять. Что вам известно об Эле?

— В смысле? Что вы имеете в виду? Понимаете, после того как ее не стало, ко мне приходили какие-то женщины, адвокаты... Они действовали по поручению одной своей клиентки, которая искала Эльвиру Норкину... Но не нашу Элю, а какую-то другую женщину. Ее полную тезку...

— Они что-нибудь говорили? Конкретно? — из горла моего ночного гостя вырвалось подобие короткого болезненного стона.

— Да... Они предположили, что наша Эля... на самом деле, словом, она не Эля... Не знаю, как вам сказать... А потом, потом появилась девушка, сегодня днем, она тоже, вот как и вы, попросила меня ей открыть и сказала, что она — невеста парня, который является родственником, наследником Эли, и зовут его Григорий Горелов. Вот.

— Горелов? Не знаю... И что?

— Она обманула меня... — И я рассказала ему о происшествии с невестой Горелова, о том, как она меня заперла.

— И ничего, говорите, не взяла? Очень странно... Наташа, у вас есть водка или... — Он плотно сжал губы, не в силах говорить. — Где сейчас она... ее тело?

— На экспертизе... мне обещали позвонить, сообщить, когда можно заняться похоронами. Я уже договорилась с одной конторой... Там все будет нормально... дорого... красиво... Но почему же она мне ничего не рассказывала о вас?

— Берегла меня... Но вам я расскажу всю правду. Только давайте сначала немного выпьем...

Он не был похож на алкоголика. Скорее даже наоборот, производил впечатление очень здорового и положительного человека, пенсионера.

И он начал рассказывать.

Думаю, что у меня рот открылся, пока я его слушала. Даже если бы он рассказал мне, что Эля — инопланетянка, я бы удивилась меньше.

— ...и похоронила эту женщину прямо там, в санатории? — я была потрясена!

— Понимаете, Наташа, я просто должен был вам все это рассказать, поскольку вы были для моей дочери самым близким, пожалуй, после меня человеком. Она вас очень ценила и любила. Ведь это вы обеспечивали ей комфортную жизнь. Вы всегда были рядом... Повторяю, она очень любила вас и ценила... А эта ее связь с москвичом... Я ее отговаривал, но она меня не слушала. Думаю, что для полного счастья ей все же нужен был мужчина...

— И что теперь?

— Вы имеете в виду, буду ли я оспаривать наследство? Нет, не буду... Элечка позаботилась обо мне, она купила мне квартиру... У меня все есть, и деньги тоже.

Они были преступниками. Оба. И я, получается, тоже. Попробуй докажи, что я ничего не знала?!

— Зачем вы пришли ко мне? Что вы хотите?

— Я хочу похоронить свою дочь. Хочу присутствовать на похоронах. А еще... Хочу, чтобы вы знали, что мой дом всегда открыт для вас... Мне очень важно знать, что после Эли остались не только дома и прочее, что есть человек, с которым я мог бы поговорить об Элечке...

Я была не готова говорить с ним на эту тему. Мне вообще казалось, что мир вокруг меня перевернулся и что теперь мне предстоит долгое время переосмысливать все то, чем жила я последние годы. И понять, какой же была Эля.

— Есть еще один человек, который оказался частью этой странной истории... Это девочка Катя. Она уже взрослая, но ничего не знает о своих родителях...

— Это та самая девочка из детского дома, за которой Эльвиру попросила присмотреть ее американская подруга? И что с ней? Где она?

— Я сказал Кате, что она моя внучка, и забрал к себе. Она предполагает, что ее мать была неблагополучным подростком, возможно, наркоманкой... Я даже попросил одного фотографа при помощи Катиного снимка сделать фотомонтаж, как если бы на фотографии были изображены я и моя жена, похожая на Катю... Понимаю, что она по крови мне никто, но мы с Элей решили позаботиться о девочке в память о настоящей Эльвире Андреевне Норкиной... Тем более что она-то уж точно ни в чем не виновата. И в ее жилах течет кровь мужа Эльвиры Андреевны, а это значит, что она имеет хотя бы какое-то отношение к семье Норкиных.

Наташа, прошу вас, сохраните в тайне все то, о чем вы только что услышали. Я знал о завещании Эли, и это именно я убедил Элю не упоминать в своем завещании Зимина и все оставить вам... Она спорила со мной, ей казалось, что я слишком уж вмешиваюсь в ее жизнь, но тем не менее либо она послушала меня, либо просто не успела изменить завещание...

Он собирался уже уйти, но тут я обратила внимание на адрес, который он записал для меня.

— Вы живете в Домодедове?

— Да. Когда соберетесь ко мне, позвоните, я вас встречу...

— Как же вы сейчас поедете? Вы же выпили. Вам нельзя за руль...

— Не знаю... — Он растерянно оглядывался по сторонам, словно призрак его дочери мог ему подсказать, как ему поступить.

— Оставайтесь здесь, Андрей Семенович, — предложила я, предполагая, что именно так поступила бы Эля. — Я вас не отпущу... К тому же вы сейчас в таком состоянии...

— Это я во всем виноват, понимаете? — Он смотрел куда-то сквозь меня, возможно, пытался заглянуть в свое прошлое. — Это я уговорил ее пойти работать почтальоном... Почему-то предположил, что она не потянет высшее образование... Спутал ей мозги... Сильно повлиял. Она очень любила меня, прислушивалась к моему мнению...

— Пойдемте, посидим еще немного, помянем Элечку... А потом я постелю вам в ее комнате.

Позже, когда мы выпили целую бутылку водки на двоих, я снова вспомнила визит девушки Оли, невесты Горелова.

— Я так и не поняла, зачем она меня запирала и что взяла... Но ведь не просто же так она приходила...

— Поживем — увидим, — сказал Андрей Семенович.

18. Оля

Едва я вышла из ванной комнаты, где принимала душ, как ко мне явилась Стелла. Я сказала ей о том, что ко мне приходил человек от Шитова и забрал на экспертизу кое-что из одежды и обуви Гарри.

— Что ж, это их работа.. Уверена, они ничего криминального не найдут...

Потом я рассказала ей о Кате.

— Ой, как мне нравятся такие истории... Они полны тайн! — вот теперь она всплеснула руками. — Как ты не понимаешь, этот ее дед что-то темнит...

Она ходила за мной по пятам, пока я одевалась, делала лимонад из свежих лимонов.

— Да все они темнят... — согласилась я с ней. — Катя же ясно сказала, что подозревает свою мать в том, что она была наркоманкой. А иначе почему же дед ей ничего о ней не рассказывает?

— Не обязательно наркоманка, — сказала Стелла. — Все могло быть по-другому. Она могла родить Катю и, ничего не говоря отцу, подбросить ее в детский дом или оставить в роддоме. Это он тебе сказал, что твоя мать умерла, а на самом деле она могла умереть для него, понимаешь? Он просто не простил свою дочь за то, что она так поступила со своим новорожденным ребенком.

— Хочешь сказать, что ее мать может быть жива?

— Да наверняка. А иначе откуда бы ее дед знал, где его внучка, в каком детском доме? Но это всего лишь мои предположения. И все равно, мне так нравятся такие истории... Вот прямо хочется взять и написать еще одну сказку!

И она мечтательно закатила глаза.

Не знаю почему, но меня Стелла почему-то не раздражала, хотя окажись на моем месте другой человек, то взвыл бы от ее бесконечных «знаешь, мне так нравится...».

Она была светлым и восторженным человеком.

— Катя посоветовала мне познакомиться поближе с кем-то, кто работает в фирме, занимающейся обеспечением безопасности, кто просматривает видеоматериалы с камер наблюдения за домом...

— Понимаю... Хочешь заняться собственным расследованием и выяснить, кто был в подъезде этой женщины в момент ее убийства... Хочешь, я помогу тебе выяснить, что это за компания?

Пока я приводила себя в порядок, Стелла принялась стучать по клавишам моего ноутбука. Сначала она нашла номер телефона жилконторы, курирующей дом Норкиной, позвонила туда и выяснила название компании, занимавшейся установкой камер наблюдения.

— Это «Protect home», — сказала она, продолжая щелкать клавишами в поисках нужной информации. — Сейчас выясним, где находится их офис, и поедем туда вместе, если ты не возражаешь.

— Мне неудобно, что я гружу тебя своими проблемами, — сказала я.

— Глупости! К тому же, честно тебе признаюсь, мне сейчас нельзя находиться дома.

— В смысле? Что случилось?

— Миша... Он приходил уже несколько раз, у нас был разговор...

— И что ему нужно?

— Он хочет вернуться, а я не готова... Понимаешь, я не верю ему... Сначала он предал и бросил меня, сказал, что влюбился, а теперь вот решил бросить ту девушку... Я не должна пускать его в свой дом, мне больно, понимаешь? Поэтому, чтобы мне не думать обо всем этом и, главное, чтобы не видеть его, я с удовольствием отвлекусь на этот «Protect home», понимаешь?

После того как она мне это сказала, я посмотрела на нее уже другими глазами. Иногда, когда мысли мои возвращались к ней, к тому, что ей пришлось пережить, я почему-то, представляя и такое развитие событий, то есть возвращение ее мужа, была уверена, что Стелла его примет, причем с радостью. Оказывается, я ошиблась в ней. И она не такая. Она — сильный человек и, главное, здравомыслящий. В отличие от меня.

Еще одной неожиданностью было обнаружить, что огромный и какой-то свирепый на вид джип, который всегда парковался в стороне, под липами, напротив последнего подъезда нашего дома, принадлежал этой девушке-одуванчику, Стелле.

— Это папин, но он отдал его мне, — сказала она, ловко забираясь на водительское сиденье. — Садись! Ты чего так смотришь на меня? Думала, что я даже на велосипеде не умею ездить? Я с детства вожу машину, меня папа научил. Я вообще много чего умею...

Она так ловко вывела джип с парковки, что я была удивлена.

— Это не машина, а целый танк, не понимаю, как это тебе удалось так быстро выбраться, не задев ни одно авто! — воскликнула я.

— Опыт, — скромно ответила Стелла.

И мы помчались по вечерней Москве, следуя указаниям навигатора.

Офис компании «Protect home» находился на втором этаже невзрачного здания, расположенного в гуще жилых домов неподалеку от Маяковки.

Мы поднялись, стали открывать одну дверь за другой, пока не увидели просторное помещение, занятое столами с установленными на них мониторами. За одним из столов сидел молодой человек в очках и, судя по запаху, пил кофе.

— Привет! — Стелла уверенно двинулась к нему.

Скучающий молодой человек при виде двух девушек оживился, предложил нам сразу кофе, даже не зная о цели нашего появления. И тут Стелла, которая не переставала меня удивлять, принялась рассказывать совершенно фантастическую, придуманную ею, я так поняла на ходу, историю о ее молодом человеке, который, как ей кажется, изменяет ей с другой девушкой, проживающей в Большом Козихинском переулке, дом такой-то... Она настолько правдоподобно разыграла перед парнем сцену, целью которой было получить возможность просмотреть нужную нам видеозапись, что мне ничего другого не оставалось, как молча восхищаться талантами моей новой подруги.

— Честно говоря, этой записью интересуетесь не вы первые, ее уже смотрела полиция, — заметил парень, которого звали Виталий.

— Видеонаблюдение — это вообще удобно, — сказала я, просто уже чтобы не молчать. — Мало ли что может случиться рядом с домом... И машины уродуют, и детские площадки, и детей воруют...

— Эти дворы тихие, — сказал Виталий, ища нужную запись. — Так что я здесь откровенно скучаю.

— А почему полиция заинтересовалась этой записью? — широко улыбаясь, спросила как будто бы ничего не подозревающая Стелла, чем снова удивила меня. Однако потом я решила, что не спросить парня об этом было бы не совсем естественно.

— Да вроде там убийство произошло... В одном из подъездов. Я точно не знаю, я только вчера из отпуска.

Вот повезло! Может, окажись на его месте человек более ответственный, умный или просто взрослый, вряд ли мы получили бы доступ к этой записи.

Просмотр видео оказался скучным, потому что в подъезд в нужное для нас время почти никто не входил. Лишь три старушки, которые уж точно не могли убить Норкину. Потом толстяк-полицейский, в форменной рубашке и фуражке с кокардой, который пробыл в доме почти час, затем вышла пожилая женщина с заплаканным лицом.

— Я думаю, что в подъезд проникли с крыши, — предположила Стелла уже в машине. — Ну никто здесь не тянет на убийцу. Однако я бы проверила полицейского. Мало ли...

— Я готова.

— Тогда поехали в Козихинский переулок, постараемся найти эту женщину с заплаканным лицом. Если визит полицейского довел женщину до слез, значит, у нее в семье что-то произошло, о чем вполне могут знать соседи.

— Поехали!

Было совсем темно, когда мы остановились перед запертой дверью в подъезд, где проживала Норкина.

— Могу себе представить, как злилась на меня та женщина, которая открыла мне дверь. Может, она родственница Норкиной или просто знакомая... Она думала, что я воровка... Но ничего, потом, когда она вышла из ванной и проверила квартиру, сразу поняла, что я не взяла ничего ценного. Хотя, если честно, нервничаю... Вдруг сейчас откроется дверь, и из подъезда выйдет именно она...

В эту минуту дверь распахнулась... и вышла девушка с таксой. Стелла сразу же принялась ее обрабатывать. Спросила, к кому пару дней тому назад приходил полицейский, попыталась описать женщину.

— Это Сучкова Полина Николаевна, — сказала девушка. — У нее внук наркоманом был, она скрывала это ото всех... Он забирал у нее всю пенсию, украл у нее ордена, медали, драгоценности... Но я не знаю, почему ее до сих пор не оставят в покое?..

— ???

— Внук ее умер в прошлом году, зимой. От передозировки. Полина Николаевна, как мне кажется, вздохнула с облегчением... Знаете, в таких случаях редко кто из родных особенно-то горюет о смерти наркоманов...

— Вы не подскажете, в какой квартире она живет?

Девушка ответила, мы вошли в подъезд, поднялись на четвертый этаж и позвонили.

Дверь нам открыла худенькая пожилая женщина в розовом нейлоновом халатике. Голова в бигуди, лицо в креме.

Стелла, мгновенно преобразившись из современной решительной особы в девочку-«ботаника» с робким взглядом и блеющим голосом, сказала:

— Полина Николаевна? Добрый вечер... Вы уж извините за поздний визит... Я — журналистка, Надежда Романова, собираю материал для статьи... Понимаю, что затрону больную для вас тему, но таких, как ваш внук, в городе много... И мы нашей колонкой стараемся рассказывать вот такие истории в назидание, понимаете? Быть может, кто-то прочтет, сделает для себя какие-то выводы...

— Хорошо, проходите, — женщина впустила нас к себе легко, как если бы мы были с ней знакомы. Я поразилась тому, насколько доверчивы наши люди и готовы впустить в свою квартиру кого угодно!

Стелла задавала какие-то вопросы, дежурные, простые, связанные с жизнью наркоманов, записывала все в блокнот, потом плавно перешла

к визиту полицейского. Оказалось, что это участковый.

— Вероятно, новый участковый и не знает, что
Паша умер... — вздохнула женщина. — Наш-то,
Сергеев, думаю, в отпуске, вот этот толстопуз его
и заменяет...

— Он долго у вас пробыл?

— Вообще-то долго... Все вопросы мне какие-
то задавал... Но если вы вот разговариваете со
мной душевно, спокойно, а тот ну просто напирал
на меня, мол, как же вы вырастили наркомана...
Я ему: так это же не сын мой, а внук, у него родители есть... Думаю, у него вообще было несваре-
ние. Лицо кислое такое, все за живот держался...

— А он не показывал вам свое удостоверение?

— Нет, он же был в форме!

— Он приехал на машине, вы не знаете?

Полина Николаевна даже тогда не обратила
внимания на то, что журналистка ушла от темы и
теперь «копала» под участкового.

— Да, на машине! Я еще подумала тогда, что
ему пешком-то ходить, наверное, тяжеловато.

Мы со Стеллой переглянулись. На видео пу-
зан-участковый, выйдя из подъезда, прошел мимо
всех машин, выходя со двора.

— Знаете, мне что-то так нехорошо стало после
его визита, что я пошла в аптеку... И сама лично
видела, как этот участковый садится в машину.

— А номеров не запомнили?

— А зачем номера? — наконец-то отреагировала пенсионерка. — Хотите его найти, думаете, он вам другие подобные истории расскажет?

Сама спасла наше положение!

— Жаль, что он не представился вам... — вздохнула Стелла. — Такой материал бы получился!

— Я сказала, что не видела его удостоверения, но слышала, как он назвал свою фамилию, когда ему позвонили. Может, я не точно услышала... Чепель... или Шепель... ну, вроде: «Чепель у телефона».

Мы поблагодарили Полину Николаевну, записали на всякий случае номер ее мобильного и вернулись в машину. Снова включили видеозапись.

— Значит, Чепель. Пузо наел. Как вообще его взяли в полицейские! — возмущалась Стелла.

— Думаешь, это он мог убить Норкину?

— Одно из двух: либо он действительно приходил к Полине Николаевне, чтобы поговорить о внуке-наркомане, либо он заглянул к ней, чтобы обеспечить себе алиби. Постой...

Она набрала номер, и я поняла, что она разговаривает с Полиной Николаевной.

— Это Надежда Романова, журналист... Скажите, этот Чепель, когда пришел к вам, он сразу начал расспрашивать вас о вашем внуке?

Она долго слушала, потом поблагодарила женщину и отключила телефон.

— Так я и знала... Он пришел к ней, спросил, как у нее дела... Она еще удивилась, откуда вдруг такое внимание... А потом сама, понимаешь, сама упомянула своего внука... Она спросила его: вы что, снова насчет Паши пришли? Вероятно, он кивнул головой, и она продолжила развивать эту тему...

— Ты думаешь, это он? Он убил Норкину?

— Я не знаю... Но его визит к Полине Николаевне... Ты пойми, его визит к ней — ни о чем! Лично меня это насторожило...

— Может, нам стоит рассказать об этом Шитову? — спросила я.

— Расскажи, конечно! Тем самым окажешь помощь не только своему Гарри, но и следствию...

— Так я ему прямо сейчас и позвоню!

— Звони!

Я достала визитку, которую мне дал Шитов, и набрала номер.

— Андрей Сергеевич? Извините, что так поздно... Это Ольга Климкина, подруга Гарри... Григория Горелова. Думаю, у меня есть для вас важная информация.

19. Глафира

Воспользоваться тем обстоятельством, что в поле зрения следствия попал племянник Норкиной Первой — Григорий Горелов, было полностью моей идеей. После небольшого с ним разговора, который мне устроил Шитов, я узнала, что Норкина и Маргарита Васильевна Горелова были в свое время в прекрасных отношениях, что до болезни супруга, у которого проблемы с суставами, семья Гореловых часто бывала в Москве, у Норкиных. Что сводные братья, Александр Борисович Горелов и Евгений Борисович Норкин, всю жизнь общались по-родственному, любили друг друга. Все это указывало на то, что появилась возможность из первых рук узнать хоть что-то об Эльвире Норкиной (Первой). К тому же у меня теплилась надежда, что она все-таки еще жива и что, став жертвой мошенницы, присвоившей себе ее имя и имущество, она просто скрылась, затаилась у своих родственников в Екатеринбурге.

Вот с таким настроением, предчувствуя хорошие новости, я на следующий день после визита в санаторий летела на самолете в Екатеринбург.

Лизе предстояла не менее интересная миссия — поговорить по душам с Лидией Вдовиной-Осборн, дав ей возможность раскрыть тайну рождения дочери.

Юля Земцова должна была проверить, заключались ли браки между Норкиными и женщинами по имени Эльвира Андреевна в Москве в две тысячи десятом году.

Такси домчало меня из аэропорта до улицы Готвальда, где проживало семейство Гореловых, и вот я стояла перед девятиэтажкой, настроенная на чудо, на то, что здесь живет, возможно, женщина, которую все ее близкие зовут Эля. Для того чтобы застать тут Эльвиру Норкину, я и не предупреждала Гореловых о своем визите.

— Кто там? — спросил голос за дверью.

— Я из Москвы, адвокат, мне надо поговорить с вами, — сказала я негромко, чтобы не привлекать внимание соседей.

Возникла пауза. Затем тихие голоса... после этого дверь открылась, и я увидела невысокую смуглую женщину с черными кудрявыми волосами. За ее спиной показался крупный мужчина в инвалидной коляске.

— Маргарита Васильевна? Александр Борисович?

Меня пригласили в гостиную, очень чистую, усадили за стол. Маргарита Васильевна смотрела на меня с тревогой. Да и у ее мужа брови были нахмурены.

— Что с Гришей? — наконец спросила Маргарита Васильевна. — Он жив?

— Да-да, все в порядке, он жив и здоров. Ох, мне надо было сразу вас успокоить... Я здесь совсем по другому поводу.

Маргарита Васильевна заплакала. А муж ее сказал мягко:

— Ну, вот, Рита, я же тебе говорил, что с ним все хорошо...

Значит, в те несколько секунд, что прошли с момента, как я назвалась адвокатом, и до того, как мне открыли дверь, Гореловы успели предположить самое худшее. Так часто бывает, когда единственный ребенок находится далеко от родительского дома.

— А вы не видели его? Как он?

— Вы извините мою жену... Она очень переживает за нашего сына... — У Горелова был низкий, мощный голос. Высокие скулы, крупный нос, выразительные глаза — все это делало его похожим на викинга. — Так что привело вас к нам?

— Мы разыскиваем вашу родственницу, Эльвиру Андреевну Норкину.

— Элю? — Маргарита Васильевна вздохнула. — Да... мы и сами бы хотели знать, где она... Она не отвечала на наши письма. А когда мы звонили, трубку брали какие-то чужие люди...

— Выходит, она пропала? — спросила я.

— Да... Пропала... Нам очень жаль, — лицо Маргариты Васильевны порозовело.

— А может, вы ее скрываете у себя?

— Нет... что вы такое говорите? — прогремел Горелов. — Просто нам с Ритой очень неудобно и стыдно, что все так получилось... Но, понимаете, болячки одолели... раньше мы часто ездили к Норкиным, а после того, как Женя умер, мы разболелись, да и Эля не шла на контакт...

— Мы, честно говоря, вообще решили, что она уехала жить куда-то в деревню...

— А может, она умерла? — предположила я. — Если бы такое случилось, вас уведомили бы?

— Кто? — одновременно спросили супруги.

— Значит, если предположить, что ее уже давно нет в живых, то вы не знаете об этом...

— Но почему она обязательно должна умереть? Она же не старая... здоровая... да, конечно, она пережила потрясение, вызванное смертью Жени... Но она — сильный человек.

— А ее сердце? Вам известно, что она лечилась в санатории?

— Да, мы знаем, что сразу после похорон она купила путевку в санаторий... Она сама позвонила оттуда, рассказала, что ей стало получше и что скорее всего она уедет из Москвы, купит дом в деревне, будет сажать цветочки и разводить кур... Это ее слова, — сказала Маргарита Васильевна.

— Вам, конечно, неизвестно, что все эти годы под ее фамилией скрывалась мошенница, которая продала всю ее недвижимость и присвоила себе, по сути, ее жизнь?

После этих моих слов Гореловы просто онемели. Мне пришлось рассказать все, что мне известно.

— Саша, ущипни меня... Этого просто не может быть!

— Расскажите, какой была Эльвира Андреевна.

— Элечка? Да она — просто ангел... Она — замечательная!

— Была ли она счастлива со своим мужем?

— С Женей-то? — Маргарита Васильевна поджала губы. — Поначалу — да, а потом она узнала о том, что у него были другие женщины... Она очень переживала... Думала, что он хочет детей...

Мы долго разговаривали с Гореловыми, и во время беседы Александр Борисович несколько раз поднимался со своей коляски, с трудом, но передвигался по квартире. Мне сказали, что все это — результат лечения, специальных упражнений, что дальше будет еще лучше.

Меня накормили вкусным ужином — вареники с капустой, а я, находясь у этих людей, постоянно ловила себя на мысли, что испытываю какой-то психологический дискомфорт, чувствую несоответствие между тем, какие это люди, и тем, как они поступили со своей родственницей. Я все ждала, что вот сейчас раздастся звонок в дверь, Гореловы запаникуют, разволнуются, и я, опережая их, брошусь открывать дверь и увижу на пороге невысокую симпатичную женщину... Но время шло, мне пора было уходить, а правды я от них так и не услышала. Уже перед самым уходом я спросила их в лоб: где Эльвира?

Маргарита снова заплакала, сказала, что им ужасно стыдно передо мной. Стыдно перед Гришей, сыном, который так же, как и я, считает, что они бросили «тетю Элю в одиночестве и депрессии». Гриша работает в Норвегии, далеко, поэтому он просто не мог заняться поисками тети, а родители («да хотя бы ты, мама!») могли бы отправиться в Москву попытаться разыскать Норкину.

Потом они как-то вскользь сказали, что у Гриши не сложилась личная жизнь, что жена его бросила и что теперь он вообще не скоро приедет в Россию...

Я не стала их расстраивать тем, что их сын задержан по подозрению в убийстве женщины... Я знала, что Шитов его отпустит, поскольку нет улик для его ареста.

За то время, что мы занимались делом Норкиной, я успела привязаться к ее образу, стала испытывать к ней сострадание, и мне было очень жаль, что здесь, в Екатеринбурге, у меня растаяли последние сомнения в том, что она умерла.

Будь она жива, непременно дала бы о себе знать Гореловым. И еще одно обстоятельство. Норкина была богата, а потому, зная о болезни своих родственников, могла бы им помочь. Да и Григорий, их сын, работая в Норвегии на рыболовецком траулере, зарабатывал немало. Однако обстановка в квартире была более чем скромной.

Я возвращалась в Москву с тяжелым сердцем. Моя интуиция меня подвела. Норкиной наверняка не было в живых.

Мне хотелось плакать от жалости к одинокой женщине, которую скорее всего убили и, воспользовавшись ее документами, присвоили себе все, что у нее было...

Приземлившись во Внуково, я включила телефон и обнаружила двенадцать пропущенных звонков от Лизы.

— Лиза, я здесь, — сказала я ей. — Сейчас приеду!

— Уж не знаю, что там у тебя, в Екатеринбурге, но мы с Юлей кое-что нашли... И, думаю, ты обрадуешься, когда узнаешь, что мне еще не удалось встретиться с нашей клиенткой, за которую мне, честно говоря, ужасно стыдно... Лидия была на даче у своих друзей и примерно через полтора часа будет здесь, в своей квартире... Мы с Юлей уже тут... присоединяйся, думаю, это будет интересный разговор.

Я взяла такси и через час входила в квартиру Лидии, где меня встретила возбужденная, с блестящими глазами Лиза и загадочная, с блуждающей улыбкой Юля.

— Девочки, вы что, обкурились? Как-то странно выглядите...

— Вообще-то мы выпили, — сказала Земцова. — Знаешь, по этому делу было так много всего непонятного, что сейчас, когда стало все еще запутаннее, мы решили, что коньячок, лимончик... прояснят ситуацию!

— Если не ошибаюсь, нас ждет разговор с Лидией... — заметила я строго.

Мои подруги расхохотались.

— Да мы пошутили, — лицо Лизы стало серьезным. — Но коньяк купили, и лимонов тоже...

— Сегодня снова ужинаем у меня, — сказала Юля. — Возражения не принимаются.

Мне было с ними так хорошо, что признаваться в том, что я напрасно прокатилась в Екатеринбург, было не очень-то и страшно.

— А ты, значит, думала, что она прячется где-то там, у Гореловых под кроватью, да? — расхохоталась Лиза. — Это было бы очень просто.

— К сожалению, она умерла, думаю, что ее убили... Хотя вполне допускаю, что с ней произошел какой-нибудь несчастный случай, который и спровоцировал дальнейшее поведение ее тезки...

— Так что там с браком? — спросила я.

— Ты оказалась права, Глаша, — сказала Юля. — В 2010 году в Москве был зарегистрирован брак гражданина Норкина с Эльвирой Андреевной Киреевой, 1970 года рождения, то есть ей на сегодняшний день было бы сорок пять лет. Не шестьдесят, как нашей Норкиной...

— Вы нашли этого Норкина?

— Конечно, нашли! Молодой парень, Денис Норкин, он согласился на этот брак ради денег. Он сказал, что случайно познакомился с одной женщиной, очень приятной, которая хотела усыновить какого-то мальчика из детского дома, и ей было нужно, чтобы она в момент оформления документов находилась в браке. Он и согласился, за тысячу долларов. А через три месяца они развелись, и он думать о ней забыл. Но что самое главное, он каким-то чудом сохранил ее адрес, где она была зарегистрирована на тот момент. В Домодедове! И там же, как Юля выяснила сегодня утром, проживает, судя по всему, ее отец Киреев Андрей Семенович. Нам еще предстоит поездка в Домодедово, навестим ее отца... Может, он и расскажет что-нибудь о своей дочери...

— Так что, Глаша, твоя идея о том, что преступница Эльвира была только наполовину тезкой нашей Норкиной, сработала!

— Я рада... Вот только мне похвастаться абсолютно нечем... И ведь люди хорошие, я это почувствовала... Порядочные, серьезные, интеллигентные... Понимаете, если бы не эта история с Норкиной, я бы сказала, что и сама хотела бы иметь таких людей в своем окружении. Повторяю, очень хорошие люди... Думаю, что и их единственный сын — Григорий, которого Шитов задержал и держит до сих пор, так?

— Пока да... — сказала Юля.

— Так вот, не может он быть связан с этим убийством... Это невозможно!

— И в то же время эти прекрасные, как ты говоришь, люди как-то легко, запросто вычеркнули из своей жизни единственную, по сути, родственницу по линии Горелова... Причем в самый трудный момент ее жизни, когда ей требовалась поддержка. Так? — сказала Земцова. — Шитов рассказывал, что семья Гореловых бывала в Москве, в гостях у Норкиных, что они дружили, роднились...

— Вот это-то меня и напрягало больше всего, — призналась я. — Вы не представляете себе, как внимательно я осматривалась в квартире... Все искала следы пребывания Эльвиры. Но нет, она точно там не живет.

Рассказала я им о своих наблюдениях, в частности, пыли на полке в ванной.

— Понимаете, в квартире очень чисто... У меня даже было такое впечатление, будто полы недавно помыли. Вроде бы семья нормальная, люди чистоплотные, ужин приготовили... но довольно скудный....

— Говоришь, полка в ванной комнате пыльная? — Земцова сощурила глаза, задумавшись. — А шампунь... Бутылки с шампунем тоже пыльные?

— И шампунь, и тюбик с зубной пастой тоже... словно к ним не прикасались...

Разговор пришлось прервать. В дверь позвонили. Это была Лидия.

Она вошла, сияющая, с ослепительной, какой-то американской улыбкой, бодрая, веселая. Жизнерадостная. На ней был бирюзовый брючный костюм из льна, шею обвивал ярко-оранжевый прозрачный шарф.

— Какая прелестная компания! Салют, девочки! Как дела? Что-то вы такие серьезные...

Тут ее взгляд остановился на Земцовой.

— Познакомьтесь, это Юлия Земцова, наша подруга. Она помогает нам в делах...

— Очень приятно, Лидия.

Мы сидели в гостиной за столом, пили кофе. Улыбка сползла с лица Лидии, когда она поймала на себе испытующий взгляд Лизы.

— Что случилось?

— Лида, надо поговорить. Вы готовы ответить на мои вопросы?

— Мы же договорились, на «ты»... — она наклонила голову, как бы делая ударение на этом своем желании сблизиться с Лизой.

— Хорошо. Лида, что случилось у тебя в Америке? Ты же прилетела сюда не просто так...

— Да. Я же говорила... мне там стало не очень комфортно.

— Твой муж, художник, тебе изменяет?

— Ну конечно! Нашел себе двадцатилетнюю... Да его вообще дома не бывает... Он продал удачно три свои картины и купил дом где-то в Швейцарии... Обустроил себе мастерскую, работает там... А я — совсем одна. Я скоро уже на стенку полезу от тоски! И главное, мне ужасно стыдно перед своими знакомыми. Все-таки я живу там довольно долго...

— Сколько лет вы знакомы с Осборном?

— Да тысячу лет! Он был еще женат, когда мы с ним познакомились здесь, в Москве. У нас начался роман задолго до нашего брака...

— Но вы же были счастливы в браке?

— «Ты»... прошу тебя, обращайся ко мне на «ты»... так я чувствую себя моложе, понимаете? — она обвела взглядом нас. — Когда станете старше, поймете, что я имею в виду... Вы такие молодые, прелестные... А я старею, и мне страшно...

— Лида, в каких отношениях ты была с Евгением Борисовичем Норкиным?

Она замерла. Только глаза постреливали осторожно.

— Откуда вам известно?

— Так был роман?

— Ну, был... Женя был ослепителен, красив... Женщины в него влюблялись намертво. И он тоже очень любил женщин.

— А Эльвира об этом знала?

— Вот за что я уважала Женю, так это за то, что он умел хранить свои секреты, оберегал Элю... Нет, она ничего не знала. Во всяком случае, она всегда выглядела счастливой женщиной... Знаете, она не была актрисой, всегда вела себя естественно, а потому вот сейчас могу с уверенностью сказать, что она, если бы знала об изменах мужа, не смогла бы так сыграть счастье. Это совершенно исключено! И уж о нас с Женей точно ничего не знала, потому что она всегда так искренне радовалась, когда видела меня... Нет-нет, она ничего не знала... И я рада, что Женя унес эту нашу тайну в могилу...

— Лида, давай начистоту... Где твоя дочь?

— Что-о-о?! Дочь?

— Хорошо. Тогда я задам тебе еще один вопрос: когда ты в последний раз видела Эльвиру Норкину? При каких обстоятельствах?

Она опустила глаза, откинулась на спинку стула, тихо, судорожно вздохнула.

— У нас есть свидетель... когда ты навещала свою подругу Эльвиру в санатории «Золотая ель», горничная слышала ваш разговор...

— Горничная? Вот дрянь... — вырвалось у нее, но не грубо, а как-то даже нежно, иронично, с ноткой восхищения. — И?!

— Она слышала, как ты просила свою лучшую подругу присмотреть за твоей дочерью, которую ты родила от ее мужа, — сказала Лиза.

Лида отвернулась к окну. Видно было, что ей страшно неловко в присутствии трех молодых женщин, глядящих на нее с явным осуждением.

— Вы поэтому искали ее... Ведь вам было, в сущности, все равно, что с вашей подругой...

Лидия по инерции подняла руку, словно пытаясь напомнить о своей просьбе обращаться к ней на «ты». Но Лизу было уже не остановить.

— Почему вы не признались мне во всем раньше? Быть может, не введи вы меня в заблуждение и объясни все, я действовала бы иначе? Ведь вы искали не столько Эльвиру, сколько свою дочь? Вы хотели узнать, что с ней? Рассказала ли Эльвира ей, вашей дочери, о вас? Ведь сейчас, когда вы решили порвать со своим мужем и вернуться в

Москву, в ваше общество, где вы когда-то блистали и где у вас сохранилась репутация интересной, даже роковой женщины, словом, в общество, где вами восхищались и среди членов которого вы если не потеряли надежду найти себе пару, вам будет далеко не все равно, что они все подумают, если узнают правду о брошенной вами дочери. Вот поэтому вам важно было разыскать Эльвиру и все узнать. Понять, стоит ли вам возвращаться или же вам сюда путь закрыт.

— Да, это так... Но я и об Эле тоже думала. Я соскучилась по ней. Но она не отвечала на телефонные звонки, вообще пропала...

— А вам не приходило в голову, что она, быть может, уже умерла?

— Если бы она умерла, мне бы сообщили об этом.

— Кто? Насколько мы поняли, занимаясь вашим вопросом, ее судьбой вообще давно никто не интересовался. Даже ее родственники, не говоря уже о ваших общих знакомых! Пропал человек — и все! А ведь она не бомжиха какая-нибудь. Эта женщина была состоятельной, у нее имелось несколько квартир в Москве, и кто-то про себя наверняка предполагал, что в случае ее смерти станет ее наследником! Однако и таких людей тоже не нашлось... Она сгинула, а другая Эльвира Андреевна Норкина надела на себя ее имя, присвоила и продала ее квартиры и очень удобно, с комфортом устроилась в недавно купленном доме в Лазаревском. И тут появляется лучшая подруга Норкиной и принимается за ее поиски... Что это — совпадение?

Лидия медленно подняла голову и посмотрела на Лизу.

— Понимаю... Все это, конечно, отвратительно... Но это правда, чистая правда. Я родила ребенка и оставила в роддоме... Ну не могла я рассказать своему мужу, что у меня есть ребенок. Оскар... Понимаете, он такой человек... художник, творец, он живет в каком-то своем мире, и я помешала бы ему со своей девочкой... К тому же, если бы он узнал, кто отец, то непременно связался бы с ним, познакомился... Мне же надо было просто уехать в Америку.

— А почему вы вспомнили о девочке?

— Быть может, потому, что у меня есть сердце... — проговорила она неуверенно, чем вызвала у меня волну отвращения к ней. Сердце у нее, видите ли, есть!

— А может, вы просто захотели решить свои морально-этические проблемы за счет одинокой Эльвиры? Ну, как же, она осталась совсем одна, с кучей квартир и денег... Если девочка — дочка ее мужа, так почему бы ей не позаботиться о ней, как о собственной дочери? Тем более что своих-то детей она ему так и не родила. Так?

— Ну и что?

— И как вы ей это преподнесли? Огорошили своей связью с Норкиным, рассказали о существовании девочки и уехали. За несколько минут решили все свои проблемы. А вы дали ей возможность все осмыслить, дали время на принятие решения? К тому же вы прекрасно знали, что она была в санатории, чтобы подлечить сердце...

— Да не болело у нее сердце! Другое дело, она залечивала там свои душевные раны, это да... Да я вообще хотела сделать ее счастливой. Жени-то уже не было, а она, повторяю, оставалась совсем одна. И вдруг — дочь! Уже большая, ей к тому времени было уже лет двенадцать!

— Как вы ее нашли?

— В том роддоме, где я рожала, у меня была знакомая медсестра, она знала, куда отправили ребенка.

— Можно спросить, зачем вы рожали, если не собирались оставлять ребенка? — спросила Земцова.

Лидия остановила на ней свой взгляд.

— Вы странные люди... ребенок... Это все не так просто... Он может не только разрушить все твои планы, но и помочь устроиться в жизни. Да-да, что вы так на меня смотрите, будто я только что открыла вам Америку?! Я ходила беременная, вынашивала ребенка для Жени Норкина. Я любила его, если хотите... Вы просто не знали его, а когда узнали бы, увидели, сразу бы все поняли... Помимо того, что он был очень красив и умен, он был при должности, и богат. Однако, если бы я сказала ему о своей беременности на раннем сроке, он бы наверняка погнал меня на аборт. А когда я была уже серьезно, что называется, беременна, и мне ничего другого не оставалось, как только рожать, вот тогда я и приехала к нему, бездетному из-за своей женушки, и, сделав счастливое лицо, объявила о том, что он будет отцом!

Лидия вздохнула, вспоминая явно не самые прекрасные страницы своего прошлого.

— А он меня, представляете, прогнал! Нет, он вообще выгнал меня взашей! Вот просто взял за шиворот и выставил за порог гостиничного номера, где сам же мне назначил встречу... Он был очень аккуратным, говорю, тщательно скрывал свои встречи с женщинами.

— А почему он вас выгнал? — спросила я. — Не поверил, что он — отец.

— Понятия не имею, что он там думал, но скорее всего мое появление с большим животом явилось для него настоящей бомбой. Он просто не был готов. А еще... Наверно, он и тогда тоже думал о своей Элечке. Как это ни парадоксально прозвучит, но при всех своих изменах он продолжал любить, просто-таки боготворить Элечку. Вот только не понимаю, за что? Она даже ребенка не смогла ему родить. А детей ему хотелось, это я точно знаю... Он вообще очень любил детей, я же видела, как он возился с ними, когда мы встречались где-нибудь в гостях... Я всегда думала, что он — чадолюбивый мужчина. Но, повторяю, он выставил меня за порог. Молча. Я смутно помню тот вечер... Мне было так плохо, так тяжело... Я вернулась к своей знакомой, на дачу, где жила эти месяцы, и долго не могла прийти в себя... Я не понимала, почему Женя так со мной поступил.

— Быть может, он знал, что у вас были и другие мужчины?

— Я не знаю... Может... Но не мог же он вот так быстро взять и подсчитать мой срок? Думаю, что дело все-таки в Эле. Он не собирался жениться на мне, вот и все!

— Лидия, но вы-то как могли так распорядиться своей жизнью? Вы, не зная, женится ли на вас мужчина, решили сохранить беременность...

— Говорю же, вы просто не знаете... не знали Женю. Не случайно же женщины его любили... Он был ласковым, милым, деликатным, щедрым... Сколько он мне всего дарил! А какие стихи мне читал! Да он был просто идеальным мужчиной! Такие, как он, считала я, не могут бросить беременную женщину... Короче, я ошиблась.

— И с тех самых пор, как вы были в санатории, вы не общались с Эльвирой? Не интересовались ее судьбой?

— Нет... Я боялась, что если я снова где-нибудь с ней пересекусь, то всплывет тема дочери, а я тогда еще дорожила своим браком с Осборном. Это сейчас, когда жизнь с ним стала просто невыносимой, мне хочется насовсем вернуться домой, в свою квартиру, и свернуться тут, что называется, калачиком, отдохнуть от этой непонятной мне жизни... Устала прислуживать ему, мне надоели разговоры о его картинах, надоело сопровождать его на выставки, варить борщи его друзьям... Я же говорила!

— Так зачем вы искали Эльвиру?

— Вы что, на самом деле ничего не понимаете? Я хотела встретиться с ней и попросить по-человечески сохранить тайну рождения моей дочери от всех наших знакомых. Я сейчас встречаюсь с одним человеком, и, уж поверьте мне, он тоже отвернется от меня, если узнает, что у меня есть дочь... Так уж устроены мужчины, никто не хочет воспитывать чужих детей. Зачем им лишние проблемы?

Я, слушая Лидию, испытывала сильнейшее, просто-таки зудящее желание двинуть ей чем-нибудь тяжелым по голове. Так она меня раздражала... Думаю, что похожие чувства испытывали и Лиза с Юлей. Было же ясно как день, что дело было не в мужчинах, а в ней самой. Это она не желала лишних, как она выражалась, проблем. Она просто хотела, чтобы, когда вернется в Москву, ей никто никогда не напоминал о девочке.

— А где сейчас ваша дочь?

— Понятия не имею... Честно говоря, было даже интересно увидеть ее, так... на расстоянии, конечно... Но в детском доме, вернее уже в интернате, куда их всех, старшеклассников, перевели, мне отказались сообщить. Но я спросила у детей... Мне сказали, что Катя, так зовут мою дочь, живет у своего деда. Признаюсь, я была просто шокирована. Откуда взялся какой-то там дед? У Эли родители умерли давно... Может, самозванец какой или извращенец... Не знаю, кто этот человек. Вот и об этом я тоже хотела спросить у Эли. А она... значит... умерла? Вы так полагаете? А тело... Тело ее нашли?

— Нет, — сказала Земцова. — Но согласитесь, будь она жива, девочка была бы с ней... Ведь она была хорошим человеком... Вы именно поэтому и решили повесить воспитание своей дочери на нее. Даже намекнули на то, что Катя — дочка Евгения Борисовича, а потому она, его вдова, и должна обеспечить девочку... Знаете, я вот смотрю на вас, и мне не верится, что такие люди действительно существуют...

— Мы отказываемся работать на вас, — сказала Лиза. — И продолжать поиски Эльвиры Норкиной будем уже в связи с делом об убийстве ее двойника и, предположительно, той самой мошенницы, которая присвоила себе ее имя и завладела ее имуществом. А вы, Лидия Вдовина, будете привлечены к этому делу в качестве свидетельницы. Поэтому никуда не уезжайте, мы прямо сейчас свяжемся со следователем, занимающимся делом, и он, думаю, уже завтра вызовет вас к себе на допрос...

— Не... себе... — вырвалось у Лидии, а лицо прямо-таки перекосило. — Вы что, издеваетесь надо мной? Я вам все рассказала, душу вывернула перед вами наизнанку, а вы меня, значит, сдаете полиции? Это ваши методы работы?

— Ваша подруга исчезла сразу после разговора с вами, пять лет тому назад... из санатория она не вернулась, — говорила Лиза. — Зато появилась другая Эльвира Норкина... Что, если все эти события спланированы вами?

Я отлично понимала, что никакой связи между Лидией и исчезновением Норкиной не существует. Просто Лиза разозлилась на нашу клиентку и теперь просто запугивала ее. Конечно, это было непрофессионально, и она не имела права себя так вести. Тем более что она еще недавно представляла интересы своей клиентки. И тут вдруг Лидия, взяв себя в руки, сказала:

— Я готова заплатить за то, чтобы ты была моим адвокатом, Лиза... Я хорошо заплачу. Только пообещай мне, что я выйду сухой из воды. Ты же прекрасно понимаешь, что я не имею к этой истории никакого отношения... Да, я поступила с Элей гадко... Но я и сама настрадалась...

Я смотрела на Лидию, которая старела буквально на глазах. Как-то неожиданно проступили все ее, замазанные крем-пудрой морщины, обозначились глубокие носогубные складки, не говоря уже о набрякших веках и синеватых кругах под глазами.

— Я согласна, — сказала Лиза под незаметный для клиентки одобряющий взгляд Земцовой. — Но сначала вы расскажете мне все, что вам известно о вашей дочери, адрес детского дома. Я же в свою очередь постараюсь разыскать «деда», у которого она сейчас, по словам детей, проживает.

— Ты уверена, что это нужно? — Лицо Лидии исказилось, словно у нее внезапно заболел зуб. А еще у нее голова вжалась в плечи, как у человека, желающего спрятаться от надвигающейся на него опасности.

20. Эля Киреева

В какой-то момент я поняла, что не могу больше встречаться с отцом, разговаривать с ним. И все это из-за Кати. Из-за этой девочки, которая была мне абсолютно чужой. И зачем я только взяла этот альбом? Рисунок с «Катей С. и собакой Джеком» не давал покоя моему отцу, и он принялся искать ее. Я ведь сама передала последние слова, что услышала от Норкиной, о том, что у нее нарисовались дела в Москве, в каком-то детском доме.

Отец решил, что у нее есть дочь Катя С., которую она бросила в детском доме. И принялся ее разыскивать. Подключил частного детектива, они вместе предположили, что, находясь в детском доме, девочка дружит с большой рыжей собакой по кличке Джек. И они нашли ее. Катю Суркову.

Сколько раз я пыталась убедить отца, чтобы он выбросил эту Катю из головы. Что своими визитами в этот детский дом он может навлечь на себя подозрение и что все это опасно в первую очередь для меня.

— Поделись с ней, — говорил отец, — возьми ее под свое крыло, и тебе это зачтется... Ты же все понимаешь, Эля! Так, как ты живешь, — нехорошо.

— Но я уже взяла под свое крыло Наташу, я помогла ей, и теперь она живет со мной... Если бы не я, она, быть может, уже умерла...

— Да я все понимаю! Но Катя — это другое. Если бы Норкина была жива, она взяла бы ее, воспитывала...

— А с чего ты решил, что это ее ребенок? Может, это дочь той женщины, которая у нее была?

— Да не было у нее никого, ты все придумала... Поезжай в детский дом, ты увидишь Катю, и тебе самой захочется ее удочерить. Ты — не бедная, вам с ней на несколько жизней всего хватит. Сделай доброе дело! Раз уж ты надела на себя жизнь этой женщины, так надень еще и ее обязанности в этой жизни.

— Да может, я сама еще выйду замуж и рожу ребенка?

— Не смеши меня... Ты не станешь так рисковать, ты слишком любишь себя, свое тело, чтобы рожать... Хотя не знаю... Но в любом случае я ее не брошу, так и знай! К тому же ты не видела ее! Она замечательная, очень хорошая девочка, к тому же талантливая, она прекрасно рисует!

Мы поссорились, и я несколько месяцев не разговаривала с отцом. Как он не понимал мои опасения? Если выяснится, что Катя Суркова — дочка Норкиной, если нарисуются какие-то ее родственники, которые знали об этом, то захотят найти Эльвиру... Да разные могут сложиться ситуации!

В моменты наших споров отец бросал на меня такие взгляды, что мне становилось не по себе, а то и вовсе страшно. Как будто это был не он, а совершенно другой человек! Словно это не он спровоцировал меня на чудовищное по своему цинизму преступление, подтолкнув к тому, чтобы я превратилась в чудовище!

На него не произвел особого впечатления даже мой рассказ о том, что я похоронила Норкину, закопав в земле, как собаку! А вот историю с детдомовской девочкой он забыть не мог. Быть может, ломала я себе голову, он заботой о Кате Сурковой хочет замолить собственные грехи? Ведь старики мыслят иначе, приближаясь к своему концу... Может, и я когда-нибудь захочу замолить свои грехи и займусь благотворительностью? Тем более что первый шаг в этом направлении мною уже сделан. Наташа. Кто-то словно руководил мною, когда я взяла ее в свой дом. Как грязную и больную собачонку. Одну женщину, получается, зарыла, как собаку, а другую, сравнивая снова с собакой же, взяла к себе, отмыла, вылечила, сделала едва ли не своим единственным близким человеком!

Шло время, я не могла без папы, не могла не встречаться с ним, не бывать в нашем доме в Домодедове. Мне важно было, чтобы и он тоже был спокоен, видя меня, зная, что у меня все хорошо.

Сколько раз я звала его к себе в Лазаревское! Но он отказывался, ему нравился наш дом. Время от времени он его ремонтировал, менял крышу, чинил сарай, копался в нашем саду. Я знала, что у него появился друг, садовод, с которым они много времени проводили вместе. Заказывали какие-то растения в садоводческих центрах. Я и сама тоже отправляла ему саженцы английских роз, тропических растений, семена цветов и даже заказала ему лопату, грабли и тяпку из Германии!

Чтобы угодить отцу, я «засветилась» в детском доме, где проживала Катя Суркова, в качестве спонсора. Увидев как-то раз объявления на сайте этого детского дома («Благотворительная помощь для установки брекетов детям» и «Нашему учреждению нужны зонты для дождливой погоды. Будем рады вашей помощи»), я, вместо того чтобы просто отправлять на счет дома деньги, лично связалась со специалистами одного московского стоматологического центра, свела их с руководством детского дома и организовала и оплатила установку брекетов нуждающимся в этом ребятам, ну и накупила зонтов для дождливой погоды!

И конечно, я встречалась с Катей, не выделяя ее из толпы детей. Видела ее симпатичное личико, веселые глаза, даже ее рыжего пса Джека, обитавшего на территории детского дома. Видела ее рисунки на стенах коридоров.

Быть может, я когда-нибудь и попыталась наладить с ней контакт, если бы мне не пришла в голову мысль построить на территории моего участка в Лазаревском небольшую гостиницу. Я так увлеклась стройкой, что забыла не только о Кате, но и о собственном отце. Теперь я редко бывала в Москве, не говоря уже о Домодедове, и с отцом общалась лишь по скайпу. В основном я советовалась с ним по поводу кирпичей, гвоздей, плитки...

Наташа помогала мне во всем, она стала для меня необходимым советчиком, а еще она заботилась обо мне, как мама или сестра. Следила за тем, чтобы я ела, потому что с этой стройкой я забывала обо всем, чтобы была одета по погоде, а когда я болела, она становилась моей терпеливой сиделкой.

Мои короткие и легкие, как пузырьки шампанского, «лазаревские» романы не затрагивали мое сердце. Я принимала у себя молодых мужчин и легко с ними расставалась. Наташе я объяснила все просто: все это, дорогая, для гигиенических целей...

А вот Сашу полюбила всем сердцем. Ослепла, оглохла, мои мозги взорвались... Никому не пожелаю такой любви. Эмоциональная зависимость от мужчины — стопроцентная. А тут еще отец, притворившись больным, вызвал меня к себе. Я, испугавшись, что не застану отца живым, прилетела в Москву, примчалась в Домодедово и, найдя его вполне здоровым, спокойно маринующим грибы, готова была ударить его! С другой стороны, он ведь был жив, и я как-то быстро успокоилась. Сколько таких сюжетов было в литературе и кинематографе, когда старики выдумывают болезнь, чтобы заманить к себе детей или внуков, чтобы увидеться. Я обняла отца и заплакала. Вот в ту свою поездку он и заставил меня заняться завещанием.

— У тебя, Эля, много недвижимости, денег. Я уже старый, и у меня все есть. Квартиру свою московскую я завещаю Катюше, ты уж извини... А ты оставь все Наташе. Она хороший человек, добрый, к тому же она моложе тебя... Я только советую тебе, а ты уж решай сама... Просто чтобы не получилось, что все твои квартиры и гостиницы отойдут государству... Будет очень обидно.

Прикинув, что отец прав в том, что если не напишу завещания, то имущество Норкиной в отсутствие наследников на самом деле может перейти государству, а если я завещаю все отцу, то он отдаст все этой девчонке Кате, последовала его совету и составила все в пользу Наташи. Вот только ей ничего не сказала. Зачем? Да и вообще, я не собиралась умирать!

И вдруг, уже подписав завещание и выйдя от нотариуса, поймала себя на том, что о Саше, о своем любимом мужчине, которым просто бредила, я в этот момент даже и не вспомнила! Словно наши с отцом серьезные дела не имели к Саше никакого отношения. Я и сама удивилась этому. Как будто у меня стало две жизни: одна — с Сашей в Лазаревском, где были планы и мечты о замужестве, о невероятном женском счастье (построенном, и я отдавала себе в этом отчет, на разрушении его семьи), другая — здесь, в Москве, под пристальным взглядом моего отца, человека, который всегда желал мне только добра.

Господи, подумала я тогда, как же хорошо, что все так сложилось... Если бы я оставила все Саше, с которым едва, по сути, знакома и который наверняка полюбил меня не только за красивые глаза, но и за мой шикарный дом (с гостиницей), о чем мне неоднократно намекала, рискуя впасть в немилость, Наташа, то после моей смерти в моем саду в Лазаревском резвились бы Сашины дети... Он наверняка сошелся бы с женой.

— Ты молодец, что послушалась меня, — сказал отец. — И спасибо, что приехала, навестила меня.

— Может, поедешь со мной? Ты же там ни разу не был... Там — красота, море... А какой сад! Я бы накупила тебе разных семян, растений...

— А здесь я все брошу? Свои розы брошу? Они же мне как дети, Эля! А еще ты забыла про Катю. Как она без меня? Ей скоро экзамены сдавать, она же готовится в Суриковский институт, я ей здесь комнату готовлю, уже и краску купил, чтобы стены освежить, и кровать присмотрел в нашем мебельном...

— Ты ее все-таки забираешь?

— Она уже взрослая, пусть сама решает.

— Но как ты ей объяснил, кто ты ей?

— Очень просто. Она думает, что у нее матери нет, что она наркоманка, которая умерла... А я — ее дед, но только без документов... Понимаешь, если бы я был молодой мужик, который решил ее усыновить, то меня можно было бы заподозрить в чем-то нехорошем... А так... Я старик, я просто приезжаю к ней, привожу продукты, сладости, даю денег... Она видит, что я забочусь о ней, и верит мне. А еще она видит во мне близкого, родного человека, который заботится о ней, помогает... Знаешь, сколько ей всего нужно, чтобы она рисовала? Бумага, краски, кисти... Ты бы видела, как горят ее глаза, когда она получает все это... Уверен, она будет настоящим художником!

Я уезжала от отца с чувством выполненного долга. И отца навестила, и завещание оформила, о Наташе позаботилась...

Вернулась в Лазаревское, серьезно поговорила с Сашей и отправила его в Москву, поговорить с женой. Пока дожидалась от него звонка, чуть с ума не сошла, мне все казалось, что он не вернется. Мало ли чего можно наобещать, находясь на курорте...

Наташа все это время ухаживала за мной, как за маленькой, тяжело больной девочкой. Я постоянно мерзла, и она приносила мне грелку, заваривала успокоительный чай.

Когда Саша позвонил, когда объявился, я чуть с ума не сошла от радости. Я понимала, что так вести себя нельзя, что это непозволительно для взрослой женщины, что я со стороны выгляжу, наверное, как полная дура. Но я была дома и могла позволить себе вести себя так, как хотела, как чувствовала. А Наташа, она все поймет... К тому же какая разница, что она обо мне думает? Помнится, на радостях, сразу после разговора с Сашей, мы с ней напились, выпили две бутылки шампанского...

Саша вернулся и сказал, что его жена разведется лишь в том случае, если ей хорошо заплатить. Что у нее сейчас долгов выше крыши и что она будет рада любой сумме. К тому же отношения у них испорчены предельно, он никогда к ней не вернется, и что для него самый главный человек в мире — это я. Он сделал мне предложение, и мы решили с ним поехать в Москву, улаживать его дела с разводом.

Наташа, собирая меня в дорогу, едва сдерживалась, чтобы не разрыдаться.

— Наташа, ну что с тобой?! — спрашивала я, в душе, конечно, разделяя ее тревогу. — Не на казнь же я еду... Просто хочу его проконтролировать, понимаешь? Не могу же я просто так отправить его с пачкой денег... А если он не вернется?

— А я о чем?! Да ему от вас только деньги и нужны, помяните мое слово!

— Ната, дорогая, ну, может, это моя последняя любовь... Мне с ним так хорошо... Он же молодой! А какой красавчик?! Ну и что, что ему нравлюсь не только я, но и мои деньги. Всем нравятся деньги. Я где-то даже понимаю его. Он совсем растерялся по жизни без этих проклятых денег. Ну не умеет он их добывать, зарабатывать, даже украсть не может! Зато кое-что другое умеет хорошо делать... Ты уж извини, но это правда жизни. За все надо платить. Вот и я тоже плачу ему, выходит, за то, что он любит меня.

— Да что ж он, проститутка какая? — нахмурив брови, буркнула Наташа.

— В том-то и дело, что нет. Он хороший парень, просто очень слабый. А мне как раз такой и нужен, понимаешь? Чтобы он зависел от меня, полностью. Чтобы стал ручным...

— Вы уж извините меня, но мне кажется, что это вы от него зависите...

— И это правда, — не могла не согласиться я. — Но эта зависимость такая приятная...

— Брильянты наденете или спрятать в сейф?

— Надену. Вдруг придется встретиться с его женой... Пусть видит, что я в брильянтах, что у меня все хорошо...

Наташа посмотрела на меня как-то странно, словно хотела что-то сказать, да передумала.

— Ладно... Я поняла. Нехорошо это, ты права... Она и так одна остается, с детьми на руках... Как ты думаешь, ей десяти тысяч евро хватит? Ну, откупных?

Наташа моя неопределенно пожала плечами. Убрала брильянты мои в сейф и тщательно заперла его.

— Жемчуг надену, маленькие сережки и колечко, как, нормально будет? Да, кстати, ты с нами поедешь...

21. Глафира

— Андрей обещал приехать к ужину, сказал, что у него для нас сюрприз... — сказала Юля.

Мы снова собрались у Земцовой, только на этот раз приехали к ней с вещами — после всего, что мы узнали о Лидии, оставаться в ее квартире уже не хотелось.

Пока Юля с Лизой накрывали на стол, я обустраивалась в отведенной для нас с Лизой комнате, вынимала вещи из чемоданов, развешивала одежду на плечиках в шкафу, собрала грязное белье и отнесла в ванную комнату, включила стиральную машинку, словом, занималась хозяйственными делами.

У меня из головы не выходила семья Гореловых. Вот если бы, к примеру, Александр Борисович Горелов катался на своей инвалидной коляске, а потом, забывшись, вдруг встал и прошелся, вот тогда бы я смогла их прижать, ведь если люди что-то скрывают, значит, на это есть причина. Но Горелов, напротив, старался изо всех сил двигаться самостоятельно, и его жена с удовольствием рассказывала о том, насколько действенными оказались упражнения, которые он делает под руководством врачей-физиотерапевтов, плюс массаж ног с лечебными мазями. К примеру, они пользовались мазью на основе сосновых иголок и лаврового листа.

Однако в квартире нет ни намека на запахи каких-либо мазей.

На кухне, где хозяйка готовила вареники с капустой, я заметила лишь неполную пачку муки, одну луковицу, маленькую пластиковую бутылочку с остатками растительного масла и всего одну — сковородку!

Мне, как женщине, которая много готовит, было нетрудно заметить детали, свидетельствующие о том, что в этой кухне все предметы либо временные, либо бутафорские...

Однако женщина, сама Маргарита, — прекрасна, и готовит хорошо, и видно, что хозяйка хорошая... Но что-то в ней было не так. Я совершенно запуталась!

А еще мне показалось, что они оба лгут мне и страшно стесняются этого, что им неловко. У них были такие... как бы извиняющиеся физиономии. Но чего они стеснялись? Что натворили? Неужели испытывали стыд за то, что не интересовались судьбой своей родственницы?

— Глаша, ау! Ты где! — донесся откуда-то издалека голос Юли. Большая квартира — большие расстояния.

— Иду!

В гостиной уже был накрыт стол. Море овощей, сыра, фруктов, вина и раки с пивом.

— Девочки, я скоро в машину не влезу, — сказала я, испытывая невероятное удовольствие уже от того, что я вижу все эти прекрасные продукты. — И вообще, мне надо бы вернуться в Екатеринбург...

— Что, летать понравилось? — рассмеялась Лиза. — Все никак не успокоишься?

На Юле в этот вечер были оливкового цвета льняные шаровары и белая марлевая туника, на шее — колье из черного жемчуга. Лиза моя была в белых шортах и красной тенниске, выглядела совсем как девчонка.

А я ходила в развевающемся зеленом балахоне из тонкой хлопковой ткани и широких брюках.

На улице днем было жарко, над Москвой плавилось белое, без единого облачка небо, и только к вечеру на город опускалась нежная прохлада, становилось легче дышать.

Раздался звонок. Юля пошла открывать.

Это был Андрей. Он нарядился как на праздник: голубая рубашка, белые джинсы.

Он пришел не один. Рядом с ним стояла высокая худенькая девушка в джинсах и прозрачной батистовой белой блузке, расшитой кружевами. Волосы светлые, слегка вьются. Глаза странного, переливающегося цвета, от изумрудного до янтарного, большие, смотрят испуганно.

— Вот, девочки, знакомьтесь, Оля, — сказал Андрей.

— Это твой подарок? — решила уточнить Юля, едва сдерживая улыбку.

— Да, это мой подарок! — широко улыбнулся Андрей.

— Меня зовут Юля...

Юля пригласила их в гостиную. Перед Шитовым появилась большая хрустальная пепельница.

— Это Ольга Климкина, подруга нашего Горелова, — сказал Андрей. — Прошу любить и жаловать.

Оля взяла с тарелки кружочек лимона и съела, не поморщившись. Затем еще и еще...

— Вообще-то она бандитка... — сказал Шитов. — Обманным путем проникла в квартиру Норкиной в Козихинском переулке, вошла в доверие к небезызвестной вам Наталии Уваровой, после чего заперла ее в ванной и совершила кражу документов! Так, Оля, я ничего не перепутал?

— Да, все правильно, — сказала Ольга. — Просто мне нужно было, чтобы Гарри отпустили...

— Гарри — это Горелов, — пояснил Шитов.

— Да я сразу поняла, что не Гарри Поттер, — сказала я, испытывая симпатию к этой девушке, жующей лимоны.

— О каких документах идет речь? — спросила Лиза.

— Вот, — Ольга открыла свою холщовую сумку и достала розовую коробку. — Сами смотрите...

Лиза высыпала на скатерть письма, записочки и принялась их изучать.

— Это переписка Гореловых с Норкиной, так? Оля кивнула головой.

— Еще... рецепты тортов... рисунки... блузка, юбка... Магазинные чеки... И что? Зачем вам понадобилось брать эту коробку? Вы что-нибудь знаете?

— Да ничего я тогда не знала! Просто мне надо было увидеть квартиру, где произошло убийство, и, главное, раздобыть хоть какое-то доказательство того, что Гарри был честен со мной и что он на самом деле племянник Эльвиры Андреевны Норкиной...

— Вы хотели проверить своего жениха? — уточнила я.

— Да!

— Оля, расскажи им все, что тебе удалось узнать, — сказал Шитов с видом человека, готовящего сюрприз.

— Да ничего особенного... просто вот по этим чекам из интернет-магазина я узнала адрес человека, кому Норкина отправляла разные деликатесы, а еще — семена цветов из Германии. Подумала, что это должен быть кто-то, кто ее хорошо знал, кто мог бы рассказать о ней многое... поехала по адресу, указанному вот здесь, — она ткнула в чек интернет-магазина, — видите? Домодедово... Нашла дом, в котором живет Киреев Андрей Семенович...

— И кем он ей приходится? — замерла Лиза.

— Ты подожди... — остановил ее жестом Шитов.

— Киреева дома не оказалось, там была его внучка, Катя Суркова...

Земцова присвистнула.

— Катя С., та самая молодая художница, детдомовская девочка, которая проживает у деда... Да уж, Оля, вы — действительно наш сюрприз, подарок!

Она повернулась к Оле:

— Что же это получается? Что Катя — дочка Норкиной, а этот Киреев Андрей...

— ...Семенович, — подсказала Оля.

— Киреев Андрей Семенович — отец Норкиной? Настоящей Норкиной?

— Нет... Отца настоящей Норкиной, как и матери, уже давно нет в живых, я проверял. К тому же чеки-то свежие, особенно вот этот. Смотрите, всего несколько дней тому назад, получается, Норкина Вторая отправила в Домодедово посылку с... вот, идем по списку... венгерский бекон, свиная грудинка, сыр, кофе, конфеты, коньяк...

— Все точно, — сказала Ольга. — Катя, с которой мы познакомились, подтвердила, что время от времени «тетя Эля» присылает такие вот посылки. На мой вопрос, кем Кирееву приходится «тетя Эля», Катя предположила, что это «мостик в прошлое деда». Что она видела фотографию деда в молодости, где он стоит рядом с женщиной, очень похожей на тетю Элю. То есть Катя вполне допускает, что Норкина — это дочь Киреева, но он почему-то не говорит ей об этом прямо. Однако то, что это не ее мать, она знает наверняка. Катя уверена, что ее мать была наркоманкой, родила ее неизвестно от кого, а потом умерла. И поэтому дед ничего ей не рассказывает. Ему больно. Словом, у Киреева могло быть две дочери, одна из которых, мать Кати, умерла.

— Значит, мы нашли Катю... Вернее, Оля ее нашла... отлично! — Земцова потирала ладошки. — Так, что-то мы не тем занялись... Оля, Андрей, мойте руки, и будем есть, а за столом продолжим разговор!

Оля с Андреем вышли, а Лиза сказала:

— Вот Лидия-то удивится, если мы расскажем ей, что нашли ее дочку!

— Ты с нее сдери побольше, она — богатая! — хохотнула Земцова. — Но, честно тебе скажу, баба она — отвратная! Я много людей повидала, с кем только не приходилось встречаться, сама знаешь, ты адвокат... Но чтобы вот так притащиться к подруге, у которой больное сердце, и с ходу заявить ей, что она была любовницей ее мужа и что родила от него, и теперь давай, мол, отпиши девочке квартиру на том основании, что она — родная кровь изменника-мужа... Какой цинизм!

— Знаешь, я бы поняла еще, если бы в ней заговорила совесть или проснулись материнские чувства и она решила найти дочку... Я бы с удовольствием ей в этом помогла и даже закрыла бы глаза на ее грехи... Но ведь она нацелилась на новый брак и теперь боится, что девочка будет ей помехой! Бедная Катя... надо бы с ней познакомиться...

Последнюю фразу услышала вернувшаяся Оля.

— Знаете, она такая хорошая! Она — просто прелесть! Талант! Она художница! Готовится поступать в Суриковский... Знаете, я ей все рассказала про Гарри, ну, что хочу ему помочь, так она меня поддержала! Посоветовала найти убийцу среди тех, кто засветился на камере видеонаблюдения в тот день...

— Хороший совет, — улыбнулась Лиза, в душе, возможно, считая этот совет наивным. Ведь прошерстили же пленку, всех проверили, у всех алиби. — Да только всех проверили.

— А я думаю, что не всех, — сказал совершенно неожиданно Шитов. — Это уже сюрприз номер два! Рассказывай, сыщица!

Оля, нисколько не обижаясь на слегка ироничный тон Шитова, съела еще один кружок лимона (Лиза и Юля в оскомине зажмурились!) и продолжила как ни в чем не бывало:

— Я нашла человека, который предоставил мне видео...

— Да-да, девушки, вот как надо работать! — Шитов лихо расправлялся с теплыми еще раками.

— Я была со своей подружкой... Нам показался подозрительным один человек... Участковый...

И Оля рассказала про визит к одной из жительниц подъезда, где проживала Норкина, бабушке погибшего внука-наркомана.

— А что... — Земцова стала очень серьезной. — И я бы тоже на вашем месте удивилась и заподозрила этого «участкового». Если бы он был, к примеру, старым, то есть постоянным участковым этого района, то он бы точно знал, что у Полины Николаевны внук погиб от наркоты, и не стал бы ей лишний раз нервы трепать. А уж новому-то зачем ворошить это давнее дело? И ведь он пришел к ней, насколько я поняла, будучи осведомленным о ее горе... Не вижу смысла в его визите.

— На самом деле, что он там забыл, у этой Полины? — спросила я.

— Да ничего он не забыл... Больше того, я проверил, — сказал Шитов, — никакой он не участковый и никого не подменял... Нет в том районе полицейских с фамилией Чепель! А удостоверение полицейского можно купить, сами знаете...

— Ты хочешь сказать, что Оля нашла убийцу Норкиной? — сказала Юля.

— Во всяком случае, многое указывает на него...

— Я уже отправил экспертов на квартиру этой Полины Николаевны, чтобы сняли отпечатки его пальцев, если, конечно, они сохранились на ручке двери... на пепельнице, которую она ему дала, он же курил...

— Курение... Сколько преступников попалось на сигарете... — покачала головой Лиза. — Окурки на месте преступления, следы пальцев на пепельницах...

— Вы Гарри отпустите, а? — спросила Оля Шитова.

— Подожди... Сюрприз номер три! Девочки, вы не поверите, но я скажу вам сейчас такое... просто бомба!

Я же смотрела на Олю, пытаясь разгадать ее чувства. Она сидела, опустив голову, и теперь уже машинально поедала яблоки. Видно было, что она потеряла интерес к происходящему. Больше того, она наверняка была разочарована. Получалось, что она помогла следствию, рассказала все, что знала, этим адвокатшам, однако к ее интересам они все и, главное, Шитов остались равнодушными. Гарри сидел в изоляторе, а она — в чужой компании, где не знала, куда себя деть и как вообще себя вести. Встать и уйти не посмела, чтобы не испортить отношения с Шитовым, но и оставаться тоже не было никакого желания.

А еще ее наверняка коробило, насколько изменился Шитов в обществе молодых женщин, каким оказался раскрепощенным, веселым, не в пример тому, каким неразговорчивым и черствым он был при знакомстве и первом разговоре.

Она, вероятно, была уверена, что у нас-то, у тех, кто сидел за столом и поедал раков, все было в порядке, достаточно посмотреть на наши счастливые лица. Ведь то, чем мы (по ее мнению) занимались, было всего лишь работой, а вот ее угораздило по уши увязнуть в деле об убийстве. К тому же, думала она, мы наверняка знали о том, что невестой Гарри она стала всего-то пару дней тому назад, после нескольких часов знакомства. Может быть, поэтому ее и воспринимают как легкомысленную особу, пристающую к мужчинам в забегаловках...

Мне хотелось успокоить ее и сообщить о том, что ее Григория отпустят в скором времени, что Шитов уже принял такое решение.

Я так увлеклась проблемами Ольги, что чуть не пропустила обещанной Шитовым «бомбы».

— ...Конечно, мне надо было раньше проверить, чем владела семья Норкиных, кроме квартир, это мое упущение... — сетовал Шитов. — А тут вдруг подумал: если ее муж приобретал квартиры, то что ему мешало купить дачу? Я задался этим вопросом и выяснил, что Норкин строил загородный дом в Одинцовском районе, в пятидесяти километрах от МКАД, и как раз пять лет тому назад строительство было закончено, вернее, основные работы были произведены, оставалось привести в порядок участок. Так вот этот дом был продан!

И знаете, когда? Незадолго до того, как была продана квартира Норкиной на Остоженке!

— И что в этом особенного? — спросила Лиза. — Ну продала и продала... Что, очень дорого?

— Да не в этом дело! Я был там, разговаривал с новыми хозяевами, поскольку сделка была совершена без посредников, без риелтора. Понимаете?

— Кажется, понимаю, — сказала я. — То есть новые хозяева видели того, кто им продал этот дом...

— Вот именно! Я хотел им показать фотографии обеих Норкиных, но мне даже не пришлось этого делать, поскольку выяснилось, что они были лично знакомы с «Элей». С нашей Элей, вот в чем дело! И случилось это после того, как она вернулась из санатория. Выглядела она не очень, по словам Кузнецовой, той, что купила дом, чувствовалось, что она больна, в депрессии... Норкина сказала ей, что уезжает, что хочет избавиться от этого дома, который ей напоминает о покойном муже... Старая история, мы уже об этом неоднократно слышали...

— А куда она собиралась уехать? — спросила я. — Случайно не в Екатеринбург?

— В Латвию или Литву, у нее там какие-то родственники. Вот такой разворот!

— Значит, после санатория она была жива, — сказала Юля. — Так может, ее никто и не убивал?

Может, она спокойно себе купила жилье в Прибалтике...

— Но мы проверяли, — сказал Шитов. — Она не выезжала за границу, во всяком случае, она нигде не зарегистрирована на границе...

— Очень странная история...

— Я же говорила, что она жива!

— Вы проверяли данные визовых служб? — спросила я.

— Да, — сказал Шитов.

— За сколько был продан дом? — тихо спросила я, думая о своем.

— За триста пятьдесят тысяч евро, Кузнецовы остались должны Норкиной еще пятьдесят тысяч, но она им так и не позвонила... Понятное дело, что уж они-то ее точно не искали, зачем?

— Кузнецовы, кто они, кем приходились Норкиной? — спросила Лиза.

— Геннадий Кузнецов одно время работал вместе с Норкиным, они какое-то время даже дружили, но потом их пути разошлись...

— Так может, это они и убили Норкину? — предположила Юля. — Этот вариант тоже надо бы рассмотреть.

В дверь позвонили. Шитов замер, потом расплылся в улыбке, окидывая нас всех взглядом.

— Что, снова бомба? — по-доброму усмехнулась Юля.

— Почти...

Юля пошла открывать.

— Вам кого? — услышали мы из прихожей ее голос. — А... Ну, проходите...

Сначала появилась Юля, весело постреливая глазами и двигая бровями, мол, смотрите сами, потом дверной проем заполнил высокий мужчина с бледным лицом, при виде которого Ольга буквально взвилась, выпрыгнула из тесноты стола и стульев и бросилась к нему, повисла на шее. Он же сгреб ее своими мощными ручищами и унес, как куклу, с собой. Раздался грохот захлопываемых дверей...

— Тролль! — покачал головой Шитов. — Унес ее, как добычу.

— Это Гарри, — сказала я, испытывая сильнейшее волнение от только что увиденной сцены.

— Жаль, что вот такие сильные чувства и порывы исчезают, уступая место разочарованию и скуке, — внезапно проговорила Земцова. — Но каков самец, я извиняюсь...

Она даже порозовела, смущаясь от вырвавшегося у нее определения.

— Не знаю, как вы, девочки... не при тебе, Андрюша, будет сказано, — произнесла Лиза, — но я понимаю Олю... Понимаю, почему она утащила его из пирожковой прямо к себе домой, в постель... Такие мужчины на дороге не валяются. И дай-то бог, чтобы у них все сложилось!

— Зря он так быстро ушел, — сказала я, — я бы задала ему вопросы о родителях, об их здоровье...

— Не знаю, что ты к ним прицепилась, — отмахнулась от меня Лиза. — Никак не можешь определиться в своем отношении к ним? Забудь! Ты больше их никогда не увидишь!

«Кто знает», — подумала я.

22. Оля

— Что было дальше с этим троллем? Вернее, с Филлеманом?

— Он пришел на берег реки, чтобы спасти Магнхиль, которую тролль держал в реке...

— В реке? Она что же, утонула?

— Нет, конечно. Иначе не было бы этой песни. Думаю, что в реке была темница... Короче, у этого Филлемана была золотая арфа, он начал на ней играть, да так хорошо, что даже птицы умолкали на ветвях деревьев... Тролль, услышав его игру на арфе, вышел из реки. Был гром, землетрясение... Филлеман разбил свою арфу и тем самым отнял силу у тролля... И спас свою Магнхиль... А ты меня спасла... Все получилось наоборот...

И Гарри снова сжал меня в своих объятиях. До хруста в костях.

Прошло уже несколько часов с тех пор, как мы вернулись домой. Мы часа два сидели в ванне с горячей водой, я отмывала Гарри от тюремного запаха, успевшего въесться в его кожу и волосы. Рассказывала ему о событиях последних двух дней, а потом кормила гренками с кофе.

— Вообще-то я умею готовить, просто некогда было...

— Это самые вкусные гренки на свете!

— Вот бы разыскать этого Чепеля!

— Этого фальшивого участкового? Да уж... Ведь ясно, что это он убил Норкину, вернее, ту, что выдавала себя за мою тетю... Да, жаль тетю Элю. Хоть Шитов и узнал про этот загородный дом, ну, что она продала его сразу после того, как вернулась из санатория, но я знаю ее... Если бы она была жива, то просто не могла бы не общаться с моими родителями. Пожалуй, после смерти дяди Жени мы были для нее семьей...

— Мне грустно об этом говорить, но скорее всего ее все же нет в живых...

— Но с другой стороны, если она продала дом и выручила за него немало денег, то где они? Куда она их потратила?

— Возможно, их присвоила себе эта женщина, мошенница, которую убили... Думаю, сейчас, когда в деле появилось так много нового, к примеру, нашелся ее отец, нам расскажут, кто эта особа... Ведь убили именно ее, эту преступницу, а это значит, что ее было за что убивать, понимаешь? А для того, чтобы вычислить убийцу, надо знать хотя бы, откуда она, где работала, кто ее родственники... Возможно, она в своей жизни причинила еще кое-кому страдания, раз этот человек нашел ее и убил. Может, отомстил за что-то...

Гарри уснул, и я, пользуясь этим, решила проведать Стеллу.

— Оля! Как же я рада! — встретила она меня, сияя глазами. — Проходи!

Я рассказала ей о возвращении Гарри.

— Боже, как же мне нравятся такие истории! — она всплеснула руками. — Просто невероятно!

— Стелла, если бы не ты, не твоя помощь, мы бы с тобой не разыскали Катю, не узнали бы про Чепеля... А для следствия это оказалось очень важным. Вот поэтому Гарри отпустили. Я пришла к тебе, чтобы поблагодарить.

— Глупости! А у меня тоже есть новости! Я послушалась твоего совета и отправила свои истории в издательство. Мне позвонили буквально час тому назад и попросили приехать и привезти еще и иллюстрации к ним. Кажется, им понравились мои сказки...

— А Миша? Как у вас с ним? Он приходил?

— Да, приходил. Мы с ним долго разговаривали... — Стелла подняла на меня свои светлые глаза. — Я больше не верю ему и никогда не поверю, понимаешь? Уж лучше жить одной и писать сказки, чем жить в придуманном тобой же мире. Реальность — она сильно отличается от того мира, в котором нам хотелось бы жить. И как тяжело сталкиваться с этой самой реальностью, когда все летит в тартарары... Как тяжело потом собирать себя по кусочкам, по осколкам... Я так любила его, так любила... Думаю, что со стороны я казалась, наверное, просто глупой, слепой...

— Как я сейчас?

— Да, примерно... Но не все мужчины подлецы вроде моего Миши... Мне почему-то кажется, что твой Гарри другой. И знаешь что... Не бойся отпускать его в море, к рыбам... Уж лучше пусть он будет в море, чем где-то здесь, в Москве, где к нему будут липнуть женщины... Я видела его, он необыкновенный... Ты переживешь разлуку с ним, пока он будет в Норвегии... Ожидание любимого — это тоже счастье, поверь мне. И ваши встречи с ним будут потрясающими... Возможно, только так вам и удастся сохранить вашу любовь. К тому же ты забеременеешь, и тогда в твоей жизни появится еще одно ожидание, не менее прекрасное... Так что не грусти из-за разлуки, я же вижу, что ты вся в сомнениях... Все будет хорошо, даже прекрасно!

Стелла, в просторном домашнем платье до пят, с распущенными волосами, была похожа на эльфа. Она подошла к распахнутому окну кухни, где мы с ней пили кофе, и слегка высунулась:

— Боже, как же мне нравятся вот эти фиолетовые сумерки... Эта фиолетовая Москва, чуть позолоченная закатными лучами...

Она вдруг повернулась ко мне:

— Послушай, в наш подъезд сейчас вошел мужчина... С пакетом под мышкой. Незнакомый мужчина. В голубой рубашке и белых джинсах.

— Шитов?! — отчего-то испугалась я. Словно он снова пришел за моим Гарри. — Мне пора.

Я направилась к двери, распахнула ее как раз в тот момент, когда Шитов (это действительно был он!) уже поднялся на наш этаж и подошел к моей двери.

— Андрей Сергеевич?

Он обернулся так резко, что мне пришлось отпрянуть. В его руке неизвестно откуда появился пистолет. Увидев меня, Шитов опустил руку.

— Ты чего здесь? — спросил он.

Стелла все еще продолжала стоять на пороге своей квартиры, переживая за меня. Я не удивилась бы, если бы в минуту опасности она бросилась меня защищать. Такой хрупкий храбрый и всегда восторженный эльф!

— Вы что, снова за Гарри? — спросила я шепотом, готовая заплакать.

— Да нет, что ты... Вообще-то я принес вещи, которые мы брали на экспертизу...

— Надеюсь, крови Норкиной не обнаружили?

— Да... У нас работа такая, так что ты уж не обижайся...

Разговаривая со мной, он поглядывал на Стеллу.

— А вы, значит, после сытного ужина у вашей знакомой, после водочки и пива решили, значит, встретиться со мной? Зачем? — спросила я. — Поговорить хотите? С кем: со мной или все же с Гарри?

— А где он?

— Отсыпается после вашего изолятора... Вы и сейчас не можете его оставить в покое? Дайте ему хотя бы сутки отдохнуть... замучили своими допросами...

— Да я хотел поговорить с тобой... кое о чем...

— Вы можете поговорить у меня, — сказала Стелла. — Правда, человек спит, идите ко мне...

Шитов как будто даже обрадовался.

— Это Стелла, моя подруга, — представила я ее.

— Шитов. Андрей. Следователь.

Стелла пригласила нас войти в гостиную, предложила чаю, лимонад.

— А пива не держите?

— Почему же, и пиво есть... — она, двигаясь по квартире, не спускала с него глаз. Я же ломала голову над тем, что ему, Шитову, могло понадобиться от меня. От нас с Гарри. Вроде бы мы уже с ним все рассказали, что знали.

— Стелла в курсе, — поторопилась предупредить я Шитова, — мы же с ней ездили в Козихинский переулок...

— Я хотел расспросить про эту Катю... Что еще она рассказывала про убитую Норкину? Может, какие детали вспомнишь? Я так понимаю, что ее девичья фамилия Киреева, если она, конечно, является дочерью Киреева...

— Катя не уверена, что Норкина — его дочь. Хотя она же сказала про фотографию, на которой молодой Киреев изображен рядом с молодой, похожей на Норкину, женщиной, возможно, женой... Но тогда почему же ему не сказать своей внучке прямо «тетя Эля — твоя родная тетя»?

— Значит, не может или не хочет, — сказала я. — Ведь если эта Киреева, предположим, убийца, если она убила настоящую Норкину, то отец может быть в курсе... Ну не могла она одна, без чьей-либо поддержки, провернуть такое дело.

— Да уж... Слишком большие деньги, такой размах... Нужен план или невероятное везение.

— А еще, — добавила я, — надо быть уверенной в том, что настоящей Норкиной нет в живых.

— Вот именно. Но тогда получается, что она убила Норкину практически сразу после того, как та продала загородный дом в Одинцовском районе...

— Не уверена, что имею право влезать в ваш серьезный разговор... — начала Стелла извиняющимся тоном.

— Да что вы, конечно, говорите! — быстро отреагировал ставший невероятно любезным Шитов.

— Вот вы все говорите, что она убила Норкину. А что, если она не убивала, а была свидетелем убийства, а? Или, к примеру, она присутствовала при ее смерти. Да ситуаций может быть много. Это я к тому, что Норкина — не обязательно убийца...

Она могла просто воспользоваться ситуацией, понимаете, воспользоваться тем, что она на самом деле ее тезка — Эльвира Андреевна!

— Это понятно... — протянул Шитов. — Тем более что она в тот же период времени, когда пропала Норкина, вышла замуж за гражданина по фамилии Норкин, заплатив ему за этот брак. После чего быстро развелась, однако сохранила фамилию мужа...

— Она где-нибудь работала? — спросила Стелла.

— Нет. После того, как на ее голову свалились миллионы, она наняла себе домработницу и стала поживать себе, как барыня.

— Но до всей этой истории с присвоением чужого имущества она же где-то училась, работала... Не с Луны же она свалилась, — поддержала я мысль Стеллы.

— Надо вызвать на допрос Киреева, — сказал Шитов.

— Но он вам ничего не скажет, — предположила Стелла. — Даже если вы сделаете анализ ДНК, чтобы выяснить, родственники ли они, дочь ли она его, он тем более будет молчать. Скажет, что они были в конфликте... Да я уверена, что у него уже припасена какая-нибудь более-менее правдоподобная история их отношений и, главное, варианты ответов на вопрос: откуда у Эльвиры столько денег при том, что она нигде не работала!

— А еще... Мы же ничего не знаем о Кате. Кто ее отец? — сказала я.

— Ее отец — Евгений Норкин...

И Шитов рассказал нам историю Лидии, подруги Норкиной.

— Не думаю, что Кате нужно знать об этой Лидии, — сказала Стелла. — Уж лучше пусть она продолжает думать, что ее мать давно умерла...

— Андрей Сергеевич, можно вопрос? — спросила я. — Зачем вы приехали к нам? Все-таки за Гарри?

— Меня интересует семья Гореловых, его родителей. Дело в том, что в Екатеринбург ездила Глафира, ты ее видела, полненькая такая, адвокат, она встречалась с ними, разговаривала, и они произвели на нее весьма благоприятное впечатление. И одновременно с этим, она никак не может понять, как такие хорошие, приличные люди, как Гореловы, могли вот так запросто вычеркнуть из своей жизни свою родственницу...

— Вы что же, думаете, что это они ее... того? Укокошили? — У меня перехватило дыхание.

— Послушай, Оля, ты же ничего не знаешь о своем Гарри. Да, он, похоже, ни при чем... То есть он не убивал *эту* Норкину. Но он или его родители... Быть может, они знают что-то о смерти той, настоящей Норкиной.

— Вы полагаете, что Гореловы могли быть связаны с фальшивой Норкиной? — удивилась я. — И она действовала вместе с ними?

Стелла распахнула свои глаза и часто заморгала ресницами.

— Стелла, вы позволите? — Шитов встал и направился куда-то. — Где у вас ванная комната?

— Вы хотите руки помыть? Вам сюда! — Стелла проводила его в ванную комнату. Я чуть было не ввалилась следом за Шитовым, но вовремя притормозила. Честно говоря, меня уже начало пугать его поведение. Да и Стелла была явно удивлена происходящим.

— Вот, идите сюда... — позвал нас Шитов в ванную комнату. — Смотрите... вот полочка, стеклянная... Чистая... как положено.

— И что?

— Как утверждает Глафира, Маргарита Горелова, мать твоего Гарри, — Шитов бросил беглый взгляд на меня, — хорошая хозяйка, и когда она приехала, все в квартире было чисто вымыто... Но вот на такой полочке в ванной комнате была пыль... Как вы думаете, девушки, в каком случае это может быть? Ведь они с мужем каждый день умываются, они просто не могут не заметить эту пыль!

— Они не живут в этой квартире, — сказала Стелла и посмотрела на меня так, как если бы предала меня. У нее даже плечи дрогнули. — Пришли, словно заведомо были предупреждены о приезде вашей Глафиры, быстренько помыли полы, проветрили квартиру...

— И что, они там не живут? Может, на даче... — сказала я неуверенно, понимая, к чему клонит Шитов. — Вы что же, считаете, что Гарри предупредил их о приезде Глафиры? Но он не мог, он не успел бы... его задержали на моих глазах, он тогда еще ничего не знал об убийстве Норкиной...

— Он мог не знать, если бы не был убийцей... А если бы убил...

В дверь позвонили, я бросилась открывать. Как я и предполагала, это был Гарри. Я ему рассказывала о своей дружбе с соседкой Стеллой. Вероятно, проснувшись и не обнаружив меня, он предположил, что я у Стеллы. У него был вид выспавшегося и довольного жизнью человека.

— Вы? — увидев Шитова, он закрыл глаза ладонями. — Это глюки или?..

— Гарри... Тьфу ты... Григорий, — строго спросил Шитов, — когда вы последний раз звонили своим родителям?

— Как когда?.. В тот день, когда вы меня задержали.

— Но у вас же не было телефона... Мы его изъяли.

— Так у соседа моего по камере был мобильник. Я позвонил и рассказал им, что... Я уж не стал говорить им, что меня задержали, зачем их волновать... Я сказал, что развожусь с женой, что сейчас в Москве и никак не могу найти тетю Элю...

— Это все?

— Да. Все. А что случилось? Надеюсь, с ними все в порядке? — он встревожился.

— Ваши родители проживают в Екатеринбурге, так?

— Ну, да...

— Сколько у вас квартир?

— Одна.

— Улица?

— Готвальда, а что?

— Может, у вас есть дача?

— Дача была, да они ее продали пару лет тому назад.

— Почему продали?

— Что за идиотские вопросы вы мне задаете? Что случилось? Оля?

— Я тебе потом все объясню... — сказала я шепотом.

— И где же они проводят лето? В жаркой и душной квартире? — продолжал допытываться Шитов. — И это при их-то здоровье?

— Бред какой-то... Да вам какое дело, где проводят лето мои родители? В «Зеленой горке»!

— Это где?

— На берегу озера Таватуй! — гремел уже на всю квартиру разъяренный Гарри.

И этот его крик почему-то успокоил меня, рассеял снова возникшие сомнения. Еще немного, подумалось мне, и он набросится на Шитова! Ну

и пусть! Во всяком случае, именно эта его реакция
показалась мне наиболее убедительной.

— Может, вас интересует, кто все это оплачи-
вает? Так вот, я скажу вам — я, их единственный
сын, кто же еще?! Можете поехать и проверить!
Еще вопросы будут?

— Нет, — жестко ответил Шитов.

— Мы пойдем? — спросила я. — Домой...
можно?

— Да идите... — Шитов с расстроенным видом
махнул рукой. — Мне, собственно, тоже пора...

Мы вышли с Гарри на площадку, он обнял
меня, увлекая за собой подальше от Шитова. Последнее, что я услышала доносящееся из квартиры
Стеллы, были слова Шитова:

— Я только лимонад допью... Вы не возражае-
те, Стелла? И уж извините... так все получилось...

23. Глафира

Мы долго еще не могли заснуть после ухода
Шитова. Юля принесла и зажгла свечи, мы пили
вино и говорили, говорили.

— Мне, конечно, приятно, что он уцепился за
мою версию насчет Гореловых, — сказала я, чувствуя, как мои веки слипаются. — Он так и сказал,
что ему тоже теперь не дает покоя эта пыль в ванной, на полочке... И вдруг куда-то сорвался. Куда?

— Да к Горелову, к Гарри... Бедная Оля, она
сейчас, как увидит его, обомлеет... — сказала

Юля. — Гарри — классный мужик, и если бы он знал что-то о своей тетке, наверняка бы сказал. Какой ему смысл что-то скрывать?! Я понимаю еще, если бы это были, так сказать, бедные родственники, которые охотились бы за наследством... И уж точно засветились бы где-нибудь... Ну, приедет он сейчас к Оле, спросит Горелова, что он знает о жизни своих родителей, есть ли у них еще какое-нибудь жилье... Да если и есть, что с того? У них может быть дача. Все очень просто.

— Да, предположим, они живут на даче, и вдруг в тот самый момент, когда к ним собралась Глаша, они привели в порядок квартиру, да? Приготовили вареники с капустой... — Лиза тоже решила меня поддержать.

— Ладно, девочки, хватит уже об этих Гореловых... Ну, прокололась я с ними, напрасно прокатилась в Екатеринбург... Кстати говоря, очень красивый город! Мне вот Олю жалко, правда... Они сейчас там, дома, в постели с Гарри... А тут звонок в дверь — Шитов, собственной персоной.

— У меня есть идея, — сказала Лиза, подняв кверху указательный палец. — Сейчас нам вроде как известно, что случилось, да? Одна Эльвира убила другую и присвоила себе все, что у той было. Но где они пересеклись? Не может совершенно чужой человек получить доступ в чужую квартиру... Все не так просто. Фальшивая Норкина должна была научиться жить в шкуре настоящей, понимаете? Если учесть все свидетельские показания, две Эльвиры не были похожи. Значит, вторая Эльвира сделала все возможное, чтобы походить на первую. Скажем, покрасила волосы, надела ее одежду... Я так это представляю. Она должна была подготовиться к мошенническому ходу, должна была все продумать, а на это нужны время и возможность. Я предлагаю вернуться к соседям нашей Норкиной, тем, что переехали в Питер. Помните?

— Лиза, дорогая, — сказала Земцова, — я уже прозондировала эту тему, если ты помнишь, и мои люди нашли Анну Михайловну, показали ей фото настоящей Норкиной, и та подтвердила, что это ее бывшая соседка, та самая Норкина, что похоронила мужа...

— Правильно, — я вдруг поняла, о чем пытается толковать Лиза, — ей показали фотографию настоящей Норкиной, а теперь надо показать фото ее двойника, понимаете?! А вдруг Анна Михайловна вспомнит эту женщину, и мы узнаем, откуда другая Эля появилась?!

— Молодец, Глаша, — улыбнулась Лиза. — Ты меня сразу поняла.

— Хорошо. Я прямо сейчас свяжусь с моими знакомыми и попрошу их еще раз навестить Анну Михайловну. И фотографию убитой Норкиной отправлю...

Была ночь, Юля сидела за ноутбуком и беседовала с каким-то парнем по имени Стас, живущим в Питере, объясняла ему, насколько важно, чтобы он отправился к Анне Михайловне.

— Он сейчас все сделает, — сказала она довольным тоном. — Понимаете, нам всем, занимающимся такими делами, время от времени приходится совершать противоправные поступки... Мы связываемся с нашими друзьями в любое время дня и ночи, добываем информацию, проникаем в чужие дома, квартиры... Не знаю, как вы, а я уже к этому привыкла. И для Стаса, который работает в нашей сфере, это тоже обычное дело. Вот лично для него, вернее, для его клиента, я добывала информацию в Ницце! Правда, для этого мне пришлось подключить Крымова...

Когда зазвонил телефон Лизы, лицо ее погрустнело.

— Думаю, это Гурьев... не знаю, как буду с ним говорить... я столько выпила вина...

— Хочешь, я отвечу, — предложила я. — Скажу, что ты уже спишь.

— Он бросит меня, правда... Я уже и забыла, когда была дома. Совсем плохая стала...

Я взяла трубку, но номер не определился. Лиза взяла телефон:

— Слушаю... Кто? А... Наталия? Добрый вечер... Вернее, уже ночь... Что случилось?.. Да? Хорошо, мы сейчас к вам приедем... что? Не поняла.. Вы так тихо говорите... На нейтральной территории? Ну, хорошо, тогда возьмите такси и приезжайте к нам, запишите адрес... Юля?

Земцова сама продиктовала Наташе Уваровой свой адрес.

— Что она тебе сказала? — спросила она позже у Лизы.

— Наташа говорит, что у нее есть важная информация и что она должна нам рассказать что-то... Мне показалось, что и она была не совсем трезва...

— Так, Лиза, Глаша, умывайтесь. Холодная вода вас быстро приведет в чувство... — скомандовала Юля. — А я вообще приму холодный душ. Эта жара, вино... Нас развезло не на шутку...

Через полчаса мы, протрезвевшие, сидели, выпив «алка-зельтцер» и заедая лимонами, чтобы заглушить похмельное амбре, и поджидали Наталию.

— Интересно, что же такого могло произойти? — удивлялась я. — Про Ольгу, которая ее заперла, она вроде бы уже рассказала. Может, выпила и решила рассказать второй раз?

— Не гадай, Глаша, — сказала Лиза. — Не забывай, что ее хозяйку и подругу — убили! У-би-ли! А она все еще продолжает жить в ее квартире, да к тому же на правах наследницы! Мне лично кажется, что объявился какой-нибудь новый наследник. Быть может, ее навестил Гарри!

— Хочешь поговорить о Гарри? — хихикнула Юля. — Ну, давай! И что тебе в нем больше всего понравилось?

— Вас что, снова развозит? — воскликнула я. — Дался вам этот Гарри!

— Глаша, вот ни за что не поверю, что ты не обратила на него внимания, — сказала Юля, хохоча. — Да он просто... не знаю, как сказать... У меня Крымов, конечно, душка, и бабы просто шеи себе сворачивают, ну, как если бы это был Ален Делон, понимаете, да? Но Гарри — он из другой оперы...

— Он не из оперы, он из той песни про тролля... Он викинг, вот! — подхватила Лиза.

— Вы обе, похоже, сошли с ума! — я покрутила пальцем у виска.

Раздался звонок. Мы все состроили серьезные лица, Юля пошла открывать.

Наша гостья, икая, вошла в гостиную. Растрепанные волосы, покрасневший нос и запах алкоголя — все это указывало на то, что мы не ошиблись в своих предположениях относительно ее состояния.

К тому же ее слегка потрясывало.

— Что случилось, Наташа? — спросила Юля, усаживая ее в кресло. — Воды хотите?

— Да нет... Ничего я уже не хочу. Я знаю, что вы — не полицейские, вы — адвокаты или что-то в этом роде... Пожалуйста, ответьте мне на один вопрос: вам можно доверить тайну?

Лиза развела руками:

— Да это наша профессия — хранить чужие тайны!

— Я собираюсь рассказать вам что-то очень важное, но только официально я ничего подписывать не буду, предупреждаю сразу... И если что, откажусь от всего, что собираюсь вам рассказать.

— Вы знаете, кто убил вашу хозяйку?

— Если бы... — она издала протяжный вздох. — К сожалению, это мне неизвестно. Но мне почему-то думается, что если вы будете знать то, что я вам сейчас расскажу, то быстрее сумеете найти убийцу Эли. И еще... Пообещайте, что не арестуете одного человека... Он мне доверился, понимаете? Я могу положиться на вас?

Интрига была мощная. Мы все трое просто онемели в предчувствии очередной сегодняшней бомбы.

— Да, разумеется... Вы можете нам все рассказать. Но если речь пойдет об убийстве и вы знаете, кто убийца...

— Нет, в том-то и дело, что никто никого не убивал! Все случилось неожиданно, случайно... Хотя не совсем, конечно, случайно...

Она обвела нас испуганным, напряженным взглядом и стала рассказывать.

— ...она считала это знаками, понимаете? И поначалу Эля просто хотела увидеть, как живет Норкина... Она взяла ключ у соседки, вошла в ее квартиру... Она ничего не крала, ничего не брала. Так он сказал, ее отец... Но время шло, а Норкина не возвращалась... Тогда Эля решила навестить ее в санатории, поехала туда, тоже вроде как лечиться, познакомилась с ней, назвавшись другим именем... Они даже подружились... а потом, в один далеко не прекрасный вечер к Норкиной приехала ее подруга, из Америки... Она рассказала ей такое, что сердце Норкиной просто не выдержало... вот... Подруга сказала, что у нее была связь с ее мужем, Норкиным, и она родила от него дочку! И теперь, сказала она ей, ты должна в память о муже позаботиться о девочке, она в детдоме... Сволочь редкая, эта сука американская... Она выдала ей все нагора́, что называется, и ушла... А Норкина умерла. От разрыва сердца, понимаете? Я все это к чему рассказываю-то?! Да чтобы вы не думали, что моя Эля — убийца. Она — не убийца. Она похоронила Норкину там же, в санатории... ночью.. взяла лопату в дворницкой или где там они были... вырыла могилу в ивовых зарослях... Вот в этом ее грех, что тайно похоронила и никому ничего не сообщила.

Мы сидели потрясенные, слушали ее, затаив дыхание.

— ...она ждала какое-то время, что кто-то будет искать Норкину... Эля моя была почтальоном... Так вот — никто ее не искал. Единственные родственники в Екатеринбурге... Но и они тоже давно уже не писали... И вот тогда Эля и решила, что это знак... еще один знак... Она нашла мужчину с фамилией Норкин, вышла за него замуж, фиктивно, конечно, потом быстро развелась... Сделала «химию», надела одежду Норкиной, научилась расписываться за нее и продала квартиру на Остоженке, а потом и две другие... Вот и вся история.

Но она не убийца, понимаете! Она просто взяла то, что плохо лежало, чтобы все эти квартиры не отошли государству... Она, конечно, виновата... Но она не убийца, не убийца... — и Наталия разрыдалась.

— Скажите, Наташа, — первой пришла в себя Земцова, — а ее отец ничего не сказал о том, кого он подозревает в убийстве?

— Нет. Он сказал, что если бы ее ограбили, то понятно было бы, что просто кто-то посторонний вошел в квартиру, убил и что-то взял... А так... Похоже на месть... Конечно, он предположил, что ее убил кто-то из наследников, но тогда почему же так никто и не объявился?

— Надеюсь, он сам-то не будет претендовать на наследство? — спросила Лиза, и по ее выражению лица я поняла, что она тоже была в растерянности.

— Он хочет принять участие в ее похоронах. И все. А еще... Он взял к себе Катю, дочку той американской подруги... Катя думает, что ее мать давно умерла... А Андрей Семенович хочет заботой о Кате замолить свои собственные грехи... К тому же он не может отвечать за другого человека, даже если это его дочь... Разве не так? Пожалуйста, не трогайте его, очень вас прошу...

— А где он сейчас?

— Он спит... у меня... Господи, мне надо обратно, домой... Я очень надеюсь на вас... Если вам для расследования понадобятся деньги, я готова заплатить... Я сделаю все, что нужно, только вы не трогайте этого старика... Ему сейчас очень тяжело...

— В ивовых зарослях? — тихо переспросила я. — Норкину похоронили в ивовых зарослях, на территории санатория «Золотая ель»?

— Да... Там только в одном месте ивы растут... Но показать точно могилу никто уже не сможет.

Мы отпустили ее, Юля даже проводила ее, посадила на такси.

— Сейчас всем спать, — сказала она, вернувшись, — утро вечера мудренее.

— Утром в «Золотую ель»? — спросила Лиза.

— Да... Шитову ни слова. Мы обещали.

И никто не знает, как вдруг больно мне стало в эту минуту, как тяжело. Ведь именно тогда фантом Норкиной, который жил в моей голове, взорвался, я окончательно поверила в то, что она мертва.

24. Глафира. Развязка

Возвратившись из Москвы в Саратов, к своим семьям, мы с Лизой чувствовали себя уставшими и одновременно счастливыми, ведь мы нашли убийцу женщины, выдававшей себя за Норкину.

На следующее утро нам позвонил Стас из Питера, знакомый Земцовой, и сообщил, что Анна Михайловна, бывшая соседка Норкиной с Остоженки, узнала в убитой Норкиной почтальоншу

Кирееву. И мы втроем, вместо того чтобы ехать в санаторий на поиски захоронения тела несчастной вдовы Норкиной в ивовых зарослях, отправились в почтовое отделение, обслуживающее Остоженку и прилегающие к ней улицы, где нам подтвердили, что да, действительно, у них работала Эльвира Андреевна Киреева, которая уволилась пять лет тому назад. Тогда Лиза, не растерявшись, показала работникам почты фотографию «участкового Чепеля» (фрагмент изображения с камеры наблюдения), толстяка, засветившегося по этому делу в связи с совершенно бессмысленным визитом к одной из жительниц подъезда, где проживала убитая Норкина-Киреева. Оказалось, что это действительно полицейский, но не «Чепель», как было указано в его фальшивом удостоверении, который он предъявил пенсионерке, а Чепеленко Владислав Максимович, проживающий на Остоженке в доме по соседству. Его искали два дня и вышли на его бывшую супругу, которая на гребне своих неприязненных отношений к мужу, а если быть точнее, то просто ненавидя Чепеленко, рассказала о нем все, что знала. О том, как он сдавал приезжим квартиры жильцов, которые долго отсутствовали (были в длительных командировках или находились в местах заключений), как участвовал в различных квартирных махинациях, как поставлял в бордели несовершеннолетних детей, словом, все, что знала и помнила, вывалила в кучу, не забыв упомянуть и Эльвиру Карееву, которая ему «все карты спутала и за это ответит».

Чепеленко нашли на даче одного из его друзей, мертвецки пьяного. Он признался, что случайно увидел на улице Карееву, выследил ее, узнал ее новый адрес, пришел к ней, чтобы поговорить, но разговора не получилось. Он хотел получить с нее полагающиеся ему, по его мнению, пятьдесят процентов с продажи квартиры Норкиной. Он угрожал ей, что расскажет о ее махинациях в полиции, и тогда она сказала ему, что и у нее тоже имеется на него компромат. Они разговаривали очень громко, ругались, и Чепеленко ушел ни с чем. Однако, кое-что узнав о жильцах дома в Козихинском переулке, он вернулся на следующий день и поднялся к пенсионерке, у которой в прошлом году умер внук от наркоты, засветился у нее, обеспечив себе алиби, после чего спустился к Кареевой и снова позвонил в дверь, намереваясь «разобраться с ней как следует».

Кареева долго не открывала, но потом испугалась, что он станет кричать, открыла ему дверь, и когда он вошел, она, по словам Чепеленко, направила на него пистолет. Она сказала, что если он не оставит ее в покое, то убьет его. Разозлившись, он схватил каменную пепельницу и ударил ею Карееву по голове. Она сразу скончалась. Он взял пистолет и ушел. Пистолет выбросил в Москву-реку. Был ли пистолет или нет, так и не выяснили, но Чепеленко арестовали.

Лидия Вдовина-Осборн, даже не поблагодарив Лизу за проделанную нами работу и не расплатившись, исчезла. Однако ее имя не было зарегистрировано ни на одном из рейсов, следовавших во Флориду. Мы с Лизой предположили, что она либо еще в Москве, либо живет на даче своих друзей (или нового сердечного друга).

Наталия Уварова, похоронив свою подругу, вернулась в Лазаревское, сообщив нам свой адрес и приглашая отдохнуть на море.

Александра Зимина объявили в розыск, его жена Женя с детьми и родителями переехали до осени на дачу.

Олю Климкину наш викинг Гарри повез в Екатеринбург — знакомиться с его родителями.

Шитов взял отпуск и отправился в Болгарию со своей новой подружкой с красивым именем Стелла.

Навестить Андрея Семеновича, отца погибшей Киреевой-Норкиной, как и познакомиться с его «внучкой» Катей, мы так и не успели — нас ждали дома.

Словом, все куда-то разъехались, и мы с Лизой вернулись домой. Конечно, осталось много незавершенного в этой истории. Так, к примеру, мы обязаны были сообщить дирекции санатория «Золотая ель» о возможном захоронении трупа на их территории. Но не сообщили. Не поставили об этом в известность и Шитова. Что было бы, подумали мы с Лизой, если бы перырыли весь санаторий? Перепугали бы всех отдыхающих, подпортили бы репутацию оздоровительному заведению. К тому же, решили мы с Лизой, Андрей Семенович мог и заблуждаться относительно этой истории, ведь это ему дочка сказала о том, что у Норкиной произошел, как он выразился, разрыв сердца. А уж что там было на самом деле — кто может знать наверняка? Сама-то Киреева мертва. Может, Норкину и убили...

Мы решили оставить его в покое, учитывая, что он взял на себя заботу о Кате Сурковой. Какой удар ее ожидает в случае, если ее «деда» начнут трясти правоохранительные органы, вызывать на допрос и все такое... С него хватило и смерти единственной дочери...

Весь июль у нас с Лизой выдался очень спокойным. В городе стояла жара, люди прятались в своих прохладных офисах, разъехались на дачи. Лиза нам с Денисом предоставила небольшой отпуск, Денис сразу же умчался к своей новой девушке в Хвалынск, на Волгу, а я вместе со своей замечательной золовкой Надей занималась заготовкой: мы с ней крутили компоты с вишней, с клубникой, варили варенье...

И вот первого августа раздался телефонный звонок, и возбужденная Лиза сообщила мне, что Земцова приглашает нас на следующей неделе к ней, в Ниццу, как и обещала. Что от нас требуется только согласие. Как только мы даем ей «отмашку», она тотчас заказывает билеты на самолет, и мы должны мчаться в Москву...

И как-то все семейные радости и «компоты» отступили на второй план, и вот шестого августа, в полдень, мы с Лизой уже сидели в кремовом кабриолете Земцовой и мчались из аэропорта по Английской набережной, на виллу Юли.

— Девчонки, ничего особенного. Вилла как вилла... Бассейн как бассейн... Я ничего не готовила, купила разных морепродуктов, фруктов... Сегодня мы будем отдыхать, плавать в бассейне, вечером поужинаем где-нибудь в ресторане, а вот утром... — Юля обернулась, и мы увидели ее хитрый, лукавый взгляд и ослепительную улыбку. — А утром мы отправимся с вами в путешествие... Вот на этой машине! Шорты, майки, свитера — и вперед!

Мы с Лизой окунулись в совершенно другую жизнь, в море удовольствия и свободы. Мы ужинали вечером в ресторане, гуляли по ярко-освещенной набережной, обвеваемой прохладным ветерком, и чувствовали себя словно выпавшими из реальной жизни.

Спали как убитые, а утром, позавтракав, мы сели в машину и выехали из Ниццы, уставившись в расстеленную на худых коленях Лизы карту с обозначенным на ней красной волнистой линией маршрутом, заканчивающимся Лозанной.

— Лозанна... постой, Лозанна — это же Швейцария! Мы едем в Швейцарию!

меня, будоражили мои мысли и чувства. Высокий худой старик с шапкой белоснежных седых волос и добрейшей улыбкой.

— Я плохо говорить по-русски... — сказал он. — Пожалуйста...

Он жестом пригласил нас сесть за стол.

— Я узнала вас, — сказала Лиза, глядя прямо в глаза женщине.

Женщина развела руками — мол, вот: так получилось...

— Садитесь, сейчас будем ужинать...

Осборн нажал кнопку на пульте, и музыка замолчала, уступив место тихому шелесту листвы растений, окружавших виллу.

— У нас все просто, — сказала хозяйка, расставляя приборы. — Сыр, картофельная запеканка, салат, лимонный пирог...

Я тоже узнала ее. И от переизбытка чувств глаза мои увлажнились. Мне хотелось закричать: я же вам говорила, я знала, я чувствовала, что она жива!

Но вместо этого я, следя за тем, как мне накладывают на тарелку запеканку, сосредоточилась взглядом именно на ней.

— Мы рады, очень рады, что вы... живы... Скажи, Глаша? — голос Лизы дрогнул. — А ты, Юля... Всю дорогу молчала! Ничем не выдала, куда и к кому нас везешь! Да я чувствую себя словно в другом измерении... Это просто невероятно!

Эльвира Норкина, обыкновенная, внешне ничем не примечательная женщина, сидела рядом с известным американским художником Оскаром Осборном и, судя по всему, являлась той его таинственной музой, с которой он проводил все свое время и ради которой бросил, по сути, свою жену, Лидию. Как и где она с ним познакомилась? Что вообще с ней случилось? Кто похоронен в ивовых зарослях санатория «Золотая ель»? Вопросов было так много, что я предпочла положиться на естественное развитие событий. Ведь мы для этого и приехали сюда, чтобы все узнать.

Я бросила взгляд на Земцову. Она сидела с задумчивым видом и маленькими глотками пила лимонад из запотевшего прозрачного стакана.

Осборн, поднявшись со своего места и взяв тарелку с едой, извинился, поцеловал Эльвиру в макушку и, улыбнувшись всем нам, ушел.

Я посмотрела на Юлю.

— Он не хочет нам мешать... — произнесла Юля. Уверена, что Лиза поняла это гораздо раньше меня.

— Знаете, я так рада, что вы приехали... — улыбнулась в момент расслабившаяся после ухода Осборна Норкина. — Хотите водочки?

И, не дожидаясь наших ответов, ушла в дом и вернулась с бутылкой водки и рюмками. Разлила всем.

— За нас, за женщин... — сказала она.

Мы выпили.

— Женя всегда изменял мне, как выяснилось позже, — сказала Норкина, откидываясь на спинку плетеного кресла. — Нашлись добрые люди, которые рассказали мне все о нем... Но он умер, и поговорить с ним на эту тему я уже, понятное дело, не могла... Но скажу честно — его смерть нисколько не убавила моей злости по отношению к нему. Да, вот так. Я возненавидела его еще больше. Все его фотографии из альбомов вырезала... Так больно было, так тяжело... Вскрылись какие-то мутные истории, в которых были замешаны жены наших общих с ним друзей... Получалось, что все кругом лгали. Тихо и подло лгали. Эти женщины, мои бывшие подруги, знакомые... Он покупал им подарки, встречался с ними в гостиницах и даже на нашей даче в Одинцове... А ведь я была уверена, что он любит меня! Я не хотела оставаться в Москве, поехала в санаторий, успокоиться... Но обида... Она как заноза, которую надо вынуть, чтобы не было воспаления, заражения... Я должна была что-то сделать, должна... Но что? Подумала, что время все залечит. Я и понятия не имела, что пока меня не было дома, в мою квартиру вселилась эта прохиндейка, моя тезка... Я вообще ничего не знала! Мои мысли были заняты совершенно другими вещами. А еще... Я к тому времени разорвала отношения со всеми нашими знакомыми, слишком уж много о них узнала... Если прибавить к этому, что и друзья Жени предлагали мне любовь, то о чем здесь вообще можно говорить? Кругом сплошной обман!

В «Золотой ели» я просто отсыпалась, пила какие-то успокоительные, много гуляла и думала о том, как буду жить дальше. Первым делом я собиралась продать квартиру на Остоженке и купить себе другую, но тоже где-нибудь в центре... Были у меня мысли переехать в деревню, но потом я поняла, что вряд ли смогу переменить свою жизнь таким радикальным образом... Все-таки я городской житель...

Появление в санатории Лиды меня обрадовало. Она была единственной подругой, наверное, которая не переспала с моим мужем. Она привезла каких-то деликатесов, сказала, чтобы я выбросила из головы все плохое, что Женя умер и его не вернуть, ну, разные банальности говорила... И очень быстро уехала. После ее отъезда я познакомилась с одной женщиной, ее звали Тамара. Мы с ней неплохо проводили время, вместе гуляли, ходила на разные вечера... И вот однажды, когда мы с ней должны были пойти на вечер романса, который устраивали в санатории, я собралась, вышла уже из номера, и вдруг появилась Лида. Я, конечно, обрадовалась, но и удивилась. Выглядела она как-то очень уж странно. Я спросила ее, что случилось. И тут она мне выдала... Никогда не забуду этот вечер... Она сказала мне, что у нее дочь от моего Жени... Что Женя, когда узнал о дочери, сразу же отказался от нее. И Лида оставила ребенка в роддоме. Но потом нашла ее в каком-то детском доме, она оставила мне записку с адресом этого детского дома и именем девочки. Катя Суркова. Она так быстро все это вывалила на меня... Я даже не успела ничего ей ответить... А мне было что ей сказать, было! Дело в том, что Женя был бесплоден, это стопроцентно! И девочка не могла быть его. Еще Лида оставила мне альбом с репродукциями своего американского мужа — Оскара Осборна. Фантастические картины... Знаете, когда Лида ушла, проще говоря, сбежала, я почувствовала себя очень плохо... И тут пришла эта... Тамара... Мы же с ней собрались на вечер... Я смотрю на нее, а она прямо-таки расплывается у меня перед глазами... Словом, я потеряла сознание.

— А она подумала, что вы умерли! — вырвалось у меня. — Ничего себе...

— Я пришла в себя, думаю, от холода... Открываю глаза и вижу небо... в звездах... А еще — рожу такую страшную вижу... И запах, как из помойного ведра... «Вы кто?» — спрашиваю. А рожа мне отвечает: «Савелий». А меня прямо-таки всю трясет... И тут этот Савелий подхватывает меня и куда-то несет. Кругом темнота, холодно... «Тебя похоронили», — говорит он мне.

Короче, этот Савелий работал в санатории дворником, плотником, всего понемногу. Пьяница, конечно, но рукастый. Увидел, как какая-то женщина вышла из зарослей с лопатой в руках... словом, это он меня разрыл. Протрезвел аж! Принес к себе в комнату, спросил, вызвать ли полицию, врача? Я расспросила его, как выглядела женщина, он описал мне ее, как мог... И тут меня охватило чувство... Как бы вам объяснить, чтобы вы поняли... Страх. Паника. Я вдруг поняла, что осталась совсем одна и что, если бы не этот Савелий, я бы умерла... Я спросила себя, почему эта Тамара закопала меня, живую? Начала припоминать наши с ней разговоры и поняла, что что-то здесь нечисто... Что она как будто слишком много обо мне знает. И мне так захотелось человеческого тепла, участия, захотелось увидеть родные лица людей, которые меня точно любят и никогда не предадут...

— Гореловы... — прошептала я.

— Да... Рита, Саша... Я отдала Савелию все золото, что у меня было, попросила его найти человека, который отвез бы меня на машине в Екатеринбург, к моим родным. Пообещала, что заплачу ему хорошо, если он будет молчать обо всем, что случилось со мной, об этой могиле... По сути, этот пьяница меня просто спас. Думаю, что именно тот факт, что он был под мухой, спас в какой-то мере и его...

— Она закопала вас, не уверенная в том, что вы были мертвы! — воскликнула Лиза. — Но как так могло произойти?

— Не знаю... Может, пульс мой не прощупывался, мало ли... Я потом читала в Интернете, действительно, такие случаи бывают... Хорошо, что

— А как вы оказались здесь?

— Это все мой характер... Я думала о девочке, которая оказалась никому не нужной. Понятное дело, что Лида ее нагуляла неизвестно от кого... Мне захотелось девочку увидеть. Я почему-то подумала, что Лида все-таки позаботилась о ней и что она провернула все эти махинации с моими квартирами, чтобы обеспечить свою дочь... Мы с Ритой приехали в Москву, разыскали этот детский дом, увидели Катю... А вы, кстати, ее видели?

— Нет, — покачала головой Лиза. — Возможности такой не было.

— А вот я увидела... Теперь смотрите...

Она сбегала в дом и вернулась оттуда с фотографиями, разложила на столе. С фотографий на нас смотрела высокая красивая девушка с длинными каштановыми волосами и светлыми глазами.

— Смотрите-смотрите, внимательно...

— Она похожа на Осборна, — сказала я уверенно. — Просто одно лицо!

— Я долго не решалась что-либо предпринять... Нашла в Интернете тысячи портретов Оскара — в молодости, в зрелом возрасте... сравнивала его с Катей... Очень боялась ошибиться. И тогда Рита посоветовала мне взять что-нибудь Катино, волос, к примеру... чтобы сделать анализ ДНК, который развеял бы все мои сомнения. Но как? Тогда Рита обратилась к директору детского дома, сказала, что у нее есть подозрение, что Катя — ее дочь. Что она хотела бы сделать экспертизу... Мы хорошо заплатили этой директрисе, прежде чем нам позволили сделать этот анализ.

— А где вы взяли материал самого Осборна? — удивилась я.

— Дело в том, что у него планировалась выставка в Санкт-Петербурге, и мы с Ритой, прихватив пробирку с материалом Кати, отправились туда. Безо всякой надежды, конечно, на понимание... Все-таки известный человек... С какой стати он стал бы меня выслушивать. Мало ли прохиндеев стремятся разными мошенническими путями приобщиться к жизни известных, состоятельных людей?

Мы с Ритой приехали в Питер, остановились у ее знакомых... Пришли на выставку, я увидела Оскара, подошла к нему... Хотела попросить его о встрече, и вдруг он спрашивает, как меня зовут. Я отвечаю: Эля. Оказывается, он узнал меня по фотографиям в альбоме его жены, Лидии. Она на самом деле хотела, оказывается, чтобы я приехала к ним во Флориду...

— То есть он знал, что вы — та самая ее подруга, у которой умер муж?.. — спросила Лиза.

— Ну да... И тогда я подумала: а что, если я ошиблась в Лидии... И что это не она подстроила мои похороны и присвоение моих квартир. Мне надо было поговорить с Оскаром в спокойной обстановке. Оскар пригласил меня поужинать в тот вечер. И мы с ним разговорились. Он вполне сносно говорит по-русски... Конечно, на тот момент он был мужем Лидии, а потому я не имела права рассказывать ему о своих подозрениях... У меня же не было никаких доказательств ее вины, ее участия в мошеннических сделках с моей недвижимостью. Сначала я хотела узнать, в каком состоянии находится их брак, а уж потом говорить о существовании возможной дочери... Оскар признался мне, что Лидия бросила его еще полгода тому назад, что она связалась с каким-то русским, кажется, ее бывшим любовником, москвичом, что они сначала переписывались по Интернету, перезванивались, пока наконец она не объявила Оскару, что собирается разводиться с ним... Вот тогда-то я и рассказала ему обо всем, что произошло между мной и Лидией в санатории... Вообще — все!

Конечно, это была бомба... Он смотрел на меня, как смотрят на воскресшего человека... Как на чудо! — Эльвира расхохоталась. — Да-да... Ну а потом я достала фотографию Кати и высказала предположение, что она является его дочерью... Словом, Катя на самом деле оказалась дочерью Осборна! И неудивительно, что она рисует и собирается стать профессиональным художником!

— А Лидия? Она знает об этом?

— Нет. После того как Оскар дал ей развод и выплатил ей полагающуюся при разводе сумму, она вообще исчезла с горизонта... И больше его не беспокоит. Кажется, она вышла замуж... А я... Мне тоже пришлось выйти замуж за Оскара, это связано с моим пребыванием и во Флориде, и здесь, в Лозанне... Нет, не подумайте, я не кокетничаю, и, если бы не определенные сложности с моим пребыванием за границей, если бы не жесткие законы, я бы спокойно жила с ним и без брака... Что проку от брака, что был между Оскаром и Лидией, к примеру? Они были совершенно чужими людьми... Я знаю Лидию, она никогда бы не упустила возможность уехать в Штаты и стать женой известного человека... Другое дело, что эти отношения браком не назовешь...

— И вы вот так легко отказались от своей жизни? От своих квартир? Просто шагнули в неизвестность... — Лиза смотрела на нее с недоверием и одновременно с восхищением.

— Понимаете, думаю, что я сделала все правильно... Поэтому бог и не позволил мне прежде времени уйти из жизни... Меня спасли дважды: Савелий, разрыв мою могилу, а потом Рита с Сашей, приютив меня у себя. А эти квартиры... Это Женины... Это он их зарабатывал, покупал... Насколько я понимаю, одна из квартир теперь записана на имя Кати, так распорядился отец той женщины, Тамары... Что ж, это уже хорошо. Думаю, что каждый получил по заслугам... Мне-то уж теперь точно не на что жаловаться... Правда, у меня нет своих детей, но скоро сюда приедет Катя, думаю, что мы с ней найдем общий язык... Во всяком случае, я сделаю для этого все возможное... А уж как Оскар ее ждет!

Она налила нам всем еще водки, мы выпили.

— Фантастическая история, правда? Разве я могла бы когда-нибудь предположить, что буду жить на берегу Женевского озера... И что мои портреты будут украшать выставки в разных городах Европы и Америки?.. Я — обыкновенная женщина, не красавица, как видите... Но что-то же он во мне нашел, этот Осборн... Кстати говоря, он перестал писать драконов. Он теперь все больше пишет цветы, море, спокойные пейзажи... А еще... еще мне кажется, что меня оберегает ангел... — она счастливо вздохнула. — Ну что ж, настало время пирога с лимоном! Я сейчас...

Эльвира улыбнулась нам какой-то странной, блуждающей улыбкой, какая бывает, наверное, у тех людей, которые и сами не знают, в каком мире живут, и ушла в дом.

— Ты как ее нашла, Юля? — спросила я, когда мы остались одни и нас не могли слышать ни Норкина, ни Осборн.

— Случайно. Я увидела репортаж по французскому телевидению о новой выставке Осборна в Париже, там крупным планом показали несколько его работ, в том числе и портрет женщины, в которой я узнала нашу Норкину... Я выяснила, что Осборн купил дом в Лозанне, и предположила, что они живут здесь, вместе... Я приехала сюда и, когда увидела эту женщину, поняла, что не зря потратила время... Мы с ней долго разговаривали, она — потрясающая... Она позволила мне привезти вас сюда, чтобы вы могли узнать все сами, из первых рук, ну и побывать в Швейцарии...

— А вот и мы!

Эльвира вернулась на террасу не одна, рядом с ней шел Осборн, в руках у него было блюдо с пирогом.

— Пирог — супер! — сказал он, подмигивая нам и беря в руки пульт. Жизнь, замершая на время рассказа Эльвиры, снова набирала обороты, и снова зазвучала тихая песня Шаде.

«Похоже, рядом со мной ангел.
Какая-то небесная сила привела меня к тебе.
Взгляни на небо,
Оно окрашено в цвет любви...
Похоже, меня оберегает ангел...»

ТАТЬЯНА КОГАН

AВТОР, КНИГИ КОТОРОГО ПРОНИКАЮТ В САМОЕ СЕРДЦЕ!

**Новый шокирующий роман Татьяны КОГАН
«Человек без сердца».**

Когда-то четверо друзей начали жестокую и циничную игру, ставкой в которой стала не одна человеческая жизнь. Какова будет расплата за исковерканные судьбы? И есть ли оправдание тем, кто готов на все ради достижения своих целей?

**Читайте романы Татьяны КОГАН
в остросюжетной серии «ЧУЖИЕ ИГРЫ»**

Глава 1

Психотерапевт Иван Кравцов сидел у окна в мягком плюшевом кресле. Из открытой форточки доносился уличный гул; дерзкий весенний ветер трепал занавеску и нагло гулял по комнате, выдувая уютное тепло. Джек (так его величали друзья в честь персонажа книги про доктора Джекила и мистера Хайда) чувствовал легкий озноб, но не предпринимал попыток закрыть окно. Ведь тогда он снова окажется в тишине — изматывающей, ужасающей тишине, от которой так отчаянно бежал.

Джек не видел окружающий мир уже месяц. Целая вечность без цвета, без света, без смысла. Две операции, обследования, бессонные ночи и попытки удержать ускользающую надежду — и все это для того, чтобы услышать окончательный приговор: «На данный момент вернуть зрение не представляется возможным». Сегодня в клинике ему озвучили неутешительные результаты лечения и предоставили адреса реабилитационных центров для инвалидов по зрению. Он вежливо поблагодарил врачей, приехал домой на такси, поднялся в квартиру и, пройдя в гостиную, сел у окна.

Странное оцепенение охватило его. Он перестал ориентироваться во времени, не замечая, как минуты превращались в часы, как день сменился вечером, а вечер — ночью. Стих суетливый шум за окном. В комнате стало совсем холодно.

Джек думал о том, что с детства он стремился к независимости. Ванечка Кравцов был единственным ребенком в семье, однако излишней опеки не терпел абсолютно. Едва научившись говорить, дал понять родителям, что предпочитает полагаться на свой вкус и принимать собственные решения. Родители Вани были мудры, к тому же единственный сын проявлял удивительное для своего возраста здравомыслие. Ни отец, ни мать не противились ранней самостоятельности ребенка. А тот, в свою очередь, ценил оказанное ему доверие и не злоупотреблял им. Даже в выпускном классе, когда родители всерьез озаботились выбором его будущей профессии, он не чувствовал никакого давления с их стороны. Родственники по маминой линии являлись врачами, а дедушка был известнейшим в стране нейрохирургом. И хотя отец отношения к медицине не имел, он явно был не против, чтобы сын развивался в этом направлении.

Ожесточенных споров в семье не велось. Варианты дальнейшего обучения обсуждались после ужина, тихо и спокойно, с аргументами «за» и «против». Ваня внимательно слушал, озвучивал свои желания и опасения и получал развернутые ответы. В итоге он принял взвешенное решение и, окончив школу, поступил в мединститут на факультет психологии.

Ему всегда нравилось изучать людей и мотивы их поступков, он умел докопаться до истинных причин их поведения. Выбранная специальность предоставляла Джеку широкие возможности для совершенствования таких навыков. За время учебы он не пропустил ни одной лекции, штудируя дополнительные материалы и посещая научные семинары. К последнему курсу некоторые предметы студент Кравцов знал лучше иных преподавателей.

Умение видеть то, чего не видит большинство людей, позволяло ему ощущать себя если не избранным, то хотя бы не частью толпы. Даже в компании близких друзей Джек всегда оставался своеобразной темной лошадкой, чьи помыслы крайне сложно угадать. Он никогда не откровенничал, рассказывал о себе ровно столько, сколько нужно для поддержания в товарищах чувства доверия и сопричастности. Они замечали его уловки, однако не делали из этого проблем. Джеку вообще повезло с приятелями. Они принимали друг друга со всеми особенностями и недостатками, не пытались никого переделывать под себя. Им было весело и интересно вместе. Компания образовалась в средних классах школы и не распадалась долгие годы. Все было хорошо до недавнего времени...

Когда случился тот самый поворотный момент, запустивший механизм распада? Не тогда ли, когда Глеб, терзаемый сомнениями, все-таки начал пятый круг? Захватывающий, прекрасный, злополучный пятый круг...

Еще в школе они придумали игру, которая стала их общей тайной. Суть игры заключалась в том, что каждый из четверых по очереди озвучивал свое желание. Товарищи должны помочь осуществить его любой ценой, какова бы она ни была. Первый круг состоял из простых желаний. Со временем они становились все циничней и изощренней. После четвертого круга Глеб решил выйти из игры. В компании он был самым впечатлительным. Джеку нравились эксперименты и адреналин, Макс не любил ничего усложнять, а Елизавета легко контролировала свои эмоции. Джек переживал за Глеба и подозревал, что его склонность к рефлексии еще сыграет злую шутку. Так и произошло.

Последние пару лет Джек грезил идеей внушить человеку искусственную амнезию. Его всегда манили эксперименты над разумом, но в силу объективных причин разгуляться не получалось. Те немногие пациенты, которые соглашались на гипноз, преследовали цели незамысловатые и предельно конкретные, например, перестать бояться сексуальных неудач. С такими задачами психотерапевт Кравцов справлялся легко и без энтузиазма. Ему хотелось большего.

Чуть меньше года назад идея о собственном эксперименте переросла в намерение. Обстоятельства сложились самым благоприятным образом: Глеб, Макс и Елизавета уже реализовали свои желания. Джек имел право завершить пятый круг. И он не замедлил своим правом воспользоваться.

Они нашли подходящую жертву. Подготовили квартиру, куда предполагалось поселить лишенного памяти подопытного, чтобы Джеку было удобно за ним наблюдать. Все было предусмотрено и перепроверено сотню раз и прошло бы без сучка и задоринки, если бы не внезапное вмешательство Глеба.

Он тогда переживал не лучший период в жизни — родной брат погиб, жена сбежала, отношения с друзьями накалились. Но даже проницательный Джек не мог предположить, насколько сильна депрессия Глеба. Так сильна, что в его голове родилась абсолютно дикая мысль — добровольно отказаться от своего прошлого. Глеб не желал помнить ни единого события прежней жизни. Он хотел умереть — немедленно и безвозвратно. Джек понимал, что если ответит Глебу отказом, тот наложит на себя руки. И Кравцов согласился.

К чему лукавить — это был волнующий опыт. Пожалуй, столь сильных эмоций психотерапевт Кравцов не испытывал ни разу. Одно дело ставить эксперимент над незнакомцем, и совсем другое — перекраивать близкого человека, создавая новую личность. Жаль, что эта новая личность недолго находилась под его наблюдением, предпочтя свободу и сбежав от своего создателя. Джек утешился быстро, понимая: рано или поздно память к Глебу вернется и он появится на горизонте. А чтобы ожидание блудного друга не было унылым, эксперимент по внушению амнезии можно повторить с кем-то другим[1].

Джек поежился от холода и усмехнулся: теперь ему сложно даже приготовить себе завтрак, а уж об играх с чужим сознанием речь вообще не идет. Вот так живешь, наслаждаясь каждым моментом настоящего, строишь планы, возбуждаешься от собственной дерзости и вдруг в один миг теряешь все, что принадлежало тебе по праву. Нелепое ранение глазного яблока — такая мелочь для современной медицины. Джек переживал, но ни на секун-

---

[1] Читайте об этом в романах Татьяны Коган «Только для посвященных» и «Мир, где все наоборот», издательство «Эксмо».

ду не допускал мысли, что навсегда останется слепым. Заставлял себя рассуждать здраво и не впадать в отчаяние. Это было трудно, но у него просто не оставалось другого выхода. В критических ситуациях самое опасное — поддаться эмоциям. Только дай слабину — и защитные барьеры, спасающие от безумия, рухнут ко всем чертям. Джек не мог так рисковать.

В сотый раз мысленно прокручивал утренний разговор с врачом и никак не мог поверить в то, что ничего нельзя изменить, что по-прежнему никогда не будет и отныне ему предстоит жить в темноте. Помилуйте, да какая же это жизнь? Даже если он научится ориентироваться в пространстве и самостоятельно обеспечивать себя необходимым, есть ли смысл в таком существовании?

К горлу подступила тошнота, и Джеку понадобились усилия, чтобы справиться с приступом. Психосоматика, чтоб ее... Мозг не в состоянии переварить ситуацию, и организм реагирует соответствующе. Вот так проблюешься на пол и даже убраться не сможешь. Макс предлагал остаться у него, но Джек настоял на возвращении домой. Устал жить в гостях и чувствовать на себе сочувствующие взгляды друга, его жены, даже их нелепой собаки, которая ни разу не гавкнула на незнакомца. Вероятно, не посчитала слепого угрозой.

Вопреки протестам Макса, несколько дней назад Джек перебрался в свою квартиру. В бытовом плане стало труднее, зато отпала необходимость притворяться. В присутствии Макса Джек изображал оптимистичную стойкость, расходуя на это много душевных сил. Не то чтобы Кравцов стеснялся проявлений слабости, нет. Просто пока он не встретил человека, которому бы захотел довериться. Тот же Макс — верный друг, но понять определенные вещи не в состоянии. Объяснять ему природу своих страхов и сомнений занятие энергозатратное и пустое. Они мыслят разными категориями.

В компании ближе всех по духу ему была Елизавета, покуда не поддалась неизбежной женской слабости. Это ж надо — столько лет спокойно дружить и ни с того ни с сего влюбиться. Стремление к сильным впечатлениям Джек не осуждал. Захотелось страсти — пожалуйста, выбери кого-то на стороне да развлекись. Но зачем поганить устоявшиеся отношения? Еще недавно незрелый поступок подруги, как и некоторые другие события, всерьез огорчали Ивана. Сейчас же воспоминания почти не вызывали эмоций, проносясь подвижным фоном мимо одной стабильной мысли.

Зрение никогда не восстановится.

Зрение. Никогда. Не восстановится.

Джек ощущал себя лежащим на операционном столе пациентом, которому вскрыли грудную клетку. По какой-то причине он остается в сознании и внимательно следит за происходящим. Боли нет. Лишь леденящий ужас от представшей глазам картины. Собственное сердце — обнаженное, красное, скользкое — пульсирует в нескольких сантиметрах от лица. И столь омерзительно прекрасно это зрелище, и столь тошнотворно чарующ запах крови, что хочется или закрыть рану руками, или вырвать чертово сердце... Только бы не чувствовать. Не мыслить. Не осознавать весь этот кошмар.

Джек вздрогнул, когда раздался звонок мобильного. Все еще пребывая во власти галлюцинации, он автоматически нащупал в кармане трубку и поднес к уху:

— Слушаю.

— Здорово, старик, это я. — Голос Макса звучал нарочито бодро. — Как ты там? Какие новости? Врачи сказали что-нибудь толковое?

— Не сказали.

— Почему? Ты сегодня ездил в клинику? Ты в порядке?

Джек сделал глубокий вдох, унимая внезапное раздражение. Говорить не хотелось. Однако если не успокоить приятеля, тот мгновенно явится со спасательной миссией.

— Да, я в порядке. В больницу ездил, с врачом говорил. Пока ничего определенного. Результаты последней операции еще не ясны.

В трубке послышалось недовольное сопение:

— Может, мне с врачом поговорить? Что он там воду мутит? И так уже до хрена времени прошло.

— Макс, я ценю твои порывы, но сейчас они ни к чему, — как можно мягче ответил Джек. — Все идет своим чередом. Не суетись. Договорились? У меня все нормально.

— Давай я приеду, привезу продуктов. Надьку заодно прихвачу, чтобы она нормальный обед приготовила, — не унимался друг.

Джек сжал-разжал кулак, призывая самообладание.

— Спасибо. Тех продуктов, что ты привез позавчера, хватит на несколько недель. Пожалуйста, не беспокойся. Если мне что-то понадобится, я тебе позвоню.

Максим хмыкнул:

— И почему у меня такое чувство, что если я сейчас не отстану, то буду послан? Ладно, старик, больше не надоедаю. Вы, психопаты, странные ребята. Наберу тебе на неделе.

— Спасибо. — Джек с облегчением положил трубку. Несколько минут сидел неподвижно, вслушиваясь в монотонный гул автомобилей, затем решительно встал и, нащупав ручку, закрыл окно.

Если он немедленно не прекратит размышлять, то повредит рассудок. Нужно заставить себя заснуть. Завтра будет новый день. И, возможно, новые решения. Перед тем как он впал в тревожное забытье, где-то на задворках сознания промелькнула чудовищная догадка: жизнь закончена. Иван Кравцов родился, вырос и умер в возрасте тридцати трех лет...

Данилова Анна Васильевна

МИШЕНЬ ДЛЯ ТЕМНОГО АНГЕЛА

Ответственный редактор *О. Басова*
Художественный редактор *С. Прохорова*
Технический редактор *О. Лёвкин*
Компьютерная верстка *М. Маврина*
Корректор *Д. Горобец*

В коллаже на обложке использованы фотографии:
glebTv, sergign / Shutterstock.com
Используется по лицензии от Shutterstock.com.

ООО «Издательство «Э»
123308, Москва, ул. Зорге, д. 1. Тел. 8 (495) 411-68-86.
Өндіруші: «Э» АҚБ Баспасы, 123308, Мәскеу, Ресей, Зорге көшесі, 1 үй.
Тел. 8 (495) 411-68-86.
Тауар белгісі: «Э»
Қазақстан Республикасында дистрибьютор және өнім бойынша арыз-талаптарды қабылдаушының
өкілі «РДЦ-Алматы» ЖШС, Алматы қ., Домбровский көш., 3«а», литер Б, офис 1.
Тел.: 8 (727) 251-59-89/90/91/92, факс: 8 (727) 251 58 12 вн. 107.
Өнімнің жарамдылық мерзімі шектелмеген.
Сертификация туралы ақпарат сайтта Өндіруші «Э»

Сведения о подтверждении соответствия издания согласно законодательству РФ
о техническом регулировании можно получить на сайте Издательства «Э»

Өндірген мемлекет: Ресей
Сертификация қарастырылмаған

Подписано в печать 11.03.2016. Формат 84х108 $^1/_{32}$.
Гарнитура «NewtonCTT». Печать офсетная. Усл. печ. л. 16,8.
Тираж 3000 экз. Заказ № 2365.

Отпечатано в ОАО «Можайский полиграфический комбинат».
143200, г. Можайск, ул. Мира, 93.
www.oaompk.ru, www.оаомпк.рф тел.: (495) 745-84-28, (49638) 20-685

ISBN 978-5-699-86260-3

9 785699 862603

16+

СЕРИЯ ДЛЯ ЛИТЕРАТУРНЫХ ГУРМАНОВ

Артефакт & Детектив – это серия для читателей с тонким вкусом. Загадки истории, роковые предметы искусства, блестящая современная интрига на фоне изысканных декораций старины. Сюжет основан на поисках древнего артефакта. Артефакт – вне времени, и кто знает, утихнут ли страсти по нему в новом столетии?!

В ГЛАВНЫХ РОЛЯХ –
БЕСЦЕННЫЕ ПРЕДМЕТЫ ИСКУССТВА!

0000-052